SONJA LIEBSCH
Wadenbeißer

DICKER ALS WASSER Maxi staunt nicht schlecht, als eines Tages ihre ältere Schwester Sybille samt Hund Filou vor der Tür steht. Die 40-Jährige ist von ihrem Freund aus dem gemeinsamen Kölner Loft geworfen worden. Doch die Wiedersehensfreude hält sich in Grenzen, denn die beiden Schwestern haben sehr unterschiedliche Einstellungen zu den fundamentalen Dingen wie Kinder, Karriere, Wohnen, Essen. Umso überraschter ist Maxi, dass die Kosmopolitin Sibylle ausgerechnet bei ihr in der schwäbischen Provinz Zuflucht sucht.

Und das genau zum falschen Zeitpunkt, denn Maxi startet nach der Familienpause beruflich endlich durch: Ihre gesellschaftskritischen Kolumnen zum Thema Vereinbarkeit von Beruf und Familie erregen Aufsehen. Maxi darf einem breiten Publikum und schließlich sogar in einer TV-Talkshow ihre Meinung über die bestehenden Verhältnisse kundtun. Damit begibt sie sich jedoch auf dünnes Eis. Für ihre Ehrlichkeit erntet sie nicht nur Lob und Zustimmung, sondern bringt sich und ihre Familie in ernste Schwierigkeiten.

Sonja Liebsch wurde 1972 in Mönchengladbach geboren. Als Kind hatte sie die unterschiedlichsten Berufswünsche: Bibliothekarin, Tierärztin, Kinderpsychologin, Hotelmanagerin. Nach dem Abitur siegte ihre Sehnsucht nach fernen Ländern und sie studierte Tourismusbetriebswirtschaft. Sesshaft wurde sie schließlich in Deutschland, in der Nähe des Bodensees. Hier lebt sie mit ihrem Mann, zwei Kindern und Kater Leon. Sie ist in der Sprach- und Leseförderung tätig und hat bereits mehrere Spiele veröffentlicht. Wadenbeißer *ist nach* Muttertier @n Rabenmutter *ihr zweiter Roman.*

Bisherige Veröffentlichungen im Gmeiner-Verlag:
Muttertier @n Rabenmutter (2011)

SONJA LIEBSCH

Wadenbeißer

Roman

Original

GMEINER

Ausgewählt von
Claudia Senghaas

Die automatisierte Analyse des Werkes, um daraus
Informationen insbesondere über Muster, Trends und
Korrelationen gemäß § 44b UrhG (»Text und Data Mining«)
zu gewinnen, ist untersagt.

Bei Fragen zur Produktsicherheit gemäß der Verordnung
über die allgemeine Produktsicherheit (GPSR) wenden Sie
sich bitte an den Verlag.

Personen und Handlung sind frei erfunden.
Ähnlichkeiten mit lebenden oder toten Personen
sind rein zufällig und nicht beabsichtigt.

Besuchen Sie uns im Internet:
www.gmeiner-verlag.de

© 2014 – Gmeiner-Verlag GmbH
Im Ehnried 5, 88605 Meßkirch
Telefon 07575 / 2095 - 0
info@gmeiner-verlag.de
Alle Rechte vorbehalten

Lektorat: Claudia Senghaas, Kirchardt
Herstellung: Julia Franze
Illustrationen: Frank Liebsch
Umschlaggestaltung: U.O.R.G. Lutz Eberle, Stuttgart
unter Verwendung eines Fotos von: © cynoclub – Fotolia.com
Druck: Libri Plureos GmbH, Friedensallee 273,
22763 Hamburg
Printed in Germany
ISBN 978-3-8392-1570-8

Wenn kleine Engel schlafen gehen,
dann kann man das am Himmel sehen.
Denn für jeden Engel leuchtet ein Stern,
und deinen sehe ich besonders gern.
(Verfasser unbekannt)

I

»Kinder, kommt ihr bitte! Wir wollen los! Till, Jan, der Bodensee wartet!« Es war ein sonniger Sonntag Ende März, einer der ersten schönen Tage im Jahr, an denen man versucht ist, die Winterjacken bis zum nächsten Herbst im Keller einzumotten. Doch hier im Hinterland des Bodensees weiß man, dass man dies frühestens im Mai machen darf, wenn auch die Sommerreifen auf die Autos gezogen werden. Es ist kaum vorstellbar, dass diese 20 Kilometer Entfernung einen solch großen klimatischen Unterschied ausmachen können. So ist es auch nicht verwunderlich, dass man an diesen ersten schönen Tagen jede Menge Sigmaringer, Tuttlinger und Rottweiler auf den Uferpromenaden des Überlinger Sees zwischen Ludwigshafen und Meersburg trifft. Auch ich plante mit meiner Familie den ersten Bodensee-Ausflug des Jahres, der uns traditionell nach Ludwigshafen führt, von wo aus wir am See entlang ins ruhigere, touristisch kaum erschlossene Bodman wandern. Wir hatten diesen Weg für uns entdeckt, als wir vor sieben Jahren mit dem Kinderwagen am See entlangspazierten. Damals war unser ältester

Sohn Till gerade ein paar Monate alt. Drei Jahre später fuhr Till den Weg mit seinem Laufrad, und sein Bruder Jan wurde im Kinderwagen geschoben. Till war mittlerweile sieben und nahm sein Kickboard mit, während der dreieinhalbjährige Jan zum ersten Mal einen Ausflug mit seinem Fahrrad machen wollte. Er hatte das Fahrradfahren gerade erst gelernt und sauste schon wie ein Profi um die Kurven. Jan war ein kleiner Chaot. Vollkommen unerschrocken stürzte er sich in jede Gefahr. Mir blieb bei seinen Abenteuern regelmäßig das Herz stehen und ich dankte dem Universum jeden Abend dafür, dass er wieder einen Tag ohne größere Unfälle überstanden hatte.

»Denkt an eure Helme. Ich fahr schon mal das Auto aus der Garage! Alex, kommst du dann auch?« Mein Mann war vor einer halben Stunde im Arbeitszimmer verschwunden, nur um »noch mal schnell die Mails zu checken«. Das war nichts Neues für mich. In etwa zehn Minuten würde er mit einem Stapel Papiere unter dem Arm auf dem Beifahrersitz Platz nehmen und die Fahrt zum Arbeiten nutzen. Ich hatte Alex während des Studiums kennengelernt. Schon damals war er sehr ehrgeizig und zielstrebig gewesen. Während ich das Studentenleben in vollen Zügen genoss, büffelte er für Klausuren. Wir ergänzten uns hervorragend. Ich brachte Lebensfreude und Leichtigkeit in sein Leben, und er sorgte dafür, dass ich zwischen den Partys das Studium nicht ganz schleifen ließ.

Mit Picknickdecke und Wanderrucksack bewaffnet, öffnete ich gut gelaunt die Tür unseres Einfamilienhauses, um das Auto für den Sonntagsausflug zu beladen.

»Das ist ja ein Service! Man öffnet mir schon, bevor ich klingeln konnte. Hast du wieder hinter der Gardine gelauert, um die Nachbarn zu bespitzeln?«

Was war das? Das konnte, nein, das durfte nicht wahr sein! Jemand, der aussah wie meine Schwester Sibylle, stand direkt vor mir und versperrte mir den Weg ins Freie.

»Was ist denn los, Schwesterherz? Hat dir die Wiedersehensfreude die Sprache verschlagen?«

Doch, sie war es tatsächlich. Sie war den weiten Weg von Köln hierhergekommen, um mir meinen Sonntag zu versauen. Warum nur? Was hatte ich ihr getan? War das die späte Rache dafür, dass ich ihr als Kind einmal ihre Lieblingsbluse zerschnitten hatte? Dabei war das doch bloß Ausdruck meiner Enttäuschung darüber gewesen, dass sich meine große Schwester mehr für ihre Klamotten als für mich interessierte. War sie wirklich so nachtragend oder warum stand sie hier so plötzlich und unangekündigt vor meiner Tür?

Sibylle war drei Jahre älter als ich. Ich hatte sie stets für ihre traumhafte Figur und ihr stilsicheres Auftreten bewundert, doch für sie war ich immer nur ein lästiger Klotz am Bein – die kleine nervige Schwester, auf die man ständig aufpassen muss, die einem mit ihrem

aufdringlichen Geplapper jedes Date vermiest. Dabei hatten wir uns früher richtig gut verstanden. Sibylle war stolz, endlich große Schwester zu sein. Sie sah in mir eine Verbündete gegen unseren Bruder Thorsten. Thorsten war zwei Jahre älter als Sibylle und piesackte seine kleine Schwester, wo er nur konnte. Er hatte nicht viel übrig für Sibylles Barbie-Welt. Thorsten war fünf, als ich geboren wurde, und der Star der Bambini-Fußballmannschaft. In unserer Heimatstadt Mönchengladbach wird einem der Fußball quasi in die Wiege gelegt. Unser Vater widmete sein Leben der Borussia. Er selbst war seit seiner Kindheit Vereinsmitglied, spielte als Erwachsener bei den Amateuren und trainierte verschiedene Jugendmannschaften. Thorsten war sein ganzer Stolz. Papa begleitete ihn zu jedem Training und natürlich auch zu allen Spielen. Samstagabends saßen die zwei einträchtig vor der Sportschau und fachsimpelten über die Spiele der Bundesliga. Damals war Sibylle sehr glücklich darüber, eine kleine Schwester zu bekommen. Doch als sie in die Pubertät kam, wurde sie richtig zickig. Mit einem Mal gab es für sie nur noch Jungs, Musik und Mode. Morgens blockierte sie stundenlang das Badezimmer. Sie sagte immer: »Wart's mal ab. Bald interessierst du dich auch für Jungs, und dann zeig ich dir, wie man sich richtig schminkt.« Doch ich entwickelte mich irgendwie anders als sie. Bis heute brauche ich im Bad nicht länger als 45 Minuten, und das nur, weil ich allein 25 Minuten dafür benötige, meine langen blonden Haare zu trocknen. Bald verbanden mich mit Thorsten mehr gemeinsame Interessen als mit meiner Schwester. Für Sibylle war ich ein langweiliger Bücherwurm, mit dem man keinen Spaß haben konnte. Sie hingegen rockte auf jeder Party; mit 17 war sie kaum noch ein Wochenende zu Hause. Nachdem ihr die Discotheken im »Provinzkaff Mönchengladbach«, wie sie sich ausdrückte, zu langweilig wurden, fuhr sie mit ihrer Clique ins nahe gelegene Düsseldorf oder auch nach Köln. Hier lernte sie Stefan kennen. Seinem Vater gehörte eine große Kölner Straßenbaufirma, bei der er Sibylle nach ihrem sehr mittelmäßigen Abitur eine Ausbildungsstelle organisierte. Als Stefan nach seinem Ingenieursstudium in die Firma einstieg, hörte Sibylle auf zu arbeiten. Stefan verdiente mehr als genug. Gemeinsam lebten sie in einem stylischen Loft im Kölner Stadtteil Ehrenfeld und genossen auch nach 20 Jahren noch das Partyleben in vollen Zügen. Kinder wollten sie nicht – da waren sich beide einig. Auch geheiratet hatten sie nie – zu spießig für coole Lofties. Obwohl Stefan nun schon so viele Jahre quasi zur Familie gehörte, hatte ich ihn kaum mehr als ein Dutzend Mal gesehen. Zu Familienfeiern erschien Sibylle stets allein. Einmal hatte ich sie in Köln besucht, aber seit die Kinder da waren, passten wir so gar nicht mehr in die Welt der Schönen und Reichen. In meinem früheren Beruf als Produktmana-

gerin in der Medizintechnik erschien ich Sibylle noch einigermaßen vorzeigbar. Immerhin unternahm ich viele Dienstreisen und war irgendwie wichtig. Wenn ich eine der Medizintechnik-Messen in Düsseldorf oder Köln besuchte, trafen wir uns abends in einer der angesagten Bars in der Kölner Altstadt und schlürften einen Cocktail zusammen. Als Hausfrau und Mama hingegen passte ich in Sibylles Welt überhaupt nicht mehr hinein. Und so beschränkte sich der Kontakt zu meiner Schwester in den vergangenen acht Jahren auf kurze Anrufe an Geburtstagen. Ganze zwei Mal hatte ich sie gesehen, seit Till auf der Welt war: zum 60. Geburtstag unserer Mutter und zur Kommunion von Thorstens Tochter Sarah vor zwei Jahren. Dass sie nun leibhaftig vor meiner Haustür stand, war also mehr als eine große Überraschung für mich – es war ein Schock!

»Sibylle, hey, was für eine Überraschung!« Ich konnte ihr keine Freude vorspielen. Wozu auch? Sibylle hatte nie einen Hehl daraus gemacht, dass sie unsere Lebensweise spießig und unwürdig fand. Unsere Jungs waren schlecht erzogen und stellten eine Bedrohung für die zivilisierte Welt dar. Warum sollte ich mich also über ihren unangekündigten Besuch freuen? Einen Herpes heißt man ja auch nicht herzlich willkommen, wenn er einen morgens plötzlich im Spiegel angrinst.

»Komm her, Maxi, lass dich drücken! Filou, was soll denn das? Du musst nicht eifersüchtig sein. Mami hat dich doch immer noch am liebsten!« Sibylles Handtasche entwickelte plötzlich ein aufgebrachtes Eigenleben. Sie wackelte und rüttelte an ihrer Schulter wie ein außer Kontrolle geratener Vibrationsalarm eines Handys. Dazu kläffte die durchgedrehte Tasche in einem fort, und es war klar, dass es sich nicht um einen außergewöhnlichen Klingelton handelte, der diesen Aufruhr verursachte. Meine Schwester trug tatsächlich so ein kleines Paris-Hilton-Ding in ihrer Handtasche spazieren. Wer auch immer sich mit der Frage beschäftigt, was den Menschen mehr prägt, die Umwelt oder die genetischen Anlagen, der muss nur eine halbe Stunde mit meiner Schwester und mir verbringen. Wir sind in derselben Familie aufgewachsenen, im gleichen sozio-kulturellen Umfeld, hatten die gleichen Bezugspersonen und könnten unterschiedlicher nicht sein.

»Das ist mein Helm, du Blödi! Gib den her! Mamaaaa! Der Till gibt mir meinen Helm nicht. Der Pups!« Till und Jan rangelten im Abstellraum um einen Fahrradhelm, vermutlich, weil einer der beiden seinen Helm am Vorabend irgendwo draußen liegen gelassen hatte, statt ihn ordnungsgemäß an seinen Platz zu räumen. Nun wollte sich keiner auf Helmsuche begeben. Lieber stritten sie zehn Minuten, als in nur drei Minuten den fehlenden Helm draußen einzusammeln. Sibylles Augenbraue hob sich missbilligend angesichts

der unflätigen Ausdrucksweise meines Sohnes, aber sie sagte nichts.

»Till, Jan, kommt mal her und sagt ›Hallo‹ zu eurer Tante Sibylle.«

»Hat die schon wieder Geburtstag? Können wir da nicht heute Abend anrufen?«, tönte es aus dem Abstellraum.

»Wir müssen gar nicht anrufen. Sie ist hier. Und sie hat noch jemanden mitgebracht.«

Till und Jan kamen in den Flur gerannt, um zu sehen, wer denn nun tatsächlich vor unserer Tür stand. Als sie Sibylle mitsamt ihrer zappelnden kläffenden Handtasche in der offenen Tür stehen sahen, blieben sie abrupt stehen und starrten sie ungläubig an. Wir wohnen recht ländlich; so etwas wie Sibylle sieht man hier nicht oft, und so war es nicht verwunderlich, dass meine Jungs sie mit offenen Mündern anstarrten. Sibylle trug blasslila Leggings und ein geblümtes transparentes Flatterblüschen. Dank ihrer 15-cm-Absätze wirkte Sibylle beängstigend groß. Sie war perfekt gepflegt, vom Scheitel bis zur Sohle. Jedes Haar saß an seinem vorbestimmten Platz, die Fingernägel waren frisch manikürt. Sie und Filou waren umgeben von einer blumigen Parfümwolke. Neben Sibylle fühlte ich mich immer schon wie in einer Douglasfiliale: wie ein kleines hässliches Entlein. Wahrscheinlich war es den Parfümerie-Fachverkäuferinnen überhaupt nicht bewusst, dass sie dafür verantwortlich waren, dass ich seit Jahren meine Kosmetika im Internet bestellte. Ich tat dies nicht, weil das Personal unfreundlich war oder ich mich schlecht beraten fühlte. Im Gegenteil: alle supernett und gut geschult. Leider trampelten sie aber mit ihrem perfekten Erscheinungsbild und der Duftwolke Marke »frisch geduscht und gecremt, obwohl ich eigentlich sowieso nie transpiriere« so auf meinem Selbstwertgefühl herum, dass ich diese Einrichtungen aus lauter Selbstschutz mied.

»Ist das ein Hund in deiner Tasche? Wieso trägst du ihn denn? Hat er sich die Pfote gebrochen? Sibylle, zeig doch mal!« Jan hatte als Erster die Sprache wiedergefunden. Die Kinder liebten Tiere. Fast täglich mussten wir uns dafür rechtfertigen, warum in unserem Haus keine Tiere erlaubt waren. Es ist nicht so, dass Alex und ich keine Tiere mögen, aber am liebsten sind sie uns in ihrem natürlichen Umfeld: im Zoo!

»Oh ja, Sibylle, zeig mal! Wie heißt er denn? Ach, ist der süß. Lass ihn doch mal runter! Ich komm da kaum dran.« Till wollte die Hundetasche schon an sich nehmen, aber Sibylle hielt sie fest umklammert.

»Das hat der Filou nicht so gern. Der mag keine Kinder.«

»Echt nicht? Warum denn nicht?« Till war den Tränen nah. Endlich war ein echtes lebendiges Tier in seiner Reichweite, und nun durfte er es nicht einmal streicheln.

»So 'n blöder Hund!« Jan brachte seine Enttäuschung klar und direkt zum Ausdruck. »Papa! Die Sibylle hat einen blöden Pups-Hund, der keine Kin-

der mag. Der darf hier nicht rein, stimmt's, Papa? Weil bei uns sind Haustiere nämlich verboten.«

»Was ist los? Was schreit ihr denn schon wieder so rum? Was für ein Hund? Wir haben euch doch schon 100 Trillionen Mal gesagt, dass ihr keinen Hund haben könnt.« Alex hatte seine Arbeit offensichtlich beendet und erschien nun mit einem Stapel Papiere unter dem Arm im Flur.

»Liebling, sieh mal, wer uns besucht. Ist das nicht eine tolle Überraschung?« Ich sah Alex mahnend an, weil ich wollte, dass er meine Schwester freundlich begrüßte. Er mochte Sibylle nicht. Die Antipathie beruhte auf Gegenseitigkeit, und beide gaben sich in der Regel keine Mühe, dies zu verbergen. Dennoch wollte ich, dass er ihr die gleiche Gastfreundschaft zuteilwerden ließ wie allen anderen Besuchern auch.

»Sibylle! Das ist aber wirklich eine Überraschung. Wo ist Stefan?«

»Ah, da ist ja endlich ein starker Mann. Alex, sei doch so lieb und hol meine Koffer aus dem Auto, ja? Hier ist der Schlüssel. Und Abschließen nicht vergessen, ja? Ach, Schwesterchen, jetzt freu ich mich erst mal auf einen leckeren Kaffee. Der Verkehr war die reine Hölle!« Mit diesen Worten schob sie sich an der versammelten sprachlosen Familie vorbei ins Haus.

»Hier gibt's keinen Kaffee. Wir fahren jetzt zum Bodensee! Du musst morgen wiederkommen.« Wieder war es Jan, der als Erster die Schockstarre überwunden hatte.

»Dann fahren wir eben ein halbes Stündchen später.

Jetzt bitten wir unseren Gast erst einmal herein und trinken zusammen eine Tasse Kaffee.« Ich versuchte meinen Sohn vorerst zu vertrösten und die Kontrolle über die Situation wiederzuerlangen. Ich war immer noch vollkommen verstört. Was wollte Sibylle hier, und warum hatte sie ihren Besuch nicht angekündigt? War etwas passiert?

»Nein. Wir fahren gar nicht später. Nach dem Kaffee ist es zu spät. Ich will jetzt fahren! Immer fahren wir nicht zum Bodensee. Ihr seid so gemein!« Jan neigte stets zu spontanen Gefühlsausbrüchen, die in der Regel vollkommen überzogen waren, aber dieses Mal verstand ich seine Reaktion nur zu gut. Die Wahrscheinlichkeit, dass wir heute noch am Ufer des Sees sitzen und ein Eis essen würden, bewegte sich Richtung null. Während Sibylle bereits im Wohnzimmer angekommen war, stand meine Familie um mich herum und redete auf mich ein. Die Situation überforderte mich. Was tauchte sie hier so plötzlich und ohne Einladung auf und störte unseren sonntäglichen Familienfrieden? Und was hielt mich davon ab, ihr einfach zu sagen: »Du, heute ist es ungünstig. Wir müssen jetzt los. Ruf doch beim nächsten Mal kurz durch, wenn du uns besuchen möchtest.« Immerhin hatte Sibylle auf unsere Bedürfnisse auch noch nie Rücksicht genommen, und besonders willkommen habe

ich mich bei ihr auch nicht gefühlt. Ja, was hielt mich davon ab, sie einfach so zu behandeln wie sie mich? Ich konnte es nicht, weil ich eben anders war als sie. Deshalb waren wir uns ja so fremd geworden. Es kann niemand aus seiner Haut, und das wusste auch Sibylle. Sie wusste, dass ich sie nicht wegschicken würde. Bei keinem anderen hätte sie sich getraut, einfach unangemeldet vor der Tür zu stehen. Bei mir konnte sie sich sicher sein. Und das machte mich richtig wütend. Ich sah meine Kinder an, die sich auf den Ausflug gefreut hatten. Seufzend folgte ich Sibylle ins Wohnzimmer. Für Familie ist man da. Immer. Das ist etwas, das wir unseren Kindern mitgeben wollten, und wenn Sibylle hier so unangemeldet auftauchte, dann hatte das sicher einen Grund. Deshalb mussten wir jetzt wohl alle in den sauren Apfel beißen und unseren Gast willkommen heißen.

»Jetzt erzähl mal, was uns die Ehre deines Besuchs verschafft? Hast du einen Termin in der Nähe?« Während ich die Kaffeemaschine bediente, versuchte ich herauszufinden, warum Sibylle so unerwartet bei uns aufgetaucht war.

»Na hör mal, brauche ich etwa einen Grund, um meiner Schwester und ihrer Familie einen Besuch abzustatten?«

»Also ich lass die beiden Schwestern dann mal allein und geh ins Arbeitszimmer.« Alex hatte resigniert akzeptiert, dass der Familienausflug ins Wasser fiel, und wollte die Zeit jetzt wenigstens zum Arbeiten nutzen.

»Na super, dann wird das heute wohl nichts mehr mit Bodensee. Hatte Jan doch recht!« Nun hatte auch Till seine Sprache wiedergefunden.

»Manchmal muss man Pläne ändern, mein Schatz. Ich versprech' dir, dass wir den Ausflug ganz bald nachholen. Und nach dem Kaffee gehen wir eine Runde spazieren, und Jan und du könnt eure Fahrzeuge mitnehmen. Das ist doch dann fast wie am See.«

»Ohne mich! Wenn wir nicht zum Bodensee fahren, will ich Wii spielen!« Ich seufzte frustriert. Toll! Statt eines gesunden Ausflugs in die Natur würden meine Söhne diesen wundervollen Frühlingssonntag im Wohnzimmer vor dem Fernseher verbringen.

»Na gut. Meinetwegen. Aber nur eine halbe Stunde.«

»Ich auch, Mama, ich will auch Wii!« Jan witterte sofort seine Chance. Normalerweise durfte Till nur Wii spielen, wenn Jan nicht da oder schon im Bett war. Alex und ich waren prinzipiell gegen Spielekonsolen. Nachdem Till uns aber damit in den Ohren lag, seit er fünf Jahre alt war und wir nicht schuld daran sein wollten, dass er womöglich sozial ausgegrenzt würde, hatten wir zu Weihnachten eine Wii für die »ganze Familie« gekauft. Immerhin muss man sich hierbei ja wenigstens noch bewegen, hatten wir unser schlechtes Gewissen beruhigt. Obwohl Jan ausgesprochen geschickt mit der Fernbedienung der Spielekon-

sole umging, wollte ich nicht, dass er mit nicht einmal vier Jahren schon regelmäßig mitspielte. Heute aber hatte ich seinem Wunsch nichts entgegenzusetzen. Mir war fast alles recht, wenn sie bloß nicht mehr sauer auf mich waren.

»Ausnahmsweise. Aber ihr müsst euch abwechseln, und ich will keinen Streit hören!«, mahnte ich.

»Sag mal, findest du das in Ordnung, dass sie hier drin abhängen bei dem schönen Wetter?« Offensichtlich war Sibylle neuerdings Expertin in Kinderfragen. Ihre ignorante Feststellung machte mich wütend.

»Weißt du, eigentlich hatten wir andere Pläne für heute«, bemühte ich mich, möglichst emotionslos zu antworten. Ich servierte den bestellten Kaffee und wollte nun endlich wissen, was hier gespielt wurde.

»Bitte sehr, die Dame. Und jetzt erzählst du mir, was los ist. Natürlich stattest du uns nicht nach über zehn Jahren einen spontanen Anstandsbesuch ab.«

»Es ist aus.« Sibylle hielt den Blick auf die Kaffeetasse gesenkt. »Stefan hat mich verlassen. Seine Neue wohnt schon bei uns.« Wow! Damit hatte ich nicht gerechnet. Obwohl ich Stefan nicht mochte, schienen die beiden doch irgendwie zueinanderzupassen. Sibylle achtete stets auf ein makelloses Auftreten – absolut vorzeigbar in seinen Kreisen – und er sorgte dafür, dass sie ihren Lebensstandard halten konnten. Ich wusste gar nicht, was ich sagen sollte.

»Oh Gott, Sibylle, das tut mir leid.« Eine Weile saßen wir uns schweigend gegenüber. Ich wollte nichts Falsches, Unsensibles sagen. Wir tranken unseren Kaffee und schauten den Kindern beim Bowlingspielen zu. »Ist es jemand, den du kennst?«

»Jetzt schon. Nachdem sie in meine Wohnung eingezogen und mir beim Packen zugeguckt hat. Ach Maxi, ich habe das Gefühl, ich sitze im falschen Zug, jemand hat den falschen Film eingelegt. Das ist nicht das Programm, das ich eingeschaltet habe. Aber egal, welchen Knopf auf der Fernbedienung ich drücke, es läuft überall der gleiche beschissene Film. Sie hat letztes Jahr ein Praktikum bei ihm gemacht. So lange läuft das schon. In Köln gab es damals eine große Ausschreibung für ein Straßenbauprojekt, die Stefan und sein Vater unbedingt gewinnen wollten. Stefan war in dieser Zeit noch länger im Büro als sonst. Natürlich hat er es auf das Projekt geschoben, aber ich habe es da schon gemerkt. Ich wollte es nur nicht wahrhaben. Ich hab die Augen einfach zugemacht und gehofft, dass es vorbeigeht. Ich hab mir noch mehr Mühe gegeben, ihm zu gefallen, aber er hatte sich längst gegen mich entschieden. Gestern ist sie dann aus heiterem Himmel bei uns aufgetaucht. Er hat mich nicht mal vorgewarnt! Als ich aus der Dusche kam, stand sie plötzlich an seiner Seite in unserem Wohnzimmer. Kannst du dir vorstellen, was das für ein Bild war? Ich hatte nur ein Handtuch umgebunden, war ungeschminkt, und dann stand da plötzlich dieses Püppchen Marke

Cameron Diaz vor mir und hielt die Hand von meinem Freund! Die zwei standen vor mir wie ein Teenagerpaar, das den Eltern gerade beichtet, dass Nachwuchs unterwegs ist.«

»Jetzt sag nur, die ist auch noch schwanger.«

»Noch nicht. Aber lange kann das nicht mehr dauern, denn das ist auch ein Punkt, den Stefan angesprochen hat.«

»Was hat er denn überhaupt gesagt?«

»Er hat gesagt: ›Sibylle, ich möchte dir Sandra vorstellen. Ich will gar nicht lange drum herum reden. Du weißt es sicher schon. Ich möchte deinem Glück auch gar nicht länger im Weg stehen. Es wäre unfair, dir länger etwas vorzumachen. Noch hast du die Chance, einen neuen Partner zu finden, der dich wirklich liebt, so wie ich Sandra. Wir sind füreinander bestimmt und wollen eine Familie gründen. Sibylle, ich weiß ja, dass du keine Kinder möchtest, und das respektiere ich. Du findest sicher einen Mann, der deine Bedürfnisse teilt.‹ Meine Bedürfnisse? Er wollte nie Kinder! Zu laut, zu dreckig, zu uncool!« Sibylle war sichtlich bemüht, nicht die Fassung zu verlieren. Was für ein Arschloch. Ich hatte Stefan noch nie gemocht, und dieses Verhalten passte irgendwie zu so einem Typen. Solche Geschichten hörte man ja immer wieder. Dennoch hätte ich nie damit gerechnet, dass meiner Schwester das passierte. Sie war doch nicht der Typ, den man einfach so austauschte. Bei manchen Paaren spürte man schon lange im Voraus, dass die Beziehung früher oder später so enden würde. Bei Sibylle und Stefan hatte es für mich keine erkennbaren Vorzeichen gegeben. Wie auch? Ich hatte die beiden ja kaum zusammen erlebt. Natürlich – Sibylle hatte es gesagt. Sie hatte es schon lange gespürt. Ich war einfach viel zu weit weg und musste nun erkennen, dass ich nicht die leiseste Ahnung von ihrem Leben hatte, obwohl ich doch glaubte, sie ganz genau zu kennen. Mit einem Mal hatte ich das Gefühl, in den vergangenen Jahren nie Sibylle selbst, sondern immer nur ihr Spiegelbild gesehen zu haben. Ich hatte sie aufgrund ihres Stylings und ihrer Kommentare in eine Schublade gesteckt, ohne genauer hinzusehen. Nun war der Spiegel zerbrochen, und meine Schwester saß an einem Wendepunkt ihres Lebens mitsamt dem Scherbenhaufen an meinem Esstisch, während meine Söhne sich um die Fernbedienung der Spielekonsole stritten. Ratlos sah ich Sibylle an. Ich wollte ihr so gerne sagen, in welchen Eimer sie ihre Scherben entsorgen sollte, aber ich wusste selbst nicht, wohin damit. Jetzt mal ernsthaft: Wo gehört ein kaputter Spiegel hin? Restmüll? Altglas? Wer weiß das schon genau und wen interessiert das? Deckel auf, Hauptsache weg. Aber so einfach war das für mich in diesem Moment nicht. Ich konnte keinen Eimer herzaubern und fühlte mich hilflos. Ich wollte meiner Schwester doch so gern helfen, aber es gab nichts, was ich tun konnte. Fast nichts.

»Du kannst hierbleiben, solange du willst.« Meinte ich wirklich, was ich da sagte? Wie würde Alex auf unseren »Gast für unbestimmte Zeit« reagieren? Wo wollte Sibylle in Zukunft leben? Die Fragen überschlugen sich in meinem Kopf. »Weiß Mama schon Bescheid?«

»Glaubst du, ich wäre den weiten Weg hier runtergefahren, wenn ich den Mut gehabt hätte, ihr zu sagen, dass Stefan mich verlassen hat? Ich muss das selbst alles erst mal verdauen. Maxi, ich stehe vor dem Nichts. Du kannst das nicht verstehen. Du hast alles. Einen Mann, der dich liebt, Kinder und einen Job. Ich habe auf alles verzichtet für Stefan. Ich habe alles auf eine Karte gesetzt und verloren.« So hatte ich das noch nicht gesehen. Ich hatte nie das Gefühl gehabt, dass Sibylle auf irgendetwas verzichtet hätte. Ich war doch diejenige, die für die Kinder auf ein selbstbestimmtes Leben verzichtet hatte. Sibylle hatte alle Freiheiten. Jede Menge Zeit und Geld zur freien Verfügung. Oder etwa nicht? Langsam dämmerte es mir, dass auch Sibylle Zwängen unterworfen war, die ihre vermeintliche Freiheit doch extrem einschränkten. Ich hatte mich nie gefragt, was Sibylle in ihrer freien Zeit eigentlich machte. Ich konnte mich nicht daran erinnern, dass sie jemals von irgendwelchen Wellness-Wochenenden mit Freundinnen oder zeitintensiven Hobbys erzählt hatte. Hatte Sibylle überhaupt eigene Interessen? Oder war es so, dass sie in all den Jahren tatsächlich nur darum bemüht war, Stefans Bedürfnisse zu befriedigen, die perfekte Frau an seiner Seite zu sein?

Sibylle hatte recht: Ich hatte alles und sie nichts. Als ich im Jahr zuvor meine Arbeitsstelle verloren hatte, war das sehr schlimm für mich gewesen. Große Selbstzweifel und Existenzängste hatten mich geplagt. Aber ich war nie allein. Ich hatte einen liebevollen Mann, Kinder und Freunde. Sibylle hatte sich komplett aufgegeben für einen Mann, der sie nun entsorgt hatte wie ein abgenutztes Kleidungsstück. Wie einsam sie war, zeigte allein die Tatsache, dass sie in ihrer Not über 500 Kilometer gefahren war, um bei ihrer Schwester Zuflucht zu suchen, mit der sie nichts verband außer dem gemeinsamen Elternhaus. Vielleicht hatte Sibylle sich in den vergangenen Jahren ja gar nicht zurückgezogen, weil sie keine Kinder mochte und unsere Lebensform verachtete, sondern weil sie mich heimlich um mein Leben beneidete. Solche Gedanken hätte ich noch vor einer Stunde als vollkommen absurd abgetan. Nun erschienen sie mir durchaus logisch und nachvollziehbar.

»Oh nein, Filou! Das macht man doch nicht. Du unartige kleine Pipimaus. Jetzt muss die Tante Maxi das alles aufwischen. Ja, ich weiß doch. Du bist aufgeregt. Natürlich. Nein, Mami ist nicht böse. Komm her, mein kleiner Schatz. Gib Mami einen Kuss.«

KOLUMNE

Abserviert

Plötzlich stand sie vor meiner Tür. Ohne Vorwarnung – aus heiterem Himmel. Meine Schwester. Für die meisten ist dies sicherlich ein freudiges Ereignis; bei mir ist das anders. Bei Facebook würde ich unsere Beziehung mit »sie ist kompliziert« beschreiben. Das liegt wohl hauptsächlich daran, dass wir zwei grundlegend verschiedene Persönlichkeiten sind, die sich häufig schwertun, die Lebensweise der anderen zu respektieren. Ich bin ein Familienmensch, schon immer gewesen. Ich liebe das Leben mit meinem Mann und unseren zwei Kindern in der schwäbischen Provinz, wo Kinder noch auf der Straße spielen und sich Hütten im Wald bauen können. Meine Schwester hingegen hat von jeher das Jetset-Leben in der Großstadt bevorzugt. Mit ihrem Freund lebt sie in einem Kölner Loft – ohne Kinder, mit Hund. »Lebte«, muss ich korrekterweise sagen, denn seit gestern wohnt die Dame von Welt bei mir in Kleinkleckersdorf. Nach 20 Jahren hat ihr Freund ein uraltes Klischee bedient und sie gegen eine Jüngere ausgetauscht. Das ist schlimm, emotional, aber auch wirtschaftlich. Denn in all den Jahren war sie stets die Frau an seiner Seite, immer charmant und perfekt gestylt. Sie hat ihm den Rücken freigehalten, hat sich um den

Haushalt gekümmert und seine Geschäftspartner mit exklusiven Dinner-Partys unterhalten. Eigenes Einkommen hatte sie nie. Nun ist sie mit 40 Jahren bei ihrer kleinen Schwester eingezogen und hat keine Ahnung, wie sie in Zukunft ihren Lebensunterhalt bestreiten soll. Das Schlimme an der Sache: Ihr Schicksal ist kein Einzelfall. Meine Schwester steht hier exemplarisch für viele Frauen, die, teils zum Wohle der Karriere ihres Mannes, teils aus Bequemlichkeit, auf eigene Arbeit verzichtet haben und eines Tages von heute auf morgen allein dastehen. Auch wenn wir es nicht wahrhaben wollen, ist es eine Tatsache, dass jede zweite Ehe geschieden wird und Ex-Frauen keinen Anspruch auf Unterhalt haben. Darum ist es heute wichtiger denn je, dass wir die Verantwortung für unser täglich Brot nicht unserem Partner übertragen, sondern darauf achten, stets selbst für unseren Lebensunterhalt sorgen zu können. Meine Schwester hat sicher nicht damit gerechnet, eines Tages aus ihrem schönen Loft ausziehen zu müssen. Nun sitzt sie auf meinem Sofa und versucht, ihr Leben neu zu definieren. Neben all dem Unglück über die gescheiterte Beziehung steht sie vor der großen Herausforderung, praktisch ohne Berufserfahrung eine Arbeit finden zu müssen. Natürlich soll man nicht schon zu Beginn einer Beziehung an ein mogliches Ende denken. Wir durfen aber auch nicht

vergessen, dass eine Abhängigkeit, egal ob emotional oder finanziell, keiner Beziehung auf die Dauer guttut. Selbst wenn es die familiäre Situation erfordert, dass eine Frau beruflich kürzertritt oder für eine Weile ganz aus dem Berufsleben aussteigt, sollte sie darauf achten, sich nicht völlig zurückzunehmen, weiterhin ihre Hobbies zu pflegen und eigene Ziele zu verfolgen. Wir wollen es nicht wahrhaben, aber es kann immer passieren, dass der Partner von heute auf morgen nicht mehr da ist oder nicht mehr für den Familienunterhalt aufkommen kann. Für diesen Fall müssen wir uns unsere Eigenständigkeit so weit bewahren, dass wir die Aufgabe übernehmen können, auch und gerade wenn wir Kinder haben.

2

»Das ist ja unglaublich. Und was will sie jetzt machen?«
Am Morgen nach Sibylles Ankunft saß ich bei meiner Freundin Andrea, um ihr von den Ereignissen des Vortages zu berichten. Andreas Söhne Hagen und Paul waren im gleichen Alter wie unsere Jungs. Wir hatten uns vor knapp acht Jahren beim Geburtsvorbereitungskurs kennengelernt und waren seitdem sehr gute Freundinnen geworden. Andrea hatte mir in den vergangenen Jahren oft beigestanden. Ich konnte stets sicher sein, von ihr eine ehrliche Antwort zu bekommen, auch wenn ich die gar nicht immer hören wollte. Wann immer mich etwas bewegte, war sie nach Alex die Erste, der ich davon erzählte. So auch an diesem Montagmorgen. Nachdem ich Till zur Schule und Jan in den Kindergarten gebracht hatte, schaute ich auf einen Latte macchiato bei ihr vorbei, um ihr von den Neuigkeiten zu berichten und meine Gedanken zu ordnen. Ich hatte in der Nacht schlecht geschlafen und darüber gegrübelt, wie es für Sibylle weitergehen konnte, wie es überhaupt so weit gekommen war.

»Ich habe keine Ahnung und sie wohl auch nicht.

Jetzt sitzt sie erst mal mit ihrem Schoßhündchen bei uns zu Hause und leckt sich die Wunden.«

»Und wie sieht das aus?«

»Gestern Abend hat sie sich bis spät in die Nacht durch sämtliche Programme gezappt und parallel im Internet geshoppt. Als ich sie gefragt habe, wo sie sich die Sachen denn hinschicken lässt, hat sie mich ganz verständnislos angesehen und gesagt: ›Na hierher natürlich.‹ Ich vermute, sie hat noch keine genaue Vorstellung davon, wo sie hinwill und vor allem: wann. Als ich vorhin gegangen bin, saß sie schon wieder mit Filou auf dem Sofa und hat sich Dokusoaps reingezogen.«

»Fernsehen bei euch, am helllichten Tag?« Andrea kannte unsere Regel nur zu gut. Der Fernseher wurde erst ab 18.00 Uhr eingeschaltet. Ausnahmen wurden nur gemacht, wenn eines der Kinder krank war und zu Bettruhe verdonnert war.

»Ich hab den Jungs erklärt, dass Sibylle krank ist und deshalb auch eine Weile bei uns bleiben wird, bis sie wieder gesund ist. Das haben sie nur zu gern akzeptiert, denn natürlich lassen sie sich nicht abwimmeln und gucken den ganzen Schrott mit. Warum ist sie nur ausgerechnet zu mir gekommen? Ich habe doch weiß Gott genug um die Ohren mit den Kindern und meinem Job. Ihr Leben passt so überhaupt nicht zu unserem. Ich hoffe, in ihrem Shopping-Wahn hat sie auch einen Fernseher fürs Gästezimmer mitbestellt. Diese permanente Beschallung macht mich schon ganz aggressiv, dabei ist sie noch keine 24 Stunden da.«

»Das sind wohl nicht nur die Geissens, die für deine Stimmung verantwortlich sind.« Andrea hatte es mal wieder auf den Punkt gebracht. Ich fühlte mich vollkommen überfordert. Es kostete mich schon genug Kraft, meinen eigenen kleinen Familienbetrieb zu aller Zufriedenheit zu führen. Ich konnte mich nicht noch um die Probleme meiner Schwester kümmern. Aber sie saß da, in meinem Wohnzimmer. Gemeinsam mit Filou und ihrer Lebenskrise besetzte sie mein Sofa, und da sie es wohl erst wieder freigeben würde, wenn sie eine Perspektive hatte, musste ich ihr helfen, schnell ein neues Ziel zu finden.

»Du hast recht. Und sie tut mir ja auch total leid, aber dann sagt sie wieder irgendeine unüberlegte Gemeinheit gegen mich, mein Leben, meine Kinder, dass ich sofort wieder auf 180 bin. Vielleicht sollte ich mal Yoga machen. Das soll ja eine sehr ausgleichende Wirkung haben. Du weißt schon, Yin und Yang und so. Kann ich noch einen Kaffee haben? Ich will noch nicht nach Hause.«

»Yoga ist keine schlechte Idee. Dann kannst du Sibylle gleich mitnehmen. Das kann ihr sicher helfen, ihren Seelenfrieden wiederzufinden.«

»Andrea, ich habe schon immer gewusst, dass du ein hochintelligentes Wesen bist. Wie machst du das nur? Gib zu, sie haben dich vom Jupiter hierher geschickt,

um unsere Gewohnheiten zu studieren. Egal wie, du musst mir nur versprechen, niemals zurückzugehen und, hey, ich will da auch nicht hin zu irgendwelchen Untersuchungen am lebenden Objekt. Aber ich kann euch meine Schwester anbieten. Die hat gerade sowieso nichts zu tun und ist sicher froh über eine Abwechslung. Seid ihr auch an Hunden interessiert oder habt ihr die selbst auf dem Jupiter?« Vollkommen euphorisch sprang ich auf, umarmte meine Freundin und tanzte mitsamt dem frischen Latte macchiato, den ich Andrea aus der Hand nahm, durch die Küche.

»Alles klar mit dir? Soll ich statt meiner Kollegen vom Jupiter vielleicht lieber die Männer mit den weißen Jacken rufen?« Andrea konnte meinen spontanen Freudentanz nicht nachvollziehen.

»Na hör mal, das war doch deine Idee mit dem Yoga. Und eine ausgezeichnete noch dazu.«

»Vielen Dank für die Komplimente bezüglich meiner kognitiven Leistungsfähigkeit. Ehrlich gesagt dachte ich schon länger, dass Yoga genau das Richtige für dich wäre. Aber ich wollte nicht übergriffig sein. Du weißt ja selbst, was für dich gut ist.«

»Wovon sprichst du? Ich will doch kein Yoga machen. Diese ganze Om-Sache ist nicht meine Welt. Ich habe als Jugendliche mal einen Anfängerkurs Autogenes Training an der Volkshochschule gemacht. Als sie mit diesen Körperreisen angefangen haben, habe ich Erstickungsanfälle bekommen. Meine Entspannung heißt Latte macchiato. Nee, wirklich nicht. Aber Sibylle soll Yoga machen. Ich schicke sie in einen Kurs, wo sie sich wieder fängt und einen neuen Weg findet. Und schwuppdiwupp zieht sie wieder aus und kann ihr Partyleben weiterführen.« Ich war überzeugt davon, dass mein Plan aufgehen würde. Plötzlich hatte ich es doch sehr eilig, nach Hause zu kommen. Ich wollte mich gleich auf die Suche nach einem geeigneten Kurs für Sibylle machen. Natürlich hatte ich nicht vor, sie in meinen Plan einzuweihen. Ich würde sie anmelden und vor vollendete Tatsachen stellen. Schließlich musste sie schon ein wenig guten Willen zeigen, wenn sie bei uns bleiben wollte.

Auf dem Heimweg fuhr ich noch bei meinem Boss vorbei, um ihm mitzuteilen, dass ich ein paar Tage nicht kommen würde. Ich arbeitete seit dem vergangenen Jahr als Eventmanagerin in einem italienischen Café. Das *Mario's* war schon früher unser Lieblingscafé gewesen. Man traf die unterschiedlichsten Menschen, und sogar Kinder waren hier gern gesehene Gäste. Das breit gefächerte Publikum hatte das Café nicht zuletzt den Veranstaltungen zu verdanken, die Mario regelmäßig durchführte. Ob Vernissage, A-cappella-Abend oder Kindertheater, wenn Mario irgendwo einen Künstler sah, der ihm gefiel, holte er ihn in sein Café. Irgendwann wuchsen ihm die Events neben dem Alltagsgeschäft über den Kopf, und er suchte Verstär-

kung. Seitdem unterstützte ich ihn mit großer Freude und Dankbarkeit. Nachdem mich mein ehemaliger Arbeitgeber, die Firma *Likei*, nach der Elternzeit nicht wieder als Produktmanagerin hatte einsetzen wollen, war mein Selbstwertgefühl stark angeknackst gewesen. Als dann alle Bewerbungen ergebnislos blieben und auch der zaghafte Versuch einer Selbstständigkeit kläglich scheiterte, war ich am Boden zerstört. Marios Angebot war meine seelische und finanzielle Rettung gewesen, wofür ich ihm nach wie vor sehr dankbar war. Der Job war optimal mit den Kindern vereinbar. Ich konnte einen Teil der Arbeit zu Hause erledigen, und die Veranstaltungen waren in der Regel abends, sodass Alex auf die Jungs aufpassen konnte. Zudem lernte ich eine Reihe interessanter Menschen kennen und konnte weitgehend selbstständig agieren.

»Buon giorno, Mario. Va bene?«

»Ciao, Maxi. Was machst du hier? Hast du Sehnsucht oder Langeweile? Ich dachte, du kommst erst morgen.« Ich erzählte Mario kurz, was passiert war, und bat ihn um Verständnis dafür, dass ich in der nächsten Zeit etwas unregelmäßiger ins Café kommen würde. Stattdessen wollte ich zum Großteil zu Hause arbeiten, um Sibylle im Auge behalten zu können.

»So ein Bastard! Wo wohnt dieses charakterlose Schwein? Soll ich ihn mal mit meinen Brüdern und Cousins besuchen?« Ich musste ein Lachen unterdrücken. Mario war der friedlichste Mensch, den ich kannte. Ich regte mich regelmäßig auf, wenn seine Gutmütigkeit von zechprellenden Gästen ausgenutzt wurde, die erst den ganzen Teller leerputzten und uns anschließend ein Haar vorlegten, das sie angeblich im Essen gefunden hatten. Während ich bereit war, die Sache wenn nötig vor Gericht auszutragen, war Mario der Meinung, dass sie das Geld wohl dringender brauchten als er. Aber bei dieser Sache hier kam wohl doch sein sizilianisches Temperament zum Vorschein.

»Danke, Mario, das ist sehr lieb von dir. Vielleicht komme ich später auf dein Angebot zurück. Fürs Erste reicht es mir, wenn du mir grünes Licht dafür gibst, dass ich diese Woche zu Hause arbeite. Der italienische Gitarrenabend ist ja erst nächsten Monat. Ich poste jeden Tag etwas auf unserer Fanpage, und der Rest läuft auch. Mario, du bist der beste Chef! Tausend Dank. Ich schau die Woche noch mal rein. Vielleicht bring ich dann auch Sibylle mit. Falls ich sie dazu bringen kann, ihr Schoßhündchen eine Stunde allein zu lassen. Hey, vielleicht erweitern wir unsere Zielgruppe und planen als Nächstes ein Hundeevent? Wie wäre es zum Beispiel mit einem Happy-Hour-Dinner, bei dem man zu jedem Essen eine Dose Hundefutter gratis dazubekommt? Oder ein Speeddating mit Hunden. Da kann man dann gleich sehen, ob die Vierbeiner sich auch riechen können. Mario, wenn ich zu dem Thema ein Brainstorming mache, kommen mir bestimmt noch zehn grandiose Ideen, du wirst sehen.«

»Keine Tiere in meinem Café! Und jetzt raus mit dir. Geh zu deiner Schwester und bau sie wieder auf. Ach halt! Eine Sache noch: Deine alte Firma hat sich mal wieder gemeldet. Sie wollen in drei Monaten das *Mario's* für ein Event mieten. Sie haben betont, wie gut ihnen die Feier für Firmenjubilare gefallen hat, die du im vergangenen Jahr für sie organisiert hast. Du hast doch kein Problem damit, oder?«

»Nein, Mario, das geht schon in Ordnung. Was für eine Veranstaltung planen sie denn?«

»Das hat die Dame am Telefon nicht gesagt. Sie meinte, der Personalleiter wird sich bei dir wegen der Einzelheiten melden. Wie heißt er noch? Ich kann mir seinen Namen einfach nicht merken.«

»Hoffmann!«, sagte ich, und meine gute Laune war mit einem Schlag verflogen. Ich hatte noch immer nicht verwunden, wie Herr Hoffmann mich nach meiner Elternzeit abgefertigt hatte. Natürlich war ich heute mit meiner beruflichen Situation sehr glücklich. Dennoch hatte ich nicht vergessen, wie verzweifelt und gedemütigt ich mich gefühlt hatte, als Herr Hoffmann mir selbstgefällig eine Stelle weit unter meiner Qualifikation angeboten hatte. Ich konnte den Schlag in meinem Gesicht auch nach einem Jahr noch deutlich spüren. Die ganzen Jahre, in denen ich erfolgreich als Produktmanagerin tätig gewesen war, waren in einem einzigen Gespräch weggewischt worden. Nein, ich mochte Herrn Hoffmann nicht, aber meine persönlichen Befindlichkeiten hatten mich nicht davon abgehalten, im vergangenen Herbst ein tolles Event für

Likei im *Mario's* zu organisieren. Und das würde ich auch in diesem Jahr hinkriegen. »Du kannst ihm meine Handynummer geben, wenn er sich meldet. Also tschüss, Mario. Ruf an, wenn du mich brauchst.«

»Ciao, Maxi! Wir sehen uns …«

Zu Hause fand ich die Situation so vor, wie ich sie ein paar Stunden zuvor verlassen hatte, mit ein paar kleinen, aber nicht unwesentlichen Unterschieden: Die Kleenex-Box auf dem Wohnzimmertisch war nun leer, das erkannte ich auf einen Blick an der Menge zerknüllter Papiertaschentücher, die großzügig auf dem Boden vor dem Sofa verteilt lagen; Sibylle hatte offensichtlich meine »Schlecklade« gefunden, denn auf dem Sofa neben ihr lagen eine geöffnete Chipstüte, eine halb leere Dose Erdnüsse »gesalzen« und eine Haribotüte *Goldbären*, die noch verschlossen war. Darüber hinaus hatte sie sämtliche Zeitschriften aus dem Ständer genommen und nach einem mir nicht schlüssigen Schema im Wohnzimmer verteilt. Hätten die Kinder in meiner Abwesenheit ein solches Chaos veranstaltet, wäre ihnen ein riesiges Donnerwetter gewiss gewesen. In diesem Fall jedoch seufzte ich tief und begann, die Zeitschriften einzusammeln. Sibylle hatte meine Ankunft nicht einmal bemerkt. Sie saß inmitten ihrer eigenen Sauerei, die Fernbedienung in der einen Hand,

die andere in der Chipstüte versenkt, und zappte sich durch die Wiederholungen diverser Reality-Dokus. Von Filou war weit und breit nichts zu sehen. Umso besser, dachte ich. Je weniger ich dieses hyperaktive Fellknäuel sah, desto besser gelang es mir, seine Anwesenheit im Haus zu tolerieren. Ich sah auf die Uhr: kurz nach elf; noch genug Zeit, um vor dem Mittagessen im Internet nach einem Yoga-Kurs für Sibylle zu suchen. Ich wollte meinen Plan so schnell wie möglich umsetzen. Der Vorteil auf dem Land ist, dass man selten die Qual der Wahl hat, und so beschränkte sich die Zahl der Anbieter auf drei. Die Volkshochschule bot Yoga für Anfänger und Fortgeschrittene in einem Klassenzimmer der örtlichen Hauptschule an. Das war vielleicht nicht der Ort, an dem man zu innerem Frieden und Harmonie fand. Blieben noch zwei. Das Yoga-Studio *Ashtanga* warb auf seiner Website damit, die Kursteilnehmer innerhalb weniger Monate auf eine neue körperliche Bewusstseinsebene zu befördern. Das klang doch recht vielversprechend. Gespannt klickte ich auf den youtube-Link, der einen Einblick in den Unterricht offenbaren sollte. Herrjeh! Das musste doch furchtbar wehtun. Was die Kursteilnehmer dort leisteten, hatte in meinen ungeschulten Augen wenig mit Yin und Yang zu tun. Das Video erinnerte mich mehr an den Werbespot einer Akrobatikschule. Wenn ich Sibylle dorthin schickte, gab es genau zwei Möglichkeiten: Entweder sie hasste mich danach so sehr, dass sie auf der Stelle abreiste (natürlich wollte ich keinen Streit mit meiner Schwester, noch dazu, wo es ihr gerade so schlecht ging; andererseits wäre ich sie auf diese Art schneller los, als ich es gedacht hatte), oder aber sie zog sich gleich beim ersten Training so starke Verletzungen zu, dass ich sie danach drei Monate pflegen musste. Was für eine Vorstellung! Dieses *Ashtanga* schied auf jeden Fall aus. Letzte Hoffnung Kurs Nummer drei. Ein kleiner schmächtiger Mann (er sah ein bisschen so aus wie die Rosenverkäufer in den Touri-Restaurants) in luftiger Kleidung, der sich als Swami Lalasenanda vorstellte, begrüßte die Besucher der Website mit einem freundlichen »Namaste« und lud zu einem unverbindlichen Kennenlernen in seinem Studio ein. Neben den Kontaktdaten und täglichen Trainingszeiten für Anfänger und Fortgeschrittene lieferte die Website keine weiteren Informationen. Ich beschloss, Sibylle schon für den nächsten Vormittag zu einem Probetraining anzumelden. Nur keine Zeit verlieren! Wenigstens war sie bei ihrem plötzlichen Auszug so klug gewesen, ihr Auto (genau genommen Stefans Auto) mitzunehmen. So musste ich sie nicht noch durch die Gegend kutschieren. Ich füllte das Onlineformular aus. Name: Sibylle Schmitz, Geschlecht: weiblich, Alter: 40, Yoga-Erfahrung: nein, Grund der Kontaktaufnahme: Probestunde morgen Vormittag 10.30 Uhr, Sonstiges: … Ich zögerte einen Moment. »Bitte helfen Sie mir, einen Weg aus meiner Lebenskrise

zu finden, damit ich meiner Schwester nicht länger als unbedingt nötig zur Last falle«, hätte ich am liebsten geschrieben. Aber das wäre sehr indiskret und taktlos Sibylle gegenüber gewesen. Andererseits, wenn ich es ihm nicht sagte, wer dann? Die Lage war ernst, und ich durfte nicht riskieren, dass Swami Lalasenanda nicht die gewünschten Erfolge lieferte. Also schrieb ich: »Ich befinde mich in einer Selbstfindungsphase und hoffe, dass sich mein Bewusstsein durch Yoga für den weiteren Weg öffnet.« Dagegen war wohl nichts einzuwenden. Immerhin hatte ich keine intimen Details verraten und nicht das Wort »Krise« verwendet. Ich schickte die Anmeldung ab und fühlte mich gleich besser. Nun musste ich nur einen geeigneten Moment abwarten, in dem ich ihr mein »Geschenk« überreichen konnte. Doch darüber konnte ich mir später noch Gedanken machen. Jetzt musste ich erst einmal das Mittagessen vorbereiten. Da ich mich etwas zu lange im Internet mit dem Yoga-Kurs aufgehalten hatte, entschied ich mich für ein schnelles Essen: Pommes mit Chickenwings. Die konnten im Backofen garen, solange ich Jan vom Kindergarten abholte. Während der Ofen vorheizte, beeilte ich mich noch, einen Gurkensalat zu zaubern, schob dann schnell das tiefgefrorene Essen in die Röhre und eilte aus dem Haus. Wie so oft war mein Sohn auch heute wieder das letzte Kind, das noch auf seine Mama wartete. Ich weiß nicht, wie die anderen Mütter es immer schafften, ihre Arbeit, Haus, Garten und Kinder so zu koordinieren, dass sie überall pünktlich parat standen. Ich selbst war weit entfernt davon, eine perfekt durchorganisierte Super-Mama zu sein. Auch ohne Sibylle im Haus hetzte ich ständig von einer Baustelle zur nächsten, stets begleitet von einem Gefühl der Unzulänglichkeit. Wenigstens entging ich auf diese Weise den mittäglichen Lästereien. Wir hatten in unserem Kindergarten feste Bring- und Abholzeiten. Außerhalb dieser Zeitspannen war das Tor verschlossen. Obwohl das alle wussten, versammelten sich die ersten Eltern schon zehn Minuten vor der Abholzeit am Kindergarten, um wichtige Neuigkeiten auszutauschen. Die Themen reichten dabei von der Wahl der richtigen Grundschule in drei Jahren über die besten Computerkurse für Vorschulkinder bis hin zu Klatsch und Tratsch über andere Eltern und Erzieherinnen. Natürlich war ich mir darüber im Klaren, dass ich allein durch die Tatsache, dass ich an diesen inoffiziellen Treffen nicht teilnahm, selbst zum Tagesordnungspunkt wurde. Und wenn schon. Viel gab es über mich ohnehin nicht zu reden. Alex und ich hatten uns vor 20 Jahren während des gemeinsamen Studiums in Heilbronn kennengelernt. Als gebürtige Rheinländerin war ich dort schon in die wichtigsten schwäbischen Traditionen eingewiesen worden. Die erste Begegnung mit meinen Vermietern war ein richtiggehender Kulturschock gewesen. Das Ehepaar Häberle, beide schätzungsweise Anfang 60, hatte mich

nach dem Besichtigungstermin in ihre Wohnung gebeten, damit man sich gegenseitig besser kennenlernen konnte. Warum sie das wollten, war mir schleierhaft. Immerhin lag ihr Wohnhaus ungefähr 15 Autominuten von der Mietwohnung entfernt. Es war eher unwahrscheinlich, dass wir uns regelmäßig zum Kaffee treffen würden. Damals wusste ich natürlich noch nicht, dass für einen Schwaben eine Immobilie nicht nur ein Anlageobjekt ist. Auch nicht selbst bewohntes Eigentum wird liebevoll gepflegt. Und so kam es, dass dieses »Kennenlernen« doch sehr viel von einem Vorstellungsgespräch bei den zukünftigen Schwiegereltern hatte. »Ha noi, Sie dürfä uns net falsch verschdehe, aber mir henn ä sagenhafde Hausgmoinschafd un nach derräe müssä mr ä weng gugä, damid des au so bleibd. Wisse Se, mir wällä hald koi solchä Lebefra. Rauchä Se?«

»Nein, ich rauche nicht. Ich denke, ich kann Sie beruhigen. Ich bin sicher keine Lebefrau. Ich werde hier studieren und an den Wochenenden häufig nach Hause zu meinen Eltern fahren.«

»Ja, d'Eldern sin hald s'wichdigschdä. Des mache Se grad richdich. Sie sin mr wirglich ä oschdändichs Mädle. Des wär doch ä feine Sach, wenn Se bei uns eiziehä dädä.« Die eine Hälfte hatte ich also schon überzeugt. Gespannt wartete ich auf Joachims Antwort.

»Sie muss hald ihr Kehrwoch eihaldä. Des isch bei d' junge Dinger ja net immer so d' Fall, weisch?« Was um Himmels willen war denn »Kehrwoch«? Ich hatte ja schon viel über die fleißigen Schwaben gehört, aber dass man sich hier gleich wochenweise zum gemeinschaftlichen Kehrhappening traf, war doch eine Spur zu abgedreht. Da aber die »Kehrwoch« von existenzieller Bedeutung zu sein schien, beschloss ich, mir meine Unwissenheit nicht anmerken zu lassen.

»Ich versichere Ihnen, dass ich die kulturellen Besonderheiten der Region respektiere und mich selbstverständlich auch aktiv daran beteiligen werde.« Eigentlich hatte ich mit dieser Aussage die Häberles von meiner Eignung als Mieterin überzeugen und den letzten Zweifel beiseite wischen wollen, aber ich hatte das dumme Gefühl, dass ich genau das Gegenteil erreicht hatte. Lisbeth und Joachim sahen sich etwas ratlos an. Natürlich müssen sie in diesem Moment gedacht haben, dass wir in Nordrhein-Westfalen die reinsten Dreckspatzen waren, wo wir doch nicht einmal regelmäßig das Treppenhaus putzten. Aber Lisbeth hatte mich schon in ihr Herz geschlossen, und sie entschied, mir und meinem guten Willen eine Chance zu geben.

»Grüß Gott, Frau Anders. Ist das wahr, dass Sie Besuch haben? Jan hat erzählt, seine Tante ist seit gestern bei Ihnen?« Jans Erzieherin, Frau Weber, holte mich mit ihrer Frage in die Gegenwart zurück.

»Wie bitte? Äh, ja, das ist richtig. Hallo, Liebling! Komm, mein Schatz, das Mittagessen ist gleich fertig!«

»Guck mal, Mama! Ich kann im Stehen rutschen!«
Jan stand auf der Rutsche, hielt sich an den Haltegriffen
fest und nahm wie ein Bobfahrer Schwung, um gleich
das angekündigte Ereignis in die Tat umzusetzen.

»Ja, ist sie so ganz spontan gekommen oder war der
Besuch geplant?« Frau Weber witterte eine interessante Geschichte. Sie hatte ein Näschen dafür, und da
es keine Frage gab, die in ihren Augen nicht gestellt
werden sollte, war sie stets bestens über die Vorkomm-
nisse im Ort informiert. Anfangs war ich von ihrem
mangelnden Feingefühl so überrumpelt gewesen, dass
ich vollkommen naiv wahrheitsgemäß Auskunft gab.
Erst als ich mitbekam, dass sie die Informationen sammelte, um sie bei nächstbester Gelegenheit zu ver-
breiten, entwickelte ich einen, wie ich fand, cleveren
Abwehrmechanismus: Ich konterte mit einer Gegen-
frage. Natürlich gelang mir das nicht immer gleichermaßen gut, ich musste die Taktik erst trainieren. Aber
mittlerweile war ich recht stolz auf meine Erfolge als
Geheimniswahrerin.

»Ist Jan schon den ganzen Morgen so aufgedreht?«,
entgegnete ich also. »Jan, setz dich hin und rutsch
ordentlich. Und dann komm. Sonst brennt unser Essen
an.«

»Was gibt's zu Mittag?«

»Das erzähl ich dir im Auto. Also komm jetzt.« Das
fehlte mir gerade noch, dass Frau Weber rumerzählte,
dass es bei uns nur ungesunde Pommes, womöglich
noch mit Ketchup, zu Mittag gab.

»Ist das Ihre Schwester oder die von Ihrem Mann?

Jan hat erzählt, dass sie in Köln lebt. Gell, die war noch nie hier, oder?« Die Frau war aber hartnäckig.

»Frau Weber, ich muss jetzt wirklich ganz schnell nach Hause und die Gemüsequiche aus dem Ofen holen. Jan, tschüss, mein Schatz, ich liebe dich! Ich komm morgen wieder. Vielleicht magst du ja dann nach Hause kommen.« Mit diesen Worten drehte ich mich um und ging zum Auto.

»Mamaa, warte! Du bist so gemein!« Natürlich, ich war eine gemeine und herzlose Mama, weil ich nicht bereit war, zehn Minuten darauf zu warten, dass mein Sohn eine Rutsche hinunterrutschte. Dennoch stellte sich der gewünschte Erfolg ein. Jan rutschte und rannte dann, so schnell ihn seine kleinen Beine tragen konnten, Richtung Ausgang. Frau Weber öffnete die Tür, und ein sehr aufgebrachter Jan sprang zu mir ins Auto.

KOLUMNE

Rotzblagen (von einer anonymen Kinderlosen)

Kinder sind anstrengend. Überall lauern sie einem auf: im Park, beim Einkaufen, im Bus, im Restaurant. Nirgends ist man vor ihnen sicher. Das war doch früher ganz anders. Als ich noch ein Kind war, sind wir nur sonntags in den Park gegangen, schön sittsam, damit das gute Kleid nicht schmutzig wurde. Da wir kein Auto hatten, musste meine Mutter die Einkäufe zu Fuß nach Hause schleppen und ließ uns Kinder zu Hause. Die Großen mussten auf die Kleinen aufpassen. Gespielt wurde im Hinterhof oder auf dem Bolzplatz, auf jeden Fall in für Kinder deutlich markierten Bereichen. Und Restaurantbesuche waren für unsere fünfköpfige Familie viel zu teuer. Außerdem konnte sowieso niemand besser kochen als meine Mama. Was ist nur aus den guten alten Zeiten geworden? Wenn man heute mit offenen Augen durch die Stadt geht, sollte man nicht meinen, dass die Deutschen immer weniger Kinder bekommen. Und diese Blagen sind nicht nur omnipräsent, sie sind auch noch laut – entsetzlich, unerträglich laut. Die Eltern sind mit der Erziehung offenbar heillos überfordert. Nur so lässt sich der große Erfolg einschlägiger Erziehungsratgeber erklären. Wenn sie jetzt auch noch gelesen und nicht nur als Unterlage für wackelnde Tischbeine benutzt würden, könnte die heranwachsende Generation vielleicht doch noch in sozial verträgliche Bahnen gelenkt werden. Ich frage mich, wie es sich eine Mutter, die offenbar nicht arbeitet, leisten kann, mittags mit ihren drei Kindern in einem Restaurant zu Mittag zu essen? Meine Mutter konnte das nicht! Es kann doch nicht sein, dass Menschen, die für ihr Geld hart arbeiten und sich in ihrer Pause ein wenig Entspannung erhoffen, dem Lärm fremder Kinder ausgesetzt sind. Hätte ich Kinder gewollt, hätte ich mir wohl selbst welche angeschafft. Das muss ich in meiner knapp bemessenen Freizeit nun wirklich nicht haben. Apropos Freizeit – egal, welche Freizeiteinrichtung ich nutzen möchte, ob Hallenbad, Kino, Theater, überall wimmelt es nur so von schlecht erzogenen Kindern. Neulich habe ich an einer Führung im Kölnischen Stadtmuseum teilgenommen, und selbst da hat so ein Dreikäsehoch die ganze Gruppe mit seinen nervigen Fragen aufgehalten. Ich bin dann später zu der Mutter gegangen und habe sie gefragt, ob sie denn keine Spielplätze in der Nähe kennt. Ein Museum ist ja nun wirklich kein Ort für Kinder. Als ich einmal überlegt habe, wo ich denn hingehen muss, wenn ich nicht von einer Horde Halbwüchsiger belästigt werden möchte, sind mir nur Spielkasinos und Pornokinos eingefallen. Na herzlichen Dank auch! Vor Kurzem wollte ich mit

meiner Schwester, die selbst zwei Kinder hat, über dieses Problem sprechen, um sie als Mutter ein wenig für die Situation der kinderlosen Mitmenschen zu sensibilisieren. Da fragte sie mich, was mich denn so sehr daran stört, wenn Kinder voll Lebensfreude, wie sie es nannte, am gesellschaftlichen Leben teilhaben. Ich erläuterte ihr meine Beweggründe, wir diskutierten noch eine Weile über Respekt, Toleranz und ähnliche Attribute. Aber ihre Frage ließ mich den ganzen Tag nicht los. Was genau stört mich an den Kindern, denen ich begegne? Natürlich sind sie laut und rücksichtslos, aber das sind sehr viele Erwachsene auch. Nach langem Überlegen musste ich mir eingestehen, dass der Kern meines Problems in mir selbst liegt. Mein Partner und ich hatten uns vor einigen Jahren gegen Kinder entschieden, weil wir mit unserem Leben, so wie es war, sehr glücklich waren. Ein Kind würde für uns finanzielle Einschnitte bedeuten und uns für viele Jahre ans Haus fesseln. Das wollten wir auf keinen Fall. Nun, da der Kinderzug für mich abgefahren war, wurde mir tagtäglich vor Augen geführt, dass Eltern heutzutage keineswegs mehr auf ein Sozialleben außerhalb der eigenen vier Wände verzichten. Die Erkenntnis, etwas unwiederbringlich verpasst zu haben, schmerzt. So sehr, dass ich meine Frustration wohl genau auf die Menschen übertragen habe, die sich das nehmen, was ich auch gerne gehabt hätte. Wie soll ich nun mit meiner Erkenntnis umgehen? Ich habe mich entschlossen, offener auf Familien zuzugehen und mich von einem Kinderlachen auch einmal anstecken zu lassen, statt mich darüber zu ärgern. Außerdem will ich mehr Zeit mit den Kindern meiner Schwester verbringen. Sie werden nicht meine eigenen werden, aber sie können mein Leben dennoch bereichern – und ich kann ihnen beibringen, dass man in einem Restaurant nicht fangen spielt. ;-)

3

Nach dem Mittagessen setzte ich mich mit Sibylle, Filou und einem frischen Latte macchiato an den Küchentisch. Till machte Hausaufgaben und Jan brütete über seinem neuen Cars-Puzzle. Alles war friedlich. Die Gelegenheit war günstig für ein vertrauensvolles Gespräch unter Schwestern. Ich musste Sibylle über ihre morgige Yoga-Stunde in Kenntnis setzen, und das erforderte ein gewisses Maß an Feingefühl. »Und, wie geht es dir heute?« Vorsichtig tastete ich mich ans Thema heran.

»Alles tutti. Vor dir sitzt die neue Sibylle. Ich lass mich von einem Kerl doch nicht unterkriegen. Im Gegenteil! Ohne ihn bin ich viel besser dran! Jetzt kann ich endlich tun und lassen, was ich will, ohne Rücksicht auf Stefans Befindlichkeiten nehmen zu müssen. Heute ist der erste Tag vom besseren Teil meines Lebens!« Mit diesem bedeutungsvollen Satz erhob sie ihr Latte-macchiato-Glas und prostete mir zu.

»Super, Sibylle, das freut mich sehr für dich! Du hast genau die richtige Einstellung: Blick nach vorn. Dann hast du sicher Mama auch schon über die Ver-

änderungen informiert?« Hatte ich meine Schwester doch falsch eingeschätzt? So viel Stärke hatte ich ihr ehrlich gesagt nicht zugetraut. Sofort überkam mich ein schlechtes Gewissen wegen der Yoga-Stunde. Die musste ich unbedingt absagen. Augenscheinlich hatte Sibylle die gar nicht nötig.

»Ja natürlich. Was denkst du denn? Also, ich habe ihr gesagt, dass ich für ein Weilchen bei euch zu Besuch bin. Ich wollte mal sehen, wie meine kleine Schwester so lebt, und als ich gestern gesehen habe, wie überfordert du mit den Kindern und allem bist, habe ich spontan beschlossen, euch eine Zeit lang zu unterstützen. Genau betrachtet stimmt es ja auch. Nur das mit der Trennung muss sie jetzt noch nicht wissen. Weißt du, sie regt sich doch so schnell auf, und das ist ja gar nicht gut für ihr Herz. Wir müssen da ein wenig Rücksicht nehmen. Ich dachte, ich sag's ihr, wenn ich eine neue Wohnung und einen Job habe.« Zufrieden, sich so elegant aus der Affäre gezogen zu haben, ließ sie sich von Filou das Gesicht abschlecken und küsste ihrerseits seine Nasenspitze. Mir wurde übel, und zwar nicht nur wegen dieses ekligen Anblicks. Ich spürte, wie sich tief in meinem Bauch eine riesige Wutwelle aufbaute. Das konnte doch nicht wahr sein. Wieder einmal war es Sibylle gelungen, selbst zu glänzen, während ich als kleines Dummchen neben ihr verblasste.

»Was hast du gesagt? Ich bin überfordert? Das glaub ich jetzt nicht. Du tauchst hier unangemeldet auf, stellst unseren kompletten Familienalltag inklusive der Hausregeln auf den Kopf und stellst mich zum Dank für meine Hilfe vor Mama so hin, als hätte ich mein Leben nicht richtig im Griff? Das lasse ich so nicht stehen, da bist du definitiv einen Schritt zu weit gegangen. Ich lass ja wirklich viel mit mir machen, und du hast sicher mein volles Mitgefühl, aber auf meine Kosten wirst du dich nicht aus der Verantwortung stehlen! Diesmal nicht!«

»Jetzt halt mal die Luft an! Typisch Nesthäkchen, du denkst immer nur an dich, im Gegensatz zu mir. Ich habe Mama die Geschichte nicht erzählt, um vor ihr zu glänzen. Überleg doch mal. Hätte ich ihr gesagt, dass ich mich von Stefan getrennt habe, würde sie sich den ganzen Tag Sorgen um meine Zukunft machen. So aber freut sie sich, dass ich meiner kleinen Schwester unter die Arme greife. Ihr geht es damit besser, und nur das zählt. Ehrlich, Maxi, es verletzt mich sehr, dass du mir so egoistische Motive unterstellst. Und was soll das denn heißen: ›Diesmal nicht‹? Ich habe in meinem Leben noch nie etwas von dir erwartet. Im Gegenteil: Du bist das verwöhnte Blag, das immer gerne die Hand aufgehalten hat, wenn die große Schwester ihr etwas zugesteckt hat.« Nun stand ich nicht nur wie ein lebensuntüchtiges Dummchen da, sondern wie ein egoistisches, geltungssüchtiges und ignorantes Kleinkind. Ehrlich gesagt war dies in etwa genau das Bild,

das ich meinerseits von Sibylle hatte. Und sie hatte es wieder einmal geschafft, den Spieß umzudrehen. Auch wenn ich wusste, dass sie unrecht hatte, konnte ich ihren Argumenten nichts entgegensetzen. Ich konnte ja nicht beweisen, dass sie aus lauter Feigheit und nicht aus Fürsorge gelogen hatte. Meine Wut mischte sich nun mit dem altbekannten Gefühl der Machtlosigkeit, das mich von jeher begleitete, wenn ich mit Sibylle stritt. Sie schaffte es einfach immer, die Tatsachen so zu ihren Gunsten zu verdrehen, dass ich als Verliererin aus dem Ring ging. Einmal war ich mit ihr auf der Hindenburgstraße, der großen Einkaufsstraße in Mönchengladbach, zum Shoppen gewesen. Unsere ältere Cousine wollte heiraten, und unsere Mutter hatte uns losgeschickt, um für mich etwas Passendes zum Anziehen zu kaufen. Sibylle schwatzte mir einen Minirock in Neonfarben auf, der aussah, als wollte ich in einem Cindy-Lauper-Video mitspielen. Ich hatte gleich gewusst, dass der Rock nicht dem entsprach, was meine Mutter als »passend« erachten würde, aber Sibylle redete mir ein, wie cool und erwachsen ich darin aussehen würde. Ich ließ mich von ihr überreden. Natürlich fiel unsere Mutter aus allen Wolken, als sie das Teil sah. Sie warf Sibylle vor, dass sie das nicht hätte zulassen dürfen. Die behauptete einfach, sie hätte alles versucht, mich zur Vernunft zu bringen, aber ich hätte stur auf den Fetzen bestanden. Letztendlich bekam ich den Ärger, musste den Rock zurückbringen und zur Hochzeit die rote Samthose von Weihnachten und eine alte Bluse von Sibylle anziehen. Aber die Rahmenbedingungen hatten sich geändert. Ich war nun erwachsen und musste mich in meinem eigenen Haus sicher nicht derart zurechtweisen lassen. Es war keine Mutter da, die mir sagte, ich solle mich schämen und in mein Zimmer gehen. Nun konnte ich Sibylle endlich auf Augenhöhe begegnen.

»So, das verletzt dich, ja? Und mich verletzt es, dass du mich dazu benutzt, deine sozialen Unzulänglichkeiten zu kaschieren. Und hier meine ich nicht nur deine gescheiterte Beziehung mit Stefan. Wo sind denn deine stylischen Freunde, mit denen du dich sonst so gerne umgibst? Im Gegensatz zu dir habe ich mein Leben im Griff, also untersteh dich, jemals wieder etwas anderes zu behaupten. Wenn du Hilfe brauchst, bin ich für dich da, das ist gar kein Thema. Aber ich lass nicht zu, dass du dich auf meine Kosten gesundstößt. Dass du die Sache mit Michael verdrängt hast, glaube ich nur zu gern. War ja auch alles andere als schmeichelhaft für dich. Und wo wir schon dabei sind: keine Kommentare über meine Kinder oder meinen Mann. Ich mag unser Leben so, wie es ist, und wenn es dir nicht gefällt, steht es dir frei, zu gehen.« Wow, Emanzipation nach über 30 Jahren. Mein Herz klopfte laut. Normalerweise ging ich Streitigkeiten aus dem Weg. Ich hatte eine hohe Frustrationstoleranz, viel Verständnis für die Befindlichkeiten meiner Mitmenschen, und wenn ich

mich doch einmal über Freunde ärgerte, zog ich mich in der Regel zurück.

Gespannt wartete ich auf Sibylles Reaktion. Erstaunlich ruhig sagte sie: »Wenn du es so willst, dann gehe ich natürlich.«

»Nein, Sibylle, ich will nicht, dass du gehst. Ich wünsche mir, dass du bei dem, was du sagst, mehr Rücksicht auf unsere Gefühle nimmst. Wer wird schon gern beleidigt, noch dazu in seinem eigenen Haus. Gerade hast du es schon wieder getan. Ein ›verwöhntes Blag‹, das nur die Hand aufhält, würde dich sicher nicht hier wohnen lassen. Du kannst wirklich gerne eine Weile hierbleiben, aber diese Sachen, die du ständig so unreflektiert raushaust, machen das Zusammenleben mit dir extrem schwer. Ich sag dir jetzt, was wir tun. Ich rede mit Mama und erkläre ihr die Situation, du hältst dich mit Äußerungen über uns und unser Leben zurück und machst ab morgen Yoga. Einverstanden?« Hatte ich das jetzt nicht geschickt in meine Rede eingebaut? Vermutlich hatte sie mir gar nicht zugehört und würde meinen Vorschlag kommentarlos abnicken.

Was hatte ich mir nur gedacht? Ich hätte es doch wirklich besser wissen müssen. Sibylle hatte noch nie etwas »kommentarlos abgenickt«. Auch im angeschlagenen Zustand funktionierte ihr Abwehrmechanismus nach wie vor hervorragend. Reflexartig schoss die Antwort aus ihr heraus: »Was soll ich machen? Yoga? Ich glaub, du spinnst wohl! Ich bin doch kein körnerfressender Grünteetrinker! Echt jetzt, Maxi, das kannst du vergessen. Yoga geht gar nicht! Das ist ja so 90er. In

Köln macht das kein Mensch mehr.« Wie bitte? 90er? Yoga? Wusste die Frau überhaupt, wovon sie sprach? Natürlich nicht, und das war ihr auch vollkommen egal. Ich sollte doch langsam wissen, wie sie tickte.

»Du, Sibylle, ich wollte dir mit dem Yoga-Kurs eine Freude machen. Ich dachte, es würde dir guttun, dich ein wenig sammeln zu können, zu innerer Harmonie zu finden und neue Kraft zu schöpfen. Du brauchst Hilfe, damit es dir wieder besser geht, du einen klaren Kopf bekommst, um die Zukunft planen zu können. Nur ich kann das nicht leisten. Ich habe zwei Kinder, einen Mann, einen Job und ein Haus. Es ist auch ohne dich schon sehr schwer, alles im Gleichgewicht zu halten.«

»Sag ich ja, du bist überfordert«, fuhr Sibylle mir ins Wort. Doch ein Lächeln in ihrem Gesicht zeigte mir, dass Sibylle verstanden hatte. Ich spürte, dass ich ihr nur noch die Hand reichen musste, dann konnte ich sie auf meine Seite ziehen.

»Bitte, Sibylle, nimm die Hilfe an und gib dem Kurs eine Chance. Du musst auch nur einmal hingehen. Tu mir den Gefallen!«

Sibylle seufzte tief und drückte Filou fest an sich. Schließlich sagte sie: »Also gut. Aber nur einmal.«

Am nächsten Morgen schickte ich Sibylle zeitig zu Swami Lalasenanda. Ich musste dringend an den Vor-

bereitungen der kommenden Events arbeiten. Filou leistete mir im Arbeitszimmer Gesellschaft. Wenn er nicht gerade ins Wohnzimmer pieselte, war er eigentlich ganz erträglich. Ich kam zügig voran und hatte meine Arbeit erledigt, noch bevor Sibylle zurück war. Gut gelaunt nutzte ich die Ruhe im Haus dazu, mal wieder eine Kolumne für Hannas Website zu schreiben. Hanna war meine beste Freundin aus der Schulzeit. Wir waren damals unzertrennlich und hatten fest vor, gemeinsam zu studieren und zusammenzuwohnen. Aber es sollte anders kommen. Die Zentralstelle für die Vergabe von Studienplätzen trennte unsere Wege. In einer Zeit vor Flatrate, Internet und Handys überstand unsere Freundschaft die räumliche Trennung zwischen Münster und Heilbronn nicht. Nach einem großen Streit herrschte Funkstille. Keine machte den ersten Schritt, und so vergingen zehn Jahre, bis ich Hanna vor etwa einem Jahr in einem sozialen Netzwerk im Internet wiedergefunden hatte. Ich stolperte über ihren Namen, gab mir einen Ruck und schickte ihr eine Mail. Hanna war damals gerade nach Mönchengladbach zurückgekehrt und dabei, ihre Website *jobsformums.de* einzurichten. Die Seite bot Müttern alle relevanten Informationen rund um die Themen Job und Kinder. Seit etwa einem halben Jahr hatte ich eine Kolumne auf *jobsformums.de*, die sich bereits großer Beliebtheit erfreute. Ich schrieb über die unterschiedlichsten Themen; alles, was mir gerade so einfiel. Manchmal war es ein gesellschaftskritischer Beitrag über die Situation berufstätiger Mütter in Deutschland, manchmal machte ich auch nur meinem Ärger über das Verhalten bestimmter Personengruppen Luft; oder ich testete die Praxistauglichkeit elektronischer Innovationen. Heute musste ich nicht lange überlegen. Das Thema brannte mir schon seit einer Weile unter den Nägeln.

KOLUMNE

Frauen an die Macht

Neulich war ich in Bonn. Familienausflug. Da darf ein Besuch im Haus der Geschichte natürlich nicht fehlen, schließlich sollen die Kinder ja etwas über ihr Heimatland erfahren. Jeder Bundesbürger sollte mindestens einmal dort gewesen sein. Sehr ausführlich wird die deutsche Geschichte chronologisch vom Zweiten Weltkrieg bis heute mit anschaulichen Exponaten dargestellt. Ein Gegenstand der Ausstellung hat mich so tief beeindruckt, dass er mir wohl noch lange in Erinnerung bleiben wird. Er ist klein und eher unscheinbar. Sie finden ihn in der Abteilung der späten 70er-Jahre. Es handelt sich um die Stellenanzeige einer großen deutschen Bank mit der Überschrift: »Mehr Frauen in Führungspositionen«. Im Anzeigentext erläutert die Bank, dass sie es schade findet, dass so wenig Frauen in Führungspositionen zu finden sind, und wirbt um Mitarbeiterinnen, die bei der Bank Karriere machen wollen. Löbliche Aktion. Warum jauchze und singe ich dann nicht vor Freude? Weil sich in den letzten 35 bis 40 Jahren kaum etwas geändert hat. Würde man diese Anzeige wortwörtlich heute in einer Tageszeitung veröffentlichen, so würde es niemandem auffallen, wie alt sie schon ist. Das Datum würde man für einen Druck-

fehler halten, nicht den Inhalt. Die Welt hat sich in den Jahren, die seitdem vergangen sind, grundlegend verändert – um den Fernsehsender zu wechseln, muss heute niemand mehr aufstehen, die Tante in Amerika kann via Skype jeden Morgen mit uns frühstücken, und zum Einkaufen muss ich nicht einmal das Haus verlassen. Aber um als Frau erfolgreich im Beruf zu bestehen, muss ich heute gegen die gleichen Widrigkeiten ankämpfen wie damals. Das sind zum einen Männer, die Angst haben, Macht zu teilen oder gar völlig zu verlieren; zum anderen sind es aber in der Hauptsache Frauen, die sich gegenseitig nicht das Schwarze unter den Fingernägeln gönnen. Männer bilden schon zu Beginn ihrer beruflichen Laufbahn Seilschaften, von denen sie oft ein Leben lang profitieren. Frauen pflegen Freundschaften, aber wenn es um das berufliche Weiterkommen geht, sind wir häufig auf uns allein gestellt. Wieso soll die es einfacher haben als ich, denkt sich so manch eine Frau und sieht der vermeintlichen Konkurrentin argwöhnisch aus sicherer Entfernung dabei zu, wie sie sich bemüht, auf der Karriereleiter einen Schritt nach oben zu machen. Auf diese Weise bleiben wir Einzelkämpferinnen mit der Betonung auf »Kämpferinnen«. Denn die erfolgreichen Frauen werden sowohl von Männern als auch von anderen Frauen gerne mal als »Kampfhennen« bezeichnet. Kein Wun-

der; schließlich ist der Weg nach oben für eine Frau ja auch ein Kampf. Wenn wir tatsächlich mehr Frauen in Führungspositionen sehen wollen, und zwar nicht nur als Inhaberin des Nagelstudios in der Einliegerwohnung des Einfamilienhauses, dann müssen wir uns unbedingt stärker vernetzen, Kontakte nutzen und auch selbst aktiv andere Frauen unterstützen, weiterempfehlen und stärken. Wenn wir das von den Männern lernen, werden wir aufhören, uns im Kreis zu drehen, und dann werden Werbeanzeigen wie die oben beschriebene für unsere Kinder genauso befremdlich sein wie ein Telefon mit Wählscheibe oder ein Fernseher mit nur drei Programmtasten.

4

»Ihr werdet es nicht glauben, aber der Swami hat gesagt, er hätte mich auf 25 geschätzt, höchstens! Und er will mir dabei helfen, meinen inneren Frieden wiederzufinden. Er hat mir versprochen, dass ich in spätestens einem halben Jahr ein neuer Mensch bin!« Sibylle überschlug sich beim Mittagessen förmlich vor Begeisterung. Es war schön, sie so fröhlich zu sehen. Ich freute mich darüber, dass ihr die Yoga-Stunde offenbar gutgetan hatte. Na also, da waren wir doch auf dem richtigen Weg. »Glaub mir, Maxi, dir würde das auch nicht schaden. Natürlich kann sich der Swami erst mal nur um mich so intensiv kümmern. Da muss er jetzt seine ganze energetische Kraft reingeben. Aber wenn ich ihn nicht mehr brauche, trete ich ihn dir ab, ist versprochen.«

»Nee, ist schon klar, der muss jetzt seine energetische Energie in dich reinstecken. Sonst hilft's ja nicht.« Ich wollte mir lieber nicht vorstellen, wie genau dieser Energieaustausch vonstattenging.

»Was steckt der in dich rein, Sibylle? Erzähl doch mal! Und wo steckt der das rein? In deinen Mund?

Schmeckt das gut?« Jan wollte es mal wieder ganz genau wissen, aber da ich selbst nicht ganz sicher war, mit welchen Methoden der Swami an Sibylles innerem Frieden arbeitete, wechselte ich das Thema.

»Kinder, jetzt lasst Sibylle mal in Ruhe essen. Till, wenn du fertig bist, beeil dich mit den Hausaufgaben. Wir fahren gleich zu Hagen und Paul. Sibylle, wie sieht's aus, kommst du mit?«

»Nee du, lass mal. Ist lieb von dir, aber vier Kinder auf einmal sind mir echt zu viel. Außerdem wollte ich gleich mal im Internet nach einer ordentlichen Yoga-Ausrüstung suchen. In eurem Kaff finde ich so was wohl nicht.«

»Du wirst es nicht glauben, aber selbst hier in der schwäbischen Provinz gibt es ein Sportgeschäft. Ich schreib dir die Adresse auf. Dein Navi wird dich dann sicher hinführen. Jan, Till, wenn ihr eure Teller abgeräumt habt, dürft ihr hochgehen. In 30 Minuten ist Abfahrt.«

Eine Stunde später saß ich in Andreas Küche und genoss gut gelaunt einen leckeren Latte macchiato. Die Kinder tummelten sich eine Etage höher in den Kinderzimmern. Das gleichmäßige Poltern über unseren Köpfen zeugte von einem bislang friedlich verlaufenden Fußballspiel.

»Mensch, Andrea, ich weiß gar nicht, wie ich dir danken soll. Die Idee mit dem Yoga war genau die richtige! Sibylle ist total begeistert. Der Swami scheint's echt draufzuhaben.« Amüsiert dachte ich an den beim

Mittagessen diskutierten Energietransfer. »Und bei euch alles fit? Du siehst heute gar nicht glücklich aus.«

»Ich brauch dringend Urlaub. Ich hab das Gefühl, mein Akku lädt über Nacht nicht mehr richtig auf. Memory-Effekt, du kennst das ja. Wie beim Handy. Ich wache morgens müde auf, schlepp mich durch den Tag und fall am Abend ins Bett, sobald die Jungs schlafen. Und ausgerechnet jetzt ist Arthur so viel unterwegs. Keine Unterstützung, dafür ein riesen Berg Wäsche, wenn er nach Hause kommt. Und wenn der gnädige Herr dann von seiner anstrengenden Dienstreise ins traute Heim zurückkehrt, wäre es ihm sehr angenehm, von seiner getreuen Gattin liebevoll umsorgt zu werden.« Das klang ganz und gar nicht gut.

»Hey, Andrea, so kenne ich dich ja gar nicht. Warst du schon beim Arzt?«

»Ja super! Genau! Ich geh mal kurz zum Arzt und lass mir ein paar Pillen verschreiben, damit ich wieder rundlaufe. So einfach ist das nicht!« Wow, was war denn in sie gefahren? Ich wollte ihr doch gar nicht zu nahe treten. Diese Reaktion sah Andrea ganz und gar nicht ähnlich. Sarkasmus war mehr mein Metier.

»Andrea, entschuldige. Ich wollte dich nicht kränken. Ich meine nur, dass so ein Energiemangel ja körperliche Ursachen haben kann: Schilddrüse, Zeckenbiss, da gibt es viele Möglichkeiten. Wenn ich dir helfen

kann, dann sag es. Weißt du was? Am Wochenende übernachten Hagen und Paul bei uns. Dann kannst du dich mal nur um dich kümmern und Kraft tanken.«

»Ach Maxi, tut mir leid, dass ich dich so angefahren hab. Ich kenn mich zurzeit selbst nicht mehr. Das ist superlieb von dir. Die Jungs werden sich riesig freuen.«

»Und Sibylle erst mal!« Ich war schon gespannt auf das Gesicht meiner Schwester, wenn am Samstagabend vier Jungs durch unser Haus tobten.

Als wir daheim ankamen, war Sibylle noch unterwegs. Filou hatte sie zum Glück mitgenommen. Ich hatte wirklich keine Lust, mal wieder eine Pfütze aufwischen zu müssen. Der Begriff »stubenrein« war bei Filou Auslegungssache. In Sibylles Augen war ihre kleine »Pipimaus« selbstverständlich stubenrein, litt zurzeit nur sehr unter der Trennung von Herrchen und Frauchen. Auf dieses traumatische Erlebnis reagierte er ihrer Meinung nach mit einer Entwicklungsretardierung, wofür wir alle großes Verständnis haben müssten. Ein wenig erinnerte Sibylle mich an manche Mütter aus dem Kindergarten, die ständig mit ihren hochbegabten Kindern angaben. Und falls ihre Sprösslinge in irgendeinem Bereich dann doch nicht perfekt, sondern einfach nur ganz normale Kinder waren, so wurden diese »Verfehlungen« sofort damit erklärt, dass traumatisierende Erlebnisse verarbeitet werden mussten. Anfangs hatte ich mich noch voll Mitgefühl danach erkundigt, was denn vorgefallen wäre. Aber nachdem ich erfahren musste, dass der Abdullah zu dem Timo »Arschloch« gesagt hatte und die Schantallee die Puppe von der Doreen im Klo geduscht hatte, war mein Wissensdurst gestillt. Filou war augenscheinlich ein Kinderersatz für Sibylle. Diese Erkenntnis erleichterte es mir, seinen Aufenthalt in unserem Haus zu akzeptieren. Ich stellte mir einfach vor, meine Schwester hätte ihr Kind mitgebracht. Ein dreijähriges, furchtbar verwöhntes und motzendes Kind, das mit seinem Benehmen unsere ganze Familie tyrannisierte. Dagegen war Filou doch geradezu liebenswert. Alles im Leben war eine Frage des Blickwinkels. Die Kunst bestand darin, sich so zu positionieren, dass die Vorteile der Situation klar auf der Hand lagen. Ich beschloss, Filou gegenüber etwas nachsichtiger zu sein, genoss aber im Moment die Tatsache, dass sowohl er als auch Sibylle unterwegs waren. Till und Jan spielten im Garten Fußball; ideale Bedingungen, um noch ein wenig zu arbeiten. Für den italienischen Gitarrenabend im *Mario's* musste ich eine Pressemitteilung schreiben und eine Vorankündigung auf Marios Fanpage posten. Ich startete den Computer und überprüfte meinen Posteingang. Die Hälfte der 27 neuen Mails wanderte ungelesen in den virtuellen Papierkorb. Während ich die Werbung genervt löschte, überlegte ich, ob die Presseredakteure meine Mail am Abend genauso desinteressiert wegklicken würden. Bei den restlichen Mails las ich kurz die

Betreffzeilen, um sie nach Dringlichkeit zu sortieren. Eine Mail weckte mein besonderes Interesse. Sie kam vom Verband berufstätiger Mütter. Was wollten die denn von mir?

Von: Verband berufstätiger Mütter
An: Maxi Anders
Betreff: Terminanfrage

Sehr geehrte Frau Anders,

vor einiger Zeit bin ich auf Ihre Kolumne auf der Website »jobsformums.de« gestoßen, die ich seitdem mit wachsender Begeisterung regelmäßig lese. Mir gefällt die Art, wie Sie mit aus dem Leben gegriffenen Beispielen auf gesellschaftspolitische Missstände hinweisen und die Lösung doch stets auch in uns selbst finden. Am 15. April haben wir in Stuttgart eine Veranstaltung zum Thema »Frauen in Führungspositionen – Brauchen wir die Frauenquote«? Heute las ich Ihre Kolumne »Frauen an die Macht«, die mir in weiten Teilen aus der Seele gesprochen hat. Spontan kam mir die Idee, Sie als Gastrednerin zu unserer Veranstaltung einzuladen, um das ernste Thema mit Ihren heiteren aber dennoch tiefgründigen Kolumnen ein wenig aufzulockern. Ich würde mich sehr freuen, Sie am 15. April in Stuttgart persönlich kennenzulernen.

Mit freundlichen Grüßen
Jenny Groß

Das war ja ganz unglaublich! Der Verband berufstätiger Mütter fragte mich, ob ich als Gastrednerin bei einer Veranstaltung auftrat? Ich sozusagen selbst als Show-Act und nicht als Organisatorin? Mein Gott! Reden vor Menschen? Die Gefühle fuhren Achterbahn. Ich freute mich riesig über dieses positive Feedback auf meine Arbeit, und gleichzeitig ergriff mich große Panik bei dem Gedanken daran, vor einem größeren Publikum zu sprechen. Völlig aufgeregt und überdreht rief ich Alex im Büro an und las ihm die Mail vor.

»Und was zahlen die?« Alex reagierte nicht ganz so euphorisch, sondern mit dem ihm eigenen Pragmatismus.

»Das ist doch total egal! Ich finde das schon unglaublich, dass die mich überhaupt wollen.«

»Natürlich wollen die dich. Das ist überhaupt nicht unglaublich. Deine Kolumnen sind super. Sie sind aus dem Leben gegriffen, treffen den Nagel auf den Kopf, mit genügend Biss und trotzdem einfühlsam. Die können froh sein, dich für ihre Veranstaltung zu bekommen. Und dafür können sie auch zahlen. So sehe ich das.«

»Du bist so lieb, Alex. Aber du bist mein Mann. Du musst mich toll finden. Dass völlig fremden Menschen meine Kolumne gefällt und die mich auch noch ein-

laden, ist für mich schon echt überwältigend. Das ist eine riesige Ehre für mich. Ich muss das erst mal sacken lassen, bevor ich der Frau Groß antworten kann. Ich freu mich so, Alex!«

»Und ich bin verdammt stolz auf dich! Heute Abend stoßen wir an und feiern das. Ich liebe dich. Bis später.«

Nach dem Telefonat sortierte ich meine Gedanken und verfasste ein Antwortschreiben an Frau Groß. Danach konnte ich endlich mit der Pressemitteilung anfangen, aber ich kam nicht weit. Laute Schreie aus dem Garten machten mir unmissverständlich klar, dass meine Anwesenheit gefordert war. Seit Jan im vorigen Jahr die Treppe heruntergefallen war, stürzte ich bei jedem Geschrei sofort herbei, stets in Sorge, es könnte etwas Schlimmes passiert sein. Natürlich wussten die Kinder das und nutzten es für ihre Zwecke aus. So eilte ich auch dieses Mal in den Garten, um zu sehen, ob beide Kinder noch alle Gliedmaßen an den vorgesehenen Stellen trugen. Jan lag zusammengekrümmt auf dem Rasen, weinte und brüllte gleichzeitig.

»Auaaa! Mamaaa! Der Till hat mich in den Bauch getreten! Aua, aua, auaaaaa!«

»Ja Mann, was kann ich dafür? Mit dem kann man nicht Fußball spielen! Immer, wenn ich den Ball treten will, wirft er sich drauf und hält ihn fest.«

»Ja, weil du immer so viele Tore schießt! Auaaa!«

Ich überprüfte kurz, ob auf Jans Bauch irgendwelche Fußabdrücke zu sehen waren, schätzte die Situation als unkritisch ein und ging zurück ins Haus, um meine Arbeit endlich zu beenden. Damit zog ich den Zorn beider Kinder auf mich, die verlangten, dass ich den jeweils anderen zurechtweisen und bestrafen sollte. Wenigstens waren sie sich nun wieder einig. So ist es ja auch im Erwachsenenleben: Ein gemeinsames Feindbild schweißt zusammen. Jetzt musste ich mich aber wirklich ranhalten; die Jungs würden bald nach Nahrung verlangen, und es konnte nicht mehr lange dauern, bis auch Sibylle und Filou von ihrer Shopping-Tour zurückkehren würden. Nachdem ich den Text verfasst und an alle relevanten Medien verteilt hatte, begab ich mich in die Küche, um das Abendessen vorzubereiten. Vorher wollte ich aber noch schnell den Termin in Stuttgart in unseren Familienplaner eintragen. Der 15. April war ein Donnerstag. Ach du Schande! Genau in der Woche hatte Alex eine mehrtägige Dienstreise. Daran hatte ich ja gar nicht gedacht! Was sollte ich denn mit Jan und Till machen? Normalerweise hätte ich Andrea um Hilfe gebeten. Aber die brauchte im Moment selbst Unterstützung. Ich konnte ihr unmöglich auch noch meine Kinder aufdrücken. So ein Mist! Hatte ich zu früh zugesagt? Das war mal wieder typisch Maxi. Total unorganisiert. Natürlich hätte ich die Kinderbetreuung zuerst klären müssen. Aber ich hatte mich so über dieses Angebot gefreut, dass ich schnell zusagen wollte, bevor sie es sich noch einmal anders überlegten. Außerdem wollte

ich unbedingt an der Veranstaltung teilnehmen. Solch eine Chance würde ich sicherlich so schnell nicht wieder bekommen. Das durfte ich mir einfach nicht entgehen lassen.

»Ha-loho! Hier kommen zwei müde Shopping-Queens. Schwesterherz, was freu ich mich auf einen leckeren Latte macchiato! Wir sind ja so was von erledigt! Stimmt's Filou?«

Ja klar! Ich hatte nur darauf gewartet, meiner vom Einkaufen erschöpften Schwester ein Heißgetränk mit Gebäck servieren zu dürfen. Typisch! Kaum war Sibylle wieder im Haus, musste sie alles durcheinanderbringen.

Moment mal. Sibylle war im Haus. Ja natürlich. Nein, lieber nicht. Das war eine ganz dumme Idee. Es musste noch eine andere Lösung für mein Problem geben. Nur welche?

»Hallooo, Erde an Maxi! Was ist mit dir? Du siehst aus, als hättest du in eine Zitrone gebissen. Komm, mein Schatz, jetzt mach uns mal en lecker Käffchen und ich zeig dir, was Filou und ich Schickes gefunden haben. Zuerst dachte ich ja, ich bin hier im modischen Niemandsland gestrandet. Hab mich ein bisschen gefühlt wie bei der Klassenfahrt nach Berlin damals, als wir einen Tag mal rüber sind in die DDR. Aber dann hab ich doch eine ganz süße Boutique entdeckt. Die hatte fast sogar was von meiner Lieblingsboutique in Köln. Und die Verkäuferin war auch superfreundlich. Ich habe zwar nicht verstanden, was sie gesagt hat – ehrlich Maxi, hast du keine Sorge, dass deine Kinder hier kein Deutsch lernen? – aber wir Fashionistas verstehen uns auch ohne Worte.«

Unmöglich konnte ich Sibylle meine Kinder anvertrauen. Ebenso gut hätte ich sie an einer Autobahnraststätte aussetzen können mit einem Schild: »Bitte gebt uns zu essen und zu trinken. Wir werden morgen wieder abgeholt.« Das ging auf gar keinen Fall. Aber welche Alternativen blieben mir? Außerdem war Sibylle ihre Tante. Sie war erwachsen – nun ja, zumindest volljährig – und genau genommen musste sie nur einen Abend auf die Jungs aufpassen. Ich würde am späten Nachmittag nach Stuttgart fahren und dort auch übernachten. Sibylle musste ihnen also das Abendessen machen, sie noch ein wenig fernsehen lassen, ins Bett schicken und am nächsten Morgen nach dem Frühstück zur Schule und in den Kindergarten bringen. Bis zum Mittagessen wäre ich wieder zu Hause. Bei genauer Betrachtung war das doch durchaus machbar. Außerdem wächst man bekanntermaßen mit seinen Aufgaben. Vielleicht würde sie auf diese Weise auch ein engeres Verhältnis zu den Kindern entwickeln. Ich musste Sibylle einfach vertrauen.

KOLUMNE

Girlfriends

Was macht eine gute Freundin aus? Wie viele beste Freundinnen kann frau haben? Wie viel dürfen wir von unserer Freundin erwarten? Mag meine Freundin mich genau so sehr wie ich sie? Werden wir später tatsächlich gemeinsam eine Witwen-WG mit privatem Zivi gründen? Die beste Freundin ist für viele Frauen ebenso wichtig wie der Partner. Kein Wunder, kennen wir sie doch häufig schon viel länger als den Ehemann. Mit ihr haben wir Barbie schick angezogen und Ken geköpft, wir haben gegenseitig die Hausaufgaben voneinander abgeschrieben, dreißigmal Mal zusammen »La Boum« gesehen und unter Tränen »Reality« mitgeträllert. Wir haben argwöhnisch den ersten Freund der anderen begutachtet, Liebeskummer miteinander geteilt und uns als Trauzeugin die Finger blutig gestochen beim Basteln der aufwendig gestalteten Einladungskarten. Eine Frauenfreundschaft kann mitunter ganz schön anstrengend sein. Wir geben viel, erwarten aber umgekehrt von unserer Freundin das gleiche Maß an Anteilnahme. Erhalten wir diese nicht in der erhofften Form, ziehen wir uns verletzt zurück und stellen die Freundschaft infrage.

Männerfreundschaften sind einfacher strukturiert. Man trifft sich im Sandkasten, klaut sich gegenseitig die Schaufel und zerstört die Sandburg des anderen. Als Zeichen der Versöhnung teilt man den letzten Cola-Lolli mit dem Kumpel. Irgendwann zelebriert man feierlich Blutsbrüderschaft, und wenn man sich 30 Jahre später unverhofft am Check-in-Schalter im Flughafen trifft, fällt man sich in die Arme und trinkt ein alkoholfreies Bier zusammen. Männerfreundschaften sind oberflächlicher, möchte man meinen. Ist das wirklich so? Wenn man genau hinsieht, stellt man fest, dass Männer sehr wohl füreinander da sind. Der Unterschied zu uns Frauen besteht darin, dass sie helfen, ohne große Worte darum zu machen. Sie messen den Grad der Freundschaft nicht an der Hilfsbereitschaft des anderen. Und das ist sehr klug. Hilfsbereitschaft steht nicht unbedingt synonym für ehrliche Freundschaft. Es kann viele Gründe dafür geben, einem anderen zu helfen. Zum Beispiel weil man das Gefühl mag, gebraucht zu werden, oder weil man sich auch einen Gefallen des anderen erhofft. Manch einer bezieht daraus sogar seine Daseinsberechtigung. Es heißt, dass man in der Not seine Freunde erkennt. Das mag bedingt stimmen, aber auch in besonders guten Zeiten zeigt sich, wer ein wahrer Freund ist. Den Erfolg eines anderen neidlos zu teilen und sich aufrichtig mit ihm zu freuen, fällt

häufig sogar schwerer, als eine Schulter zum Ausweinen zu leihen.

Freundschaft hat viele Facetten. Nur weil wir Frauen unsere Freundschaften mehr thematisieren, dürfen wir daraus nicht schließen, dass Männerfreundschaften oberflächlicher und weniger bedeutsam sind. Es ist toll, dass wir Frauen aufmerksam, sensibel und empathisch sind. Aber wir können auf der anderen Seite auch fordernd, berechnend und sehr nachtragend sein. So manch eine Freundschaft zerbricht an verletzten Gefühlen, an nicht erfüllten Erwartungen. Das ist schade.

Vielleicht können wir uns in Sachen Freundschaft doch etwas von den Männern abschauen. Beim nächsten Streit pack ich den Lolli aus, das nehme ich mir ganz fest vor. Natürlich nur im übertragenen Sinn. Ich will ja nicht zum Mann mutieren. Und das mit der Blutsbrüderschaft können sie auch behalten. Da treff ich mich doch lieber zur gemeinsamen Handtaschenjagd und lade meine Freundin zum Kaffee ein!

5

Gut 14 Tage später brachten Sibylle, Filou und die Jungs mich zum Bahnhof. Beim Anblick meiner Lieben zweifelte ich an der Richtigkeit meines Vorhabens. Die Kinder sahen so klein und verloren aus auf dem großen Bahnsteig. Jan wollte mich gar nicht mehr loslassen. Er schlang seine kleinen speckigen Ärmchen um meinen Hals und drückte mich, so fest er nur konnte. »Tschüss, Mama. Ich liebe dich!«

»Ich dich auch, mein kleiner Engel! Ich und du, du und ich; wir lieben uns ganz fürchterlich! Tschüss, mein Liebling. Morgen bin ich wieder da. Till, komm her, mein Großer. Lass dich auch noch mal drücken. Schön lieb sein, ja?«

»Musst du wirklich fahren? Ich will nicht allein sein, Mama.« Till standen die Tränen schon in den Augen. Ich hoffte, der Zug würde endlich einfahren, denn ich war kurz davor, meinen kleinen Ausflug abzubrechen. Es war das erste Mal, seit die Kinder auf der Welt waren, dass ich ohne sie über Nacht wegfuhr. Und Alex war auf Geschäftsreise. Was war ich nur für eine Mutter? Ich ließ meine Babys mit einer Tante zurück,

die sie überhaupt nicht kannten und die keinen Hehl daraus machte, dass sie Kinder für nervige kleine Quälgeister hielt. Skeptisch schaute ich zu Sibylle hinüber. Mein Gott! Die Schuhe! Mit ihren 15-cm-Absätzen würde sie unmöglich einem Kind hinterherlaufen können, um es vor dem heranbrausenden Auto retten zu können. Wirklich, ich sollte das nicht tun. Zum Glück fuhr in diesem Moment der Zug ein. Für Zweifel war nun keine Zeit mehr. Ich umarmte die Jungs noch einmal fest, dann stieg ich ein und winkte durchs Fenster. Jan hüpfte auf dem Bahnsteig auf und ab und warf mir Luftküsse zu. Till stand regungslos da. Ich sah, wie sehr er sich bemühte, gegen die Tränen anzukämpfen. Als der Zug sich in Bewegung gesetzt hatte und meine Familie außer Sichtweite war, ließ ich den Tränen freien Lauf, die Till so tapfer zurückgehalten hatte. Was war nur in mich gefahren, als ich diesen Termin zugesagt hatte? Ich war Mutter, hatte mich gegen Karriere entschieden und eine Arbeit gesucht, die ich mit der Familie vereinbaren konnte. Was suchte ich in Stuttgart, während meine Kinder allein zu Hause saßen? Schuldgefühle plagten mich. Das hier war nicht richtig.

»Ist alles in Ordnung mit Ihnen?« Die ältere Dame, die mir gegenübersaß, sah mich besorgt an.

»Ja, vielen Dank. Es tut mir leid. Es ist wegen meiner Kinder. Ich lasse sie heute zum ersten Mal allein«, entschuldigte ich mich, während ich in meiner Handtasche nach einem Taschentuch suchte.

»Hier, bitte sehr. Sie können gleich die ganze Packung behalten. Ich weiß genau, wie Sie sich fühlen.

Als ich meinen ersten Ausflug ohne Kinder gemacht habe, war ich überzeugt, ihre Entwicklung damit nachhaltig zu schädigen. Ich wollte eine gute Freundin im Krankenhaus besuchen. Da konnte ich die Kinder natürlich nicht mitnehmen. Mein Sohn war damals fünf und meine Tochter drei. Mein Mann war beruflich viel unterwegs, und deshalb habe ich die beiden bei der Schwiegermutter untergebracht. Ich habe mich so schlecht gefühlt, aber der Besuch bei meiner Freundin war mir sehr wichtig. Als ich die Kinder dann am nächsten Tag bei der Oma abgeholt habe, waren sie natürlich putzmunter und wollten gar nicht mit mir nach Hause gehen. Glauben Sie mir, Ihren Kindern wird es genauso gehen.« Die Dame lächelte mich aufmunternd an.

»Vielen Dank. Das ist mir sehr peinlich. Ich war nicht darauf gefasst, dass mir der Abschied so schwerfallen würde. Ich komme ja morgen schon wieder zurück, und die Kinder sind bei meiner Schwester bestimmt gut aufgehoben, obwohl sie selbst keine Kinder hat. Außerdem befindet sie sich gerade in einer schwierigen Phase. Ihr Freund hat sich getrennt. Nach 20 Jahren ist ihm eingefallen, dass er sein Erbgut doch noch weitergeben will. Aber das sollte dann schon mit einer Jüngeren stattfinden. Oh mein Gott, entschuldigen Sie bitte. Sie müssen einen ganz schrecklichen Ein-

druck von mir haben. Ich bin jetzt ganz ruhig, versprochen.« Verschämt blickte ich aus dem Fenster und wünschte mir ein Mauseloch zum Verkriechen. Leider gab es im Regionalexpress keinen Speisewagen, in den ich mich zurückziehen konnte. Den Platz wechseln wäre sehr unhöflich gewesen. Sollte ich mich ein-einhalb Stunden in der Toilette einschließen? Lieber nicht. Davon abgesehen, dass dies nicht der Ort war, an dem ich meine Reise verbringen wollte, würde bei meinem Glück wahrscheinlich ein Mitreisender den Schaffner rufen, und ich würde unfreiwillig für einen Aufruhr sorgen, der noch peinlicher wäre, als es die Situation ohnehin schon war.

»Das muss Ihnen nicht unangenehm sein. Ich verstehe Ihre Sorgen. Beim ersten Mal ist es am schlimmsten, glauben Sie mir. Wir Frauen mögen ja viele Talente haben, unter anderem die vielgepriesene Multitasking-Fähigkeit, aber Loslassen gehört sicher nicht zu unseren Stärken. Um das zu lernen, werden uns Kinder geschickt.« Während sie sprach, kramte sie erneut in ihrer Handtasche und zog eine Tafel Schokolade heraus. »Hier, nehmen Sie ein Stück. Das tut gut.«

Verblüfft sah ich meine Mitreisende an. Wie sie mir da vergnügt die Schokolade anbot, kam sie mir vor wie eine Fee oder ein anderes unwirkliches Wesen, das mir geschickt wurde, um meinen Abschiedsschmerz zu lindern. »Vielen Dank. Mit Ihnen zu reden, tut auch gut. Ich komme mir gerade wirklich sehr dumm und unbeholfen vor. Ich meine, wenn es mir so schwerfällt, die Kinder bei meiner Schwester zu lassen, dann sollte ich vielleicht einfach zu Hause bleiben, statt hier zu sitzen und zu jammern.«

»Ja natürlich, dann müssten Sie sich diese Sorgen jetzt nicht machen. Aber dann dürfen Sie sie auch nicht allein auf den Spielplatz lassen oder zu Freunden zum Spielen. Dann würden Sie sie letzten Endes daran hindern, selbstständig und lebensfähig zu werden, und das wollen Sie sicher nicht. Übrigens, mein Name ist Meier, Inge Meier.«

»Freut mich sehr, Frau Meier. Ich heiße Maxi Anders ...«

»Nein, Herr Schneider! Beruhigen Sie sich! Nehmen Sie Ihre Tablette. Hören Sie? Herr Schneider? Herr SCHNEIDER!« Eine Mitreisende führte offensichtlich ein Telefonat mit einem sehr aufgeregten Herrn Schneider. So viel hatte das ganze Abteil mitbekommen. Aber warum endete das Gespräch so abrupt? Hatte Herr Schneider aufgelegt oder war die Verbindung abgebrochen? Worüber regte er sich auf und was für eine Tablette sollte er nehmen? Fragend sah ich Frau Meier an, die sich über die Sitze zum Mittelgang hin lehnte, um Näheres herauszufinden, zuckte aber nur ratlos mit den Schultern, als sie sich in ihren Sitz zurückfallen ließ.

»Herr Schneider? Hallo? Ja, hier ist noch mal Jaruschek. Die Verbindung war abgerissen. Nein, Herr

Schneider, hören Sie mir zu. Alles ist gut. Gehen Sie vom Fenster weg. Nehmen Sie Ihre Tablette. Nein, ich bin heute nicht in der Praxis. Ich bin erst morgen wieder da. Aber das macht doch nichts. Haben Sie Ihre Tablette genommen? Herr Schneider? HALLO!« Abgesehen von der telefonierenden Dame war es nun absolut still im Abteil. Alle lauschten gespannt, wie es mit Herrn Schneider weitergehen würde. Vor meinem geistigen Auge stellte ich mir vor, wie ein Mann mit hellblauem Hemd und dunkelblauer Anzughose in grauen Socken auf dem äußeren Rand einer Fensterbank saß. Den Knoten seiner blau-rot gestreiften Krawatte hatte er etwas gelöst, den obersten Hemdknopf geöffnet. In meiner Vorstellung war Herr Schneider etwa 50 Jahre alt. Er war ein von Schuldgefühlen geplagter Banker, der es nicht verkraftete, dass das Missmanagement seiner Bank Dutzende Familien obdachlos gemacht hatte, während man ihm sein 15. Monatsgehalt ausgezahlt hatte.

»Herr Schneider, ich bin's noch mal. Hören Sie, die Verbindung ist hier im Schwarzwald ganz schlecht. Gehen Sie doch mal vom Fenster weg. Sie sind wirklich kaum zu verstehen bei dem Straßenlärm. Jetzt nehmen Sie bitte Ihre Blutdrucktablette, und dann sehen wir uns morgen in meiner Praxis.« Das Aufatmen unter den Mitreisenden war deutlich spürbar. Sofort wurden die Gespräche wieder aufgenommen, die zuvor wie auf einen unsichtbaren Befehl hin verstummt waren.

»Warum gehen wir immer gleich vom Schlimmsten aus?«, fragte ich Frau Meier.

»Tun wir das?«

»Nun ja, was haben Sie denn gedacht, was passiert sei?«

»Ich dachte, dass Herr Schneider endlich seine verdammte Tablette nehmen und sich beruhigen soll. Ich hatte schon Angst, dass das jetzt bis Stuttgart so weitergehen würde.« Völlig verdutzt sah ich Frau Meier an. Die eben noch so einfühlsame Dame hatte offensichtlich nicht das geringste Verständnis für die Probleme von Herrn Schneider. Als sie mein überraschtes Gesicht sah, fügte sie hinzu: »Wie soll die Frau ihm denn helfen, wenn sie im Zug sitzt? Es ist eine Unsitte, dass wir heute ständig und überall erreichbar sein müssen. Verstehen Sie mich nicht falsch, Handys sind eine ganz tolle Sache, aber wir pflegen keinen verantwortungsvollen Umgang mit den modernen Kommunikationsmitteln. Die Jugend geht noch einen Schritt weiter. Die ist nicht nur jederzeit erreichbar, sondern selbst permanent online dank ihrer Smartphones. Das macht die Menschen krank. Das habe ich gerade gedacht. Und Sie?«

Ich errötete leicht. Die Geschichte vom Banker konnte ich ihr unmöglich erzählen. Mein eigener Auftritt vorhin war schon peinlich genug gewesen. Deshalb antwortete ich ausweichend: »Ach, so was in die Richtung. Sie haben ja so recht. Das Internet macht uns

alle krank. Und das Schlimme ist, dass wir das mittlerweile wissen und unseren Medienkonsum trotzdem nicht ändern. Als wären wir schon alle abhängig. Ich muss in letzter Zeit immer öfter an Michael Endes *Momo* denken. Das Internet ist wie die grauen Männer. Es entzieht uns Lebenszeit, die irgendwo im weltweiten Netz verpufft.«

In Stuttgart angekommen, fuhr ich mit der S-Bahn ins SI-Zentrum, wo am Abend die Veranstaltung stattfinden sollte. Glücklicherweise befand sich dort auch mein Hotel. Nach dem Einchecken schlenderte ich noch ein wenig durch die Ladenpassage und betrachtete das Treiben. Es war ein merkwürdiges Gefühl, keine Kinder im Auge behalten zu müssen. Niemand zog an meinem Arm, niemand verschwand plötzlich aus meinem Blickfeld. Entspannt setzte ich mich in ein Café und genoss es, nur für mich allein zu sein. Je näher jedoch die Veranstaltung rückte, desto nervöser wurde ich. Frau Groß hatte mich gebeten, direkt nach der Begrüßung mit der Kolumne »Frauen an die Macht« in die Veranstaltung einzusteigen. Danach sollten einige Fachvorträge folgen. Schließlich würde ich die Veranstaltung mit einer weiteren Kolumne beenden dürfen.

Ich war sicher eine halbe Stunde zu früh im Vortragsraum. Glücklicherweise war Frau Groß auch schon dort, um die Technik zu überprüfen.

»Frau Groß? Hallo, ich bin Maxi Anders.« Dank ihres Namensschildes erkannte ich sie sofort.

»Hallo, Frau Anders. Schön, dass Sie da sind. Das

freut mich wirklich außerordentlich. Ich mag Ihre Kolumnen sehr. Sie sind witzig, spritzig, aus dem Leben gegriffen.«

Frau Groß war mir auf den ersten Blick sehr sympathisch. Sie war irgendwo in den Vierzigern, wirkte mit ihrem schicken Hosenanzug wie eine Managerin und hatte doch zur gleichen Zeit eine warmherzige und sehr feminine Ausstrahlung.

»Vielen Dank. Ich habe mich sehr über die Einladung gefreut. Aber ehrlich gesagt bin ich ganz furchtbar aufgeregt«, gestand ich. Frau Groß lächelte mir aufmunternd zu. »Was glauben Sie, wie aufgeregt ich bin? Ich habe schon ganz feuchte Hände. Aber das wird alles ganz toll. Wir haben ein hervorragendes Programm zusammengestellt mit hochinteressanten Referenten. Und nachher trinken wir ein Glas Sekt zusammen. Jetzt suchen Sie sich einen guten Platz, möglichst vorne. Ich kündige Sie dann an.« Mit diesen Worten verschwand sie hinter der Bühne, um mit den Technikern die Ausrichtung der Lautsprecher zu besprechen.

Ich wählte den äußersten Sitz in der zweiten Reihe und versuchte, mich zu beruhigen. Langsam füllte sich der Saal. Ich überflog die Sitzreihen und zählte ca. 120 Stühle. Oh mein Gott! So viele Menschen. Mein Magen krampfte sich zusammen. Von der Begrüßung bekam ich nicht viel mit. Ich kämpfte gegen die Nervo-

sität an, bis ich plötzlich meinen Namen vernahm. Es war mucksmäuschenstill im Saal. Frau Groß lächelte zu mir herüber. Das musste mein Stichwort gewesen sein. Mit zitternden Knien ging ich zum Rednerpult. Die ersten Worte klangen sicher sehr unbeholfen. Ich hatte zuvor noch nie durch ein Mikrofon gesprochen. Es war sehr ungewohnt, meine Stimme aus den Lautsprechern zu hören. Ich versuchte, mich auf meinen Text zu konzentrieren. Langsam gewöhnte ich mich an die Situation. Ich atmete ruhiger und schaffte es gegen Ende der Kolumne sogar, ein- bis zweimal von meinem Manuskript aufzuschauen und Blickkontakt mit dem Publikum zu suchen. Dankbar nahm ich den Applaus entgegen und setzte mich wieder. Ich hatte es geschafft! Nun konnte ich einigermaßen entspannt den Vorträgen folgen. Das Thema »Frauenquote« wurde von verschiedenen Standpunkten aus beleuchtet. Bei meinem zweiten Auftritt war ich dann nicht mehr ganz so nervös. Nach der Veranstaltung gab es einen Sektempfang mit kleinem Imbiss. Ich führte interessante Gespräche, tauschte mit einigen Gesprächspartnern Mailadressen aus und fiel später erschöpft, müde und unendlich stolz in mein Hotelbett.

Leider wurde ich bei meiner Heimkehr am nächsten Tag unsanft in die Realität zurückgeholt. Als ich die Haustür aufschloss, empfing mich ein ungewohnter Geruch. Ich fürchtete, Sibylle hätte das Bügeleisen oder den Herd angelassen und irgendetwas schmorte nun friedlich vor sich hin. Da ich aber keine Rauchschwaden im Flur ausmachen konnte, blieb ich einigermaßen ruhig. Ich stellte meine Reisetasche ab und suchte die Quelle dieses merkwürdigen Geruchs. In der Küche war abgesehen von riesigen Geschirrbergen alles okay. Das Bügeleisen stand im Putzschrank, davon konnte der »Duft« also auch nicht kommen. Das war ja schon mal beruhigend, auch wenn ich mich fragte, wie man an nur einem Tag so viel schmutziges Geschirr produzieren konnte. Also weitersuchen. Als ich die Tür zum Wohnzimmer öffnete, glaubte ich, meinen Augen nicht zu trauen. Mitten im Raum saß Sibylle mit einem Mann, den ich als Swami Lalasenanda wiedererkannte, auf meinen Sofakissen. Das Sofa selbst hatten sie zur Seite geräumt, Räucherstäbchen angezündet und meditierten nun zu fernöstlichen sphärischen Klängen. Beide trugen weiße Gewänder und hatten sich in wallende bunte Tücher gehüllt. Sie hatten die Augen geschlossen und rezitierten, wie es mir schien, ständig die gleichen drei Worte in einem leichten Singsang. Um sie herum tobte das Chaos. Kinderspielzeug, Kleidung, Gläser und Kaffeetassen waren im ganzen Raum verteilt.

»Sibylle, was soll das hier?« Ich war wirklich sauer. Nur einen Tag hatte ich mich auf sie verlassen, und sie verwandelte mein Heim in eine Hausbesetzer-Kommune. Sibylle befand sich mit ihrem Swami offensicht-

lich an einem weit entfernten Ort, denn keiner von beiden reagierte auf meine Frage. Wütend schaltete ich den CD-Spieler aus und baute mich vor ihnen auf. Na bitte, mit der Musik verstummte auch der Singsang.

»Sat nam, Schwester.« Sibylle sah mich lächelnd an und neigte nach ihrem Gruß leicht den Kopf. Was, um Himmels willen, lief hier ab?

»Sibylle! Bist du irre geworden? Was treibt ihr da? Hast du dich mal umgesehen? Hier sieht's aus, als wäre eine Bombe explodiert, und du sitzt mitten im Chaos und singst Hare Krishna. Oh Gott! Ihr habt doch wohl keine Drogen genommen?« Entsetzt starrte ich Sibylle an und hoffte inständig, dass sie in meinem Haus keine Halluzinogene konsumiert hatte.

»Wir arbeiten an meinem Herzchakra. Der Swami sagt, ich muss loslassen und Stefan vergeben, dann kann auch ich wieder Lebensglück empfinden. Natürlich muss ich mich da erst langsam rantasten. Deshalb fange ich mit dir an und sage dir, dass ich dich liebe und dir vergebe.«

Mit halb offenem Mund starrte ich sie an. Der Swami saß im Lotussitz neben ihr, lächelte elysisch und nickte zustimmend. Erklärend fügte er hinzu: »Om Namah Shivaya. Ich grüße das Gute, das Liebe in dir.«

»Ich hole jetzt Jan vom Kindergarten ab. Wenn ich zurückkomme, ist dieser Hokuspokus hier beendet.« Mit diesen Worten verließ ich das Haus wieder, setzte mich ins Auto und atmete tief in meinen Bauch.

KOLUMNE

Die Ängste eines Muttertiers

Eine Mutter kennt viele Ängste: Angst, ob das Kind gesund zur Welt kommt; Angst, ob man dem Kind alles geben kann, was es braucht; Angst, ob das Fieber weiter steigen wird; Angst, ob das Kind allein im Kindergarten zurechtkommt; Angst, ob es in der Schule gemobbt wird; Angst, ob es auf dem Weg zur Schule entführt wird. Natürlich wissen wir, dass wir diese Ängste vor unseren Kindern nicht zeigen dürfen. In einem Umfeld voller Angst können sie sich nicht zu lebenstüchtigen Menschen entwickeln. Also bemühen wir uns, die Angst schön unter der Oberfläche zu halten und pädagogisch wertvoll zu lächeln, wenn uns der Sechsjährige vom 5-Meter-Turm im Freibad zuwinkt. Wenn wir jedoch ständig unsere Angst ignorieren, wird sich das früher oder später bitter rächen. Sie wird uns kalt erwischen, wenn wir gar nicht damit rechnen. Dann schnürt sie uns die Kehle zu und zieht uns den Boden unter den Füßen weg. Was sollen wir stattdessen tun? Unseren Ängsten nachgeben, die Kinder stets zur Schule beglei-

ten, regelmäßig bei der Lehrerin nachfragen, ob es gut in den Klassenverbund integriert ist und den Sprung in die Tiefe einfach verbieten? Natürlich nicht. Wir dürfen unser Handeln nicht von Ängsten bestimmen lassen. Wir müssen ihnen aber Beachtung schenken. Denn sie kommen aus unserem Innersten und wollen uns etwas mitteilen. Deshalb sollten wir das Gefühl nicht einfach wegklicken wie Werbung im Internet, sondern es prüfen. Wo kommt es her und was will es mir sagen? Warum habe ich Angst, wenn mein Sohn auf dem Sprungturm steht? Traue ich ihm den Sprung nicht zu? Habe ich Angst, dass er sich verletzt? Ja, habe ich. Kann ja auch passieren. Dann wissen wir ja nun, dass es durchaus okay ist, in dieser Situation etwas ängstlich zu sein. Heißen wir die Angst also willkommen (»Hallo Angst, ich habe dich schon erwartet. Leiste mir Gesellschaft, bis mein Kind den Sprung überstanden hat.«). Die Angst ist kein Feind, sondern ein Teil von uns. Angst zu ignorieren, heißt demnach, uns selbst zu ignorieren, ständig zu sagen: »Deine Gefühle sind nicht richtig.« Das kann nicht gut sein. Wir dürfen uns nicht selbst verleugnen. Es gibt wohl Schlimmeres für ein Kind, als eine besorgte Mutter zu haben. Angst ernst nehmen, annehmen, aber sie nicht unser Handeln bestimmen lassen – das klingt leicht, ist es aber nicht. Es ist im Gegenteil extrem schwer, ruhig zu bleiben, wenn das Kopfkino erst einmal angefangen hat. Was helfen kann, ist reden. Es fällt uns ja leider nicht leicht, eine vermeintliche Schwäche zuzugeben, obwohl sie doch so menschlich ist und uns erwiesenermaßen sogar sympathischer macht. Sobald eine Angst aber ausgesprochen ist, erscheint sie oft schon viel weniger bedrohlich. Mir tut es gut, wenn ich im Schwimmbad neben einer anderen Mutter stehe und mich mit ihr über meine Ängste als Muttertier lustig mache. Es lenkt mich ab und ist für mich der Notausgang aus dem Horrorfilm.

6

»Und? Waren sie weg, als du wiedergekommen bist?«
Als Till nach dem Mittagessen zum Nachmittagsunter-
richt gegangen war, hatte ich Jan ins Auto gepackt und
war zu Andrea gefahren. Ich musste ihr unbedingt
erzählen, was ich bei meiner Rückkehr aus Stuttgart
erlebt hatte.

»Jep, alle beide. Den Müll haben sie allerdings da-
gelassen. Ich glaub das echt nicht. Wie konnte dieser
Swami so schnell die Kontrolle über Sibylle gewinnen?«

»Vielleicht, weil sie es seit Jahren gewohnt ist, dass
jemand die Kontrolle und damit auch die Verantwortung übernimmt? Sieh es mal positiv. Da Sibylle ja kein
Geld mehr hat, kann der Swami ihr auch keins aus der
Tasche ziehen. Darüber musst du dir wenigstens keine
Sorgen machen. Und vielleicht tut er ihr ja wirklich
gut. Prinzipiell ist das doch alles nicht schlecht, was
er ihr sagt. Ich meine, sie kann wirklich nur Frieden
finden, wenn sie loslässt.«

»Soll ich für dich auch gleich eine Probestunde vereinbaren?« Misstrauisch sah ich meine Freundin an.

Mir war nicht nach Scherzen zumute. Die Situation überforderte mich. Ich machte mir wirklich Sorgen, dass Sibylle in die Fänge einer Sekte geraten war und mich und meine Familie mit hineinziehen würde. Dass der Swami in unserem Wohnzimmer saß, hatte mir ganz und gar nicht gefallen. Erschrocken überlegte ich, ob er wohl die Nacht bei uns verbracht hatte. Hatten die Kinder ihn womöglich gesehen?

Andrea sah mich versonnen an. »Hm, keine schlechte Idee. Bietet euer Swami auch Yoga für Schwangere an?«

»Das ist nicht ›unser‹ Swami. Ehrlich, Andrea, der Mann ist mir unheimlich. Ich bin mir wirklich nicht sicher, ob … Was hast du gesagt? Für Schwangere? Heißt das …?« Andrea grinste nun von einem Ohr zum anderen. Ich fiel ihr vor Freude um den Hals. »Seit wann weißt du es? Ich freu mich so für euch! Äh, ist doch richtig, dass ich mich freu, oder?« Nach meiner ersten spontanen Begeisterung hielt ich erst einmal inne, um zu sehen, ob Andrea selbst ihre Schwangerschaft genau so euphorisch aufnahm wie ich.

»Ja, du darfst dich mit uns freuen. Nachdem ich weiß, was mir meine Energie raubt, bin ich auch sehr glücklich. Ich habe tatsächlich deinen Rat von neulich befolgt und war beim Arzt. Der hat auch gleich auf Schilddrüse getippt wie du und mich zum Endokrinologen geschickt. Vor der Untersuchung musste ich den üblichen Fragebogen zur Person, Vorerkrankungen und eben einer bestehenden Schwangerschaft ausfüllen. Gewissenhaft, wie ich bin, rechnete ich erst mal, bevor ich ›nein‹ ankreuzte, und da fiel es mir wie Schuppen von den Augen. Ich bin schon in der elften Woche, kannst du das glauben? Ich hatte in letzter Zeit so viel um die Ohren, dass ich tatsächlich nichts mitbekommen habe. Nachdem wir bei Hagen und Paul jedes Mal fast ein Jahr hart daran gearbeitet haben, schwanger zu werden, wäre es mir niemals in den Sinn gekommen, dass es bei uns auch einfach so passieren kann. Das Leben steckt voller Überraschungen.« Andrea sah sehr glücklich aus. Sie strahlte von innen heraus, und ich dachte wieder einmal, dass ein Baby einfach das Großartigste auf der Welt ist. Und wenn es ein Paar gab, das viele Kinder haben sollte, dann waren es Andrea und Arthur. Sie waren liebevolle Eltern, die ihre Kinder mit viel Verständnis, aber großer Konsequenz erzogen. Andrea schien einfach stets zu wissen, was richtig war. Wann immer ich mir unsicher war, holte ich mir bei ihr Rat.

»Und was sagt der stolze Vater?«

»Er wollte vertraglich regeln, wer die Nachtschichten übernimmt.« Andrea lachte. »Er freut sich natürlich. Aber er hat auch Angst. Bei uns ist gerade alles so entspannt. Hagen hat sich gut in der Schule eingelebt, Paul genießt die Zeit im Kindergarten. Ich habe hier im Haus so weit alles im Griff.«

»Eben. Genau der richtige Zeitpunkt für eine neue

Herausforderung«, fiel ich ihr ins Wort. »Mir wurde Sibylle geschickt samt Filou. Du bekommst ein Baby. Also wenn du willst, können wir tauschen.«

»Nee, nee, lass mal. Ich glaube, jeder bekommt die Aufgabe zugeteilt, die er auch bewältigen kann.« Andrea freute sich offensichtlich darüber, das bessere Los gezogen zu haben, und ich gönnte es ihr von Herzen. »Aber jetzt erzähl doch mal von Stuttgart. Vor lauter Sibylle und Swami hast du noch gar nichts von der Veranstaltung berichtet. Wie lief's? Warst du der Star des Abends? Ich will alles ganz genau wissen.«

»Es war toll! Also die Hinfahrt war katastrophal. Ich hatte so ein schlechtes Gewissen, dass ich die Jungs mit Sibylle allein gelassen hatte. Und wie sich heute bestätigt hat, auch zu Recht. Aber egal. In Stuttgart bin ich erst mal ins Hotel. Sie hatten mich direkt im SI-Zentrum im *Dormero* untergebracht. Das war echt praktisch. Deshalb hatte ich noch relativ viel Zeit zum Bummeln. Ich hab es total genossen, einfach nur dazusitzen und einen Kaffee zu trinken. Niemand wollte etwas von mir. Keine streitenden Kinder, keine Sibylle – himmlisch! Das Einzige, was mir Bauchweh gemacht hat, war mein Lampenfieber. Gott, war ich aufgeregt! Bei meiner ersten Kolumne habe ich es nicht mal geschafft, das Publikum anzusehen. Meine Hände haben total gezittert, und ich hatte Angst, einfach so umzukippen. Aber danach lief es gut. Die Vorträge waren alle richtig interessant. Ein paar Leute wollten sogar meine E-mail-Adresse. Kannst du das glauben? Die fanden das, was ich gesagt habe, total richtig und wichtig. Ich finde das ja auch wichtig, aber ich hätte nicht gedacht, dass andere Menschen sich für das interessieren, was ich denke.«

»Na hör mal! Bin ich etwa niemand?« Andrea versuchte, beleidigt auszusehen, aber es wirkte eher, als hätte sie Zahnschmerzen.

»Du weißt, wie ich das gemeint habe. Als meine Freundin bist du vertraglich dazu verpflichtet, mich toll zu finden, egal, was ich für einen Schwachsinn verzapfe. Aber die kannten mich gar nicht und haben mir trotzdem freiwillig zugehört. Irre!« Ich war immer noch begeistert von den Gesprächen, die ich in Stuttgart geführt hatte.

»Meine liebe Maxi. Ich höre dir nicht zu, weil du meine Freundin bist. Du bist meine Freundin, weil ich dir so gern zuhöre.«

»Das hast du schön gesagt, liebe Freundin. Ich hab schon ein verdammtes Glück mit dir. Und ich freu mich so auf euer neues Baby! Wissen es die Jungs schon?«

»Nein, noch nicht. Die würden ja gleich die ganze Nachbarschaft über die Neuigkeiten informieren. Ich war bislang noch nicht in der Stimmung, beim Einkaufen gefragt zu werden, ob es denn stimmt, was ›man da so hören würde‹. Aber am Wochenende, wenn Arthur aus Ohio zurückkommt, werden wir es ihnen

sagen. Ich bin schon mächtig gespannt, wie sie es aufnehmen.«

»Ja, ja. Wie sag ich's meinem Kinde. Hey, die werden sich freuen. Bei der Trennungswelle, die hier gerade grassiert, sollen sie froh sein, dass eure Familie wächst und nicht auseinanderbricht.« Ich spürte, dass die Nachbarn nicht der einzige Grund dafür waren, dass Hagen und Paul noch nicht über die bevorstehenden Veränderungen informiert waren.

»Ich bin nicht sicher, ob die zwei das genauso pragmatisch sehen werden wie du. Aber danke für den Hinweis. Ich werde dieses Argument vorbringen, wenn es nötig sein wird.«

»Bitte, bitte. Immer wieder gern. Jetzt muss ich aber ganz schnell los. Ich habe versprochen, Till von der Schule abzuholen. Zweimal am Tag kann man einem Kind diese Strecke ja nun wirklich nicht zumuten«, sagte ich mit einem sarkastisch-ironischen Unterton. »Jan, Schatz, komm schnell runter. Wir müssen los. Till wartet schon auf uns. Andrea, tausend Dank für den leckeren Kaffee und toi, toi, toi fürs Wochenende.«

»Wieso toi, toi, toi, Mama? Was macht die Andrea am Wochenende?« Jan kam die Treppe heruntergepoltert und wollte wissen, für welch aufregendes Event ich meiner Freundin alles Gute wünschte.

»Nichts, mein Engel. Ich meinte das Wetter. Ich hoffe, dass wir am Wochenende gutes Wetter haben. Und jetzt komm. Wir sind mal wieder zu spät. Tschüss Andrea, tschüss, Paul. Bis bald, ihr Lieben.«

Hastig half ich Jan beim Anschnallen, sprang dann

selbst ins Auto und fuhr, so schnell es der Verkehr zuließ, zur Schule. Schon von Weitem ahnte ich, dass Till kurz vor einem Zusammenbruch war. Er stand ganz allein vor der Schule. Als ich das Auto direkt vor ihm zum Halten brachte, sah ich, dass die Tränen schon in den Augen standen. Er stieg ein, schloss die Tür und öffnete die Schleusen.

»Wo warst du? Ich habe gewartet! Alle sind schon weg. Ich hatte Angst!«, brach es aus ihm heraus.

»Liebling, es tut mir leid, dass ich ein wenig zu spät bin. Aber warum bist du nicht einfach schon mal losgelaufen? Du kennst den Weg. Du gehst ihn jeden Tag.« Schlechtes Gewissen und Ärger über die Unselbstständigkeit meines Sohnes machten sich gleichermaßen in mir breit.

»Ich wusste ja nicht, was los ist«, verteidigte Till sich.

»Engel, was soll denn schon los sein? Es kann vorkommen, dass ich mich auch einmal verspäte. Ich kann nicht immer pünktlich auf die Minute da sein. Schließlich bin ich kein Taxiunternehmen, sondern eure Mutter.« Der Ärger gewann nun eindeutig die Oberhand. Till saß weinend auf seinem Sitz und sagte nichts mehr. Als wir zu Hause ankamen, tat er mir schon wieder leid. Er konnte ja auch nichts dafür, dass er so ängstlich war, und der Ärger, den ich empfunden hatte, galt

wohl eher Sibylle. Zum Glück parkte ihr Peugeot nicht vor unserem Haus. Ich war froh, mich noch ein wenig beruhigen zu können, bevor ich wieder mit ihr reden musste.

»Jungs, ich arbeite noch eine Stunde, dann gibt es Abendbrot. Aber nur, wenn ihr es schafft, euch bis dahin nicht wieder zu streiten.« Ich hatte schon Gewissensbisse, weil ich seit Sibylles Einzug bei uns kaum noch im *Mario's* war. Wenigstens wollte ich noch kurz E-Mails abrufen und nahm mir fest vor, am nächsten Tag bei Mario vorbeizuschauen, um die bevorstehenden Events zu besprechen. Ich musste ihn unbedingt fragen, was nun mit dem Firmenevent von *Likei* war. Herr Hoffmann hatte sich entgegen Marios Ankündigung nicht bei mir gemeldet.

Zum Glück war der Posteingang überschaubar. Neben Werbung von verschiedenen Online-Versandhäusern und Angeboten zur Vergrößerung wichtiger Körperteile fand ich eine Mail des Musikers, den wir für den Gitarrenabend in der kommenden Woche gebucht hatten, sowie ein paar Freundschaftsanfragen aus sozialen Netzwerken. »Uschi Keller möchte mit dir befreundet sein.«

Uschi Keller? Ich kenne keine Uschi Keller, dachte ich und wollte die Anfrage direkt löschen. Einer spontanen Eingebung folgend (manche nennen es Neugier) klickte ich trotzdem Uschis Profil an. Eine Dame, vielleicht Anfang 50, lächelte mich freundlich an. Natürlich! Mit ihr hatte ich mich gestern Abend doch so angeregt über Frauen in Führungspositionen unterhalten. Außerdem hatte sie mir geraten, unbedingt die Lachscanapées zu kosten, wofür ich ihr immer noch dankbar war. Das war wieder mal typisch für mich. Ans Essen konnte ich mich erinnern, aber an den Namen meiner Gesprächspartner nicht. Auch die zwei anderen Anfragen stammten von Personen, die ich in Stuttgart kenngelernt hatte. Kurz freute ich mich darüber, dass meine Gesprächspartner unsere Unterhaltung offensichtlich ebenso genossen hatten wie ich. Dann erinnerte ich mich aber daran, dass es in den sozialen Netzwerken viele Mitglieder gab, die es als eine Art sportlichen Wettkampf ansahen, möglichst viele Kontakte zu sammeln. Ich sollte mir auf die Anfragen nichts einbilden. Nicht mehr ganz so euphorisch bestätigte ich sie. Ich wollte gerade das E-Mail-Programm schließen und den Rechner herunterfahren, da flatterte noch eine Mail in den Posteingang. Absender: Markus Büchele. Noch ein unbekannter Name. Betreff: Anfrage zur Teilnahme an der Talkshow *Anne Will*. Die wollten wohl Eintrittskarten für die Show verkaufen. Woher um alles in der Welt hatten die meine E-mail-Adresse? Eigentlich hatte ich die Talkshow mit Anne Will immer gerne gesehen. Dass sie nun aber mit Junk-Mails versuchte, Zuschauer für ihre Sendung zu akquirieren, war schon allerhand. Ohne sie zu öffnen, löschte ich die Werbung und machte mich

endlich daran, das Abendessen vorzubereiten. Ich war gerade dabei, eine Zwiebel für den Tomatensalat zu schneiden, als das Telefon klingelte. So ein Mist. Sicher war es Alex, der nur anrief, um zu sagen, dass er sich verspäten würde und wir ruhig schon mal ohne ihn essen sollten. Und für diese Info musste ich mir jetzt in Windeseile die Hände waschen – es hätte ja doch ein wichtiger Anruf sein können – und meine Arbeit unterbrechen. Ziemlich genervt griff ich zum Telefon.

»Anders«, raunzte ich in den Hörer. Alex sollte ruhig merken, dass ich gereizt war.

»NDR Redaktion *Anne Will*, mein Name ist Markus Büchele; guten Abend, Frau Anders. Ich hoffe, Sie halten mich nicht für aufdringlich. Ich weiß gar nicht, ob Sie meine Mail schon gelesen haben. Ich dachte nur, weil doch heute Freitag ist und wir ja am Mittwoch schon aufzeichnen. Wir haben uns gestern Abend so nett unterhalten, und da ist mir ganz spontan die Idee gekommen. Also ich würde mich wirklich sehr freuen, wenn Sie es einrichten könnten.« Ich verstand kein Wort. Büchele – der Name kam mir bekannt vor. Aber was wollte er von mir? Hatte ich richtig gehört? Redaktion *Anne Will*? Büchele, natürlich. Die Mail von vorhin. Wollten die jetzt am Telefon Eintrittskarten verkaufen? Das war in der Tat sehr aufdringlich, Herr Büchele.

»Hören Sie, ich schätze die Sendung von Frau Will sehr. Aber dass Sie mit unlauteren Methoden versuchen, Eintrittskarten für die Sendung unters Volk zu bringen, finde ich allerhand. Wie kommen Sie auf das schmale Brett, dass ich aus Süddeutschland nach Berlin reise, nur um mir die Sendung live anzusehen? Und wo haben Sie überhaupt meine Mailadresse und meine Telefonnummer her?«

»Äh, Frau Anders, ich glaube, hier liegt ein Missverständnis vor. Ich möchte Ihnen nichts verkaufen. Wir haben uns doch gestern in Stuttgart kennengelernt, und da kam mir die Idee, Sie spontan als Talk-Gast für den nächsten Mittwoch einzuladen. Das Thema ist Vereinbarkeit von Beruf und Familie; da dachte ich, das passt doch. Sie sind Mutter und können mit Ihren Kolumnen, die den Frauen aus der Seele sprechen, einen unterhaltsamen Beitrag leisten. Also nur wenn Sie Lust haben und es zeitlich einrichten können. Es ist ja wirklich etwas kurzfristig.« Ich war so perplex, dass es mir die Sprache verschlug. Wie jetzt, als Talk-Gast?

»Hallo, Frau Anders? Sind Sie noch da?«

»Ja ja, ich bin noch da. Bitte entschuldigen Sie, dass ich Sie so angefahren habe. Natürlich erinnere ich mich an Sie. Ich habe nur so ein schlechtes Namensgedächtnis. Erklären Sie mir bitte noch einmal in Ruhe Ihr Anliegen. Ich fürchte, ich habe nur die Hälfte verstanden.« Den Telefonhörer zwischen Schulter und Ohr eingeklemmt, versuchte ich, das Dressing für den Tomatensalat anzurühren, während Herr Büchele mir erläuterte, dass er mich nicht als Zuschauer, sondern

als Talk-Gast einladen wollte. Er hatte meine Kolumnen so treffend und zugleich auch unterhaltsam gefunden, dass er dachte, ich würde gut in die Sendung am kommenden Mittwoch passen.

»Also, was sagen Sie«, schloss er seine Ausführungen. »Sind Sie dabei?«

»Oh nein, Scheiße!«, entfuhr es mir. Das Telefon war unter meinem Ohr weggerutscht und mit lautem Scheppern im Salatdressing gelandet. Wer hatte eigentlich die These aufgestellt, dass Frauen multitaskingfähig waren? Mir jedenfalls waren schon zwei Dinge gleichzeitig zu viel. Schnell fingerte ich den Hörer aus dem Dressingschälchen und wischte ihn mit dem Spüllappen ab. »Herr Büchele, sind Sie noch dran? Bitte entschuldigen Sie. Sie sind mir gerade runtergefallen und im Dressing gelandet.« Was redete ich da? Der arme Mann musste mich für vollkommen durchgedreht halten. Vermutlich bereute er schon, mich eingeladen zu haben. »Ich fühle mich sehr geehrt und freue mich, dass Sie an mich gedacht haben. Natürlich würde ich sehr gerne in die Sendung kommen. Aber ich muss vorher noch klären, wer sich um meine Kinder kümmert. Wann müsste ich denn in Berlin sein?«

»Also die Aufzeichnung beginnt um 19.00 Uhr. Um 17.00 Uhr haben wir Ton- und Lichtprobe. Da müssen Sie nicht unbedingt dabei sein, aber Sie könnten sich dann schon mal ans Studio gewöhnen, und wir hätten noch Zeit für eine private Führung. Selbstverständlich übernehmen wir die Fahrt- und Übernachtungskosten.« Ich versprach ihm, mich zu melden, sobald ich die Kinderbetreuung geklärt hatte.

Es kam mir sehr unwirklich vor, als ich am folgenden Mittwoch wahrhaftig im Zug Richtung Berlin saß. Ich hatte die Kinder eigentlich nicht mehr mit Sibylle allein lassen wollen, aber Alex hatte mich beschworen, mir diese Chance nicht entgehen zu lassen. Ein Tag mit Sibylle und ihrem Yogi würde den Jungs nicht nachhaltig schaden. Außerdem wäre er ja abends auch noch da und würde darauf achten, dass die zwei wohlgenährt und mit geputzten Zähnen ins Bett kämen. Ich fragte mich, ob sich der ganze Aufwand überhaupt lohnte. Ich würde quasi zwei Tage im Zug verbringen. Ich war schon um 5.30 Uhr aufgestanden und befürchtete, dass mir noch während der Aufzeichnung am Abend die Augen zufallen würden. Hoffentlich beschäftigten sie bei der Produktionsfirma professionelle Maskenbildner, die in der Lage waren, in meinem Gesicht ein kleines Wunder zu vollbringen. Was hatte ich mir da schon wieder eingebrockt? Ich war doch noch nie scharf darauf gewesen, in der Öffentlichkeit zu stehen, geschweige denn ins Fernsehen zu kommen. Leider fand ich keine so nette Reisebegleitung wie in der vergangenen Woche. Ein wenig Ablenkung hätte mir gutgetan, aber die wichtigen Geschäftsfrauen und -män-

ner im ICE versteckten sich entweder hinter der FAZ oder bearbeiteten hektisch die Tastaturen ihrer Notebooks. Also holte ich den Südkurier aus meiner Tasche und studierte die Neuigkeiten des Tages. Normalerweise saß ich um diese Zeit an der kleinen Theke in unserer Küche und stimmte mich bei einem Latte macchiato und der Zeitung auf den Tag ein, nachdem ich die Kinder in der Schule bzw. dem Kindergarten abgegeben hatte. Wieder wanderten meine Gedanken zu den Kindern. Zum Glück hatte Alex sich bereit erklärt, sie auf dem Weg zur Arbeit mitzunehmen. Sibylle war um diese Uhrzeit noch nicht vorzeigbar, hatte sie als Begründung dafür angegeben, dass sie diesen Dienst nicht übernehmen konnte. War wohl auch besser so. Nun musste ich mir wenigstens keine Sorgen darüber machen, ob Till es rechtzeitig zur ersten Stunde in die Schule geschafft hatte. Irgendwie konnte ich mich nicht richtig auf die Zeitung konzentrieren. Vielleicht fehlte das Koffein? Ich beschloss, mir die Beine zu vertreten und im Zugrestaurant einen Kaffee zu trinken. Ich fand einen freien Tisch und bestellte einen Latte macchiato. Langsam konnte ich entspannen und begann, die Reise ein wenig zu genießen. Alex hatte ja recht. Die zwei Tage würden den Kindern nicht schaden. Und für mich war das doch ein großes Abenteuer, obwohl mir immer noch nicht klar war, warum man mich in die Talkshow eingeladen hatte und was genau von mir erwartet wurde. Ich widmete mich wieder der Zeitung und informierte mich über die Neuigkeiten in der Region. Oh sieh an, eine große Möbelhauskette plante nun doch endlich eine Filiale in Konstanz. Hey, hier stand ja auch etwas über *Likei*. Ein großer Artikel mit der Überschrift: »Wir setzen auf Familie«, darunter ein Foto der Firma. Vor dem Gebäude stand eine junge Frau mit einem Baby auf dem Arm, die sich über irgendetwas sehr freute. Sie strahlte von einem Ohr zum anderen. Neben ihr stand der offensichtlich genauso freudig erregte Personalleiter. Was hatte er mit dieser Frau zu schaffen? Hastig überflog ich den Artikel. Das durfte doch nicht wahr sein! *Likei* ließ sich als familienfreundliches Unternehmen zertifizieren. Ich musste meiner Empörung sofort Luft machen und griff zum Handy.

»Alex, hör dir das an: ›…Unsere Mitarbeiter sind unser größtes Kapital. Deshalb setzen wir alles daran, unsere hervorragend geschulten und engagierten Mitarbeiter zu halten und vor allem junge Eltern während der Familienphase dahingehend zu unterstützen, dass sie Beruf und Kinder miteinander vereinbaren können. »Zum Wohle unserer Gesellschaft«, erläutert Personalleiter Kurt Hoffmann die Motivation von *Likei*, sich als familienfreundliches Unternehmen zertifizieren zu lassen.‹ Was für eine bodenlose Unverschämtheit! Was sagst du dazu?«

»Ist doch gut, wenn die jetzt erkannt haben, dass es nicht nur netter, sondern auch billiger ist, auf bewährte

Mitarbeiter zu setzen, anstatt sie einfach auszutauschen.«

»Mensch Alex, du glaubst doch nicht im Ernst, dass in dieser Firma plötzlich das große Umdenken eingesetzt hat. Die machen dieses Zertifizierungsverfahren mit, weil es sie auf billige Art positiv in die Medien bringt, das ist doch sonnenklar.« War mein Mann wirklich so naiv, auf diesen Trick hereinzufallen?

»Hase, so eine Zertifizierung ist auch nicht billig. Denk doch nicht immer nur Schlechtes von den Menschen.«

»Wie du meinst. Ich muss jetzt Schluss machen, die Verbindung wird schlecht. Tschüss, küss die Jungs von mir.« Ohne seine Antwort abzuwarten, legte ich auf. Ich war sauer, weil Alex sich nicht bedingungslos auf meine Seite gestellt hatte. Aufmerksam las ich den Artikel noch einmal. Vielleicht war ich ja einfach nur wütend gewesen, weil sie mich im vergangenen Jahr nicht wieder haben wollten. Möglicherweise hatte Alex doch recht? Nein, diese aufgesetzten Floskeln waren einfach nicht glaubwürdig. Ich wollte es genau wissen und überlegte, wer mir in dieser Sache weiterhelfen konnte. Schließlich fiel mir Karin ein, die Werbeleiterin der Firma. Ich wählte die Nummer der Zentrale, um mich mit ihr verbinden zu lassen.

»Bedaure«, tönte es vom anderen Ende, »Frau Bauer-Lang ist nicht mehr bei uns beschäftigt. Soll ich Sie mit Herrn Simons, ihrem Nachfolger, verbinden?«

»Nein, ich wollte sie persönlich sprechen. Können Sie mir sagen, wo sie jetzt arbeitet?«

»Darüber darf ich keine Auskunft geben. Aber versuchen Sie es doch einmal bei ihr zu Hause. Kann ich Ihnen sonst noch behilflich sein?«

»Nein, vielen Dank. Auf Wiederhören.« Völlig verwirrt suchte ich in meinem Handy nach ihrer Privatnummer. Leider hatte ich sie nicht übertragen, als ich zu Weihnachten mein neues Smartphone bekommen hatte. Wozu auch? Früher sind wir in der Mittagspause öfter mal zusammen essen gegangen. Seit ich aber vor vier Jahren in Elternzeit gegangen war, hatten wir keinen Kontakt mehr. Vielleicht konnte ja die gute alte Telefonauskunft weiterhelfen. Ich wollte nun nicht nur wissen, was es mit dieser Familienfreundlichkeit auf sich hatte (das wusste Karin vermutlich auch nicht, wenn sie nicht mehr im Unternehmen war), sondern vielmehr, warum Karin gegangen war. Ich hoffte, dass sie nicht schwer krank war. Die Andeutung, ich solle es doch bei ihr zu Hause versuchen, hatte mich beunruhigt. Glücklicherweise konnte mir die freundliche Dame bei der Auskunft helfen. Ich war sehr gespannt, ob ich Karin wirklich zu Hause antreffen würde. Es läutete dreimal, dann wurde abgehoben.

»Bauer-Lang, hallo.«

»Karin, hier ist Maxi Anders. Mensch, wie geht es dir?«

»Maxi. Das ist aber eine Überraschung. Mir geht es ganz gut, und dir?«

Erleichtert atmete ich auf. »Du mir geht es auch gut. Aber du hast mir gerade einen ganz schönen Schreck eingejagt. Ich wollte dich im Büro anrufen, und da hat mir die Dame an der Zentrale gesagt, dass du nicht mehr bei *Likei* arbeitest. Was ist denn passiert und warum bist du zu Hause?«

»Ich habe ein Baby bekommen. Greta ist jetzt fünf Monate alt.«

»Gratuliere! Darauf hätte ich eigentlich auch selbst kommen können. Aber die hat so geheimnisvoll getan, dass ich gleich irgendetwas Schlimmes vermutet habe. Wie lange nimmst du Elternzeit?«

»Bis ultimo! Ich habe gekündigt. Maxi, ich bin froh, dass du anrufst. Ich wollte mich schon länger dafür entschuldigen, dass ich mich nicht für dich eingesetzt habe, als du letztes Jahr wiederkommen wolltest.« Ich verstand nicht, was Karin mir damit sagen wollte.

»Was hättest du denn machen können?«

»Natürlich hätte ich keine Stelle für dich aus dem Hut zaubern können, aber ich hätte meinen Mund aufmachen sollen. Stattdessen habe ich geschwiegen. Ich fand es zwar sehr ungerecht, wie sie dich rausgemobbt haben, aber gesagt habe ich nichts. Das tut mir ehrlich leid. Wir Frauen müssen einfach viel mehr zusammenhalten.« Das kam nun wirklich sehr überraschend für mich.

»Wow, Karin, danke, dass du das sagst. Aber warum hast du denn nun gekündigt?« Das Gespräch hatte es wirklich in sich.

»Oh, das ist schnell erzählt. Ich hatte ja an deinem Beispiel gesehen, dass es nicht ratsam ist, die drei Jahre Elternzeit zu nehmen, die uns zustehen. Aber in Vollzeit wollte ich mit Kind auch nicht weiterarbeiten. Zum einen haben wir in unserer Wohnung beim besten Willen keinen Platz für ein Au-pair, und mit den Krippenzeiten kannst du ja nie im Leben deine Arbeitszeiten abdecken. Zum anderen wollte ich auch nicht den ganzen Tag von meinem Kind getrennt sein. Also habe ich Herrn Hoffmann vorgeschlagen, dass ich gleich nach dem Mutterschutz in Teilzeit wiederkommen würde, und zwar auf meine alte Stelle. Mein Mann ist ja Lehrer, und da hätten wir das ganz gut hinbekommen. Ich wollte nachmittags arbeiten, und für Terminüberschneidungen hätten wir auch noch zwei Omas vor Ort. Ich dachte echt, das wäre für alle Beteiligten eine tolle Sache. Für vormittags findet man doch leicht jemanden, es gibt ja nun wirklich genug qualifizierte Frauen, die zu Hause sitzen und nur auf eine Chance warten. Und die Firma hätte durch das Jobsharing den Vorteil gehabt, dass wir uns im Urlaubs- und Krankheitsfall zumindest teilweise vertreten hätten. Win-win-Situation nennt man das. Dachte ich. Da hab ich aber ohne unseren tollen Personalleiter gedacht. Für ihn war es viel einfacher, einen Vollzeit-Ersatz für mich zu suchen. Mir hat er eine andere Stelle

im Marketing angeboten. Ich hätte unsere schönen Werbebroschüren verschicken dürfen. So, das war's schon. Natürlich war ich dumme Kuh so in meiner Ehre gekränkt, dass ich stehenden Fußes gekündigt habe, ohne Elternzeit, ohne Abfindung. Kannst du das glauben? Das ist, wie wenn du bei Günther Jauch mit 500 Euro nach Hause gehst und noch alle drei Joker hast. Schön blöd!« Oh Mann! Die gleiche Geschichte wie bei mir. Dieser Hoffmann hatte sich kein bisschen geändert und brüstete sich in der Öffentlichkeit nun auch noch damit, seinem wertvollsten Kapital die Vereinbarkeit von Beruf und Familie zu ermöglichen. Was für ein verlogener Mensch!

»Karin, das tut mir wirklich leid. Glaub mir, ich weiß, wie du dich gefühlt hast, und ich kann gut nachvollziehen, dass du nicht für deine Rechte gekämpft hast. Mir hat es damals ja auch den Boden unter den Füßen weggezogen. Ich bin sogar zum Psychodoc gegangen, so fertig war ich.«

»Echt, dir ging's auch so schlecht? Versteh mich nicht falsch, aber das tut mir gerade richtig gut. Ich habe in den letzten Wochen schon sehr an mir gezweifelt.« Karin tat mir leid.

»Weißt du, das ist genau das Problem. Wir Frauen müssen lernen, auch über Niederlagen zu reden ohne Angst, dass sich irgendwer an unserem Leid ergötzt. Und wenn schon, dann ist es eben so. Aber solange wir unserem Umfeld immer vorspielen, dass wir alles bestens im Griff haben und glücklich sind, fühlt sich jede, bei der es gerade nicht so toll läuft, total unfähig.

Und das zieht uns noch mehr runter, macht uns klein und handlungsunfähig.«

»Aber echt! Maxi, du solltest in die Politik gehen. So eine wie dich brauchen wir Frauen.« Ich musste lachen.

»Karin, das ist echt lieb von dir, aber wie du selbst gesehen hast, schaffe ich es ja nicht mal, für meine eigenen Rechte einzustehen. Jetzt mal was anderes. Ich wollte dich vorhin aus einem bestimmten Grund anrufen. Ich sitze gerade im Zug, trinke gemütlich einen Kaffee, lese die Zeitung und was sehe ich da?«

»Stell dir vor, mir ging's gerade genauso. Ich hätte vor Schreck fast meinen Tee ausgespuckt, als ich den Hoffmann grinsend auf dem Foto gesehen habe. Widerlich!«

»Weißt du etwas über diese Zertifizierung?«, wollte ich von Karin wissen. Vielleicht hatte sie ja doch noch etwas davon mitbekommen.

»Nein, ich bin ja schon seit September weg. Und leider habe ich auch zu niemandem mehr Kontakt. Schon komisch: Vorher habe ich quasi in der Firma gelebt, und jetzt ist nichts mehr davon übrig geblieben.«

»Das kenne ich. Hast du schon neue Pläne?« Ich hoffte, Karin würde nicht genauso frustriert und deprimiert zu Hause sitzen wie ich im vergangenen Jahr.

»Ehrlich gesagt nicht so richtig. Ich würde gerne wieder was in der Werbung machen, aber nach den

ersten Absagen habe ich das Gefühl, dass das in Teilzeit in der Branche ganz schlecht ist.«

»Glaub mir, Karin, Teilzeit ist in jeder Branche ganz schlecht. Die Unternehmen sind da einfach noch zu sehr in alten Denkstrukturen. Aber ich will dich damit nicht entmutigen, sondern sagen, dass du vielleicht einen anderen Weg suchen musst. Ich musste auch umdenken, und soll ich dir was sagen? So glücklich wie heute wäre ich bei *Likei* mit den Kindern nicht geworden.«

»Danke, Maxi, das macht mir Mut. Ich freu mich so, dass du angerufen hast. Hast du nicht Lust, mal wieder zusammen zu Mittag zu essen, wie früher?«

»Gern! Ich bin ja auch ganz gespannt auf deine kleine Greta. Wie wär's nächsten Mittwoch?«

»Mittwoch ist super. Willst du mit deinen Kindern zu uns kommen? Ich weiß nicht, wie es dir geht, aber ich fühle mich in Restaurants mit Greta nicht so wohl. Die meisten haben nicht mal einen Wickelplatz. Neulich musste ich sie draußen vor einer Gaststätte im Kinderwagen wickeln.« Diese Erfahrungen waren mir nicht neu.

»Karin, ich glaube, du kennst das *Mario's* noch nicht. Ich plane da die Veranstaltungen. Mario ist nicht nur der beste Chef der Welt, er hat auch das beste Café in der Stadt. Da treffen wir uns nächste Woche Mittwoch um 12.30 Uhr mit Greta und meinen Jungs. Und wir werden richtig Spaß haben. Es liegt in der kleinen Gasse schräg hinter der katholischen Kirche. Du kannst es nicht verfehlen.«

»Super, Maxi, ich freu mich! Vielen Dank für deinen Anruf!«

Das war doch unglaublich. Da ließ sich *Likei* als familienfreundliches Unternehmen feiern, und zur selben Zeit schickte man eine Führungskraft nach Hause zu Mann und Kind. So viel zum Thema Vereinbarkeit von Beruf und Familie. Ich freute mich schon auf die Diskussion bei Frau Will.

In Berlin fuhr ich mit einem Taxi direkt ins Studio. Herr Büchele hatte versprochen, mich nach der Aufzeichnung persönlich ins Hotel zu fahren. Wir hatten verabredet, dass wir uns in seinem Büro treffen würden.

»Hallo, Maxi!«, begrüßte er mich fröhlich lächelnd. »Ich darf doch Maxi sagen, oder? Weißt du, hier beim Fernsehen sind alle gleich per Du.« So locker hatte ich ihn gar nicht in Erinnerung. Vielleicht lag es daran, dass er sich in seinem »Revier« wohler fühlte.

»Ja natürlich. Wir in den Krabbelgruppen sind auch nicht so formell, Markus«, witzelte ich und hoffte, er würde meinen Scherz nicht in den falschen Hals bekommen. Aber seine Begeisterung, mich zu sehen, schien nicht nachgelassen zu haben.

»Komm, ich mach schnell den versprochenen Rundgang mit dir, und dann geht's zur Probe. Ich freu mich

so, dass du es einrichten konntest. Und sind die Kinder gut versorgt?« Irgendwie hatte ich das Gefühl, dass ihn das überhaupt nicht interessierte. Er dirigierte mich aus seinem Büro durch das Gebäude und plapperte unentwegt weiter. »Jetzt wo du hier bist, kann ich es dir ja sagen. Du hilfst mir richtig aus der Patsche. Ich hätte nicht gedacht, dass es so schwierig sein würde, geeignete Talk-Gäste zu dem Thema zu finden.« So war das also. Lückenbüßer. Von wegen, ihm hätten meine Kolumnen so gut gefallen. Andererseits – was hatte ich erwartet? Ich war vollkommen unbekannt und unbedeutend und hatte mich ja selbst schon über die Einladung gewundert.

»Na, wenn ich das gewusst hätte, hätte ich noch ein paar Mütter mitgebracht, die eine ganze Menge zu dem Thema sagen können«, antwortete ich etwas trotzig.

»Herrlich, Maxi, das ist genau der Grund, warum ich dich eingeladen habe. Spritzig auf den Punkt gebracht, herrlich! Ich freu mich schon auf die Aufzeichnung.« Diese Aussage stimmte mich schon wieder versöhnlicher. Ich folgte Markus durch die unzähligen Gänge der Produktionsräume. Nach kurzer Zeit schwirrte mir der Kopf vor lauter Gesichtern und Namen. Schließlich führte er mich in das Studio, in dem die Aufzeichnung stattfinden sollte. Die Licht- und Tonprobe war schon in vollem Gange. Mit einem Schlag wurde mir übel. Meine Knie zitterten, und vor meinen Augen wurde es schwarz.

»Markus, ich muss mich kurz setzen«, sagte ich und griff nach dem erstbesten Stuhl.

»Maxi, du bist ja ganz blass. Ist alles in Ordnung? Herrje, ich habe dich so gehetzt. Sicher hast du noch nicht einmal zu Mittag gegessen, oder? Hier, nimm das, Traubenzucker. Habe ich immer in der Tasche. Und dann gehen wir in die Kantine, okay? Tut mir wirklich leid.« Besorgt hielt er meinen Arm fest, so als fürchtete er, ich würde jeden Moment vom Stuhl gleiten.

»Geht schon wieder. Ist nur Lampenfieber. Aber einen Kaffee könnte ich jetzt wirklich brauchen.«

In der Kantine erzählte Markus mir, wer die anderen Gäste sein würden. Neben der Familienministerin wurden noch ein Vertreter des Unternehmensnetzwerkes *Erfolgsfaktor Familie*, eine Bundestagsabgeordnete der Partei *Die Linken* sowie der Inhaber eines mittelständischen Unternehmens erwartet. Das klang doch bei Weitem nicht so schlecht, wie es vorhin noch den Anschein hatte. Ich fragte mich einmal mehr, was ich zwischen diesen wichtigen Menschen zu suchen hatte. Die Zeit bis zur Aufzeichnung verging wie im Flug. Von der Kantine aus brachte Markus mich »in die Maske«, verabschiedete sich und sagte, er würde mich nach der Sendung im Studio abholen. Ich war mittlerweile so aufgeregt, dass ich mir schwor, nie wieder ohne Baldrian zu einem Termin zu fahren. Kurz überlegte ich, ob ich einen der Mitarbeiter nach einer Beruhigungstablette fragen sollte. Ich war sicher nicht

der einzige Gast mit Lampenfieber. Für solche Fälle mussten sie doch hier gerüstet sein. Ich verwarf die Idee aber wieder, weil ich nicht wusste, wie ich darauf reagieren würde. Ich hatte schon genug peinliche Auftritte von Promis in Talk-Shows gesehen und wollte meiner Familie diese Schmach ersparen. Also Augen zu und durch. Ich beschloss, nur zu reden, wenn ich direkt angesprochen wurde. Dann konnte es schon nicht so schlimm werden. Der Plan ging auf. Nach der Vorstellungsrunde sprachen in der Hauptsache die Familienministerin und die Frau von den Linken, die versuchten, ihre kontroversen Standpunkte vor allem mit Statistiken zu untermauern. Gelegentlich pflichtete der Herr vom Netzwerk der Ministerin bei. Ich fühlte mich zusehends wohler und vergaß bald, dass ich nicht als Zuschauerin dort saß. Deshalb zuckte ich erschrocken zusammen, als Frau Will mich plötzlich persönlich ansprach.

»Frau Anders, Sie sind selbst berufstätige Mutter und beklagen in Ihren Kolumnen die mangelnde Solidarität unter Frauen. Sind wir Frauen also selbst schuld an unserem Dilemma?«

Trinken, trinken. Wasser. Kehle trocken. Ich konnte keinen klaren Gedanken fassen, geschweige denn verbal artikulieren. Ich spürte, dass alle Augen auf mich gerichtet waren. Niemand sprach. Ich räusperte mich. Darum machten das die Leute also im Fernsehen. Sie wollten Zeit gewinnen. Ich musste schmunzeln. Till räusperte sich auch immer sehr ausgiebig und geräuschvoll, wenn ich ihn fragte, wie viel 14 minus sechs war.

Was sollte ich denn auf diese Frage politisch korrekt antworten? Noch während ich nachdachte, öffnete sich mein Mund automatisch. Die Worte bildeten sich von selbst. Ich hörte mich antworten: »Ja natürlich, so wie die Frauen, die von ihren Männern geschlagen werden, auch selbst schuld sind. Keine Frau ist an dem schuld, das ein anderer ihr antut! In meiner alten Firma werden die Frauen, die einmal in verantwortungsvoller Position tätig waren, systematisch rausgemobbt, sobald sie Kinder haben. In der Situation sind viele Frauen so klein, dass sie überhaupt nicht fähig sind, sich zu wehren, und das nutzen die Verantwortlichen schamlos aus. Hier denke ich, könnten wir Frauen mehr Solidarität beweisen, sich für die andere einsetzen beziehungsweise es als Entscheidungsträgerin nicht so weit kommen lassen. Glauben Sie allen Ernstes, dass fehlende Kita-Plätze der Grund dafür sind, dass die Deutschen immer weniger Kinder bekommen? Oder dass Sie Akademikerinnen mit einem Jahr Elterngeld für Kinder begeistern können? Das sind nicht die Kernprobleme. Solange Mütter in Unternehmen wie Problemfälle behandelt werden und Familien fast schon gesellschaftlich geächtet sind, wird sich an der Problematik nichts ändern.« Mit diesen Worten beendete ich meinen Monolog, der viel emotionaler war, als ich es gewollt hatte. Leicht erschrocken schaute ich in die

Runde, versuchte aber, mir meine Aufregung nicht anmerken zu lassen und einigermaßen selbstbewusst zu wirken.

»Frau Ministerin, heißt das für Sie ›Kommando zurück‹ und den Ausbau der Kita-Plätze stoppen?«, wandte sich die Moderatorin wieder an die Familienministerin. Ich atmete tief durch. Was war da nur in mich gefahren? Ruhig und unauffällig sah anders aus. Ich wusste, was es war. Den ganzen Tag über war mir das Bild von dem grinsenden Hoffmann nicht aus dem Kopf gegangen. Ein Teil meiner Wut über diesen selbstgefälligen Idioten und Karins Schicksal hatte sich wohl hier ein Ventil gesucht. Mein Auftritt war mir peinlich, obwohl – was hatte ich denn Falsches gesagt? Nein, inhaltlich stand ich voll hinter meinen Aussagen und beleidigt hatte ich auch niemanden. Vielleicht würde man meinen Beitrag sogar herausschneiden. Die Aufzeichnung dauerte schließlich länger, als die tatsächliche Sendezeit war. Ich verdrängte die Gedanken an meinen Gefühlsausbruch und versuchte, wieder der Diskussion zu folgen. Der Rest der Sendung verlief unspektakulär. Ich war sehr froh, als Frau Will sich schließlich vom Publikum verabschiedete und die Kameras abgeschaltet wurden. Obwohl ich ja wirklich kaum etwas gesagt hatte, war die Aufzeichnung für mich anstrengender gewesen als ein Kindergeburtstag. Frau Will verabschiedete sich persönlich von den Talk-Gästen und verließ dann das Studio. Die anderen Gäste folgten ihr. Ich war völlig erledigt und froh, als ich Markus mitsamt meinem Gepäck hereinkommen sah. Er strahlte mich noch genauso frisch an wie am Nachmittag. Wurde er überhaupt nicht müde? Er arbeitete doch auch schon den ganzen Tag, und mittlerweile war es 21.00 Uhr.

»Maxi, du warst fantastisch!«, empfing er mich mit einem Küsschen auf die Wange. Das war nun aber sehr persönlich. Wir kannten uns doch gar nicht, und Markus tat so, als wären wir alte Freunde. Wahrscheinlich war das beim Fernsehen normal.

»Danke, aber ich hab doch kaum was gesagt.«

»Das ist es ja«, eiferte er sich. »Jedes Wort sitzt bei dir. Du musst gar nicht viel sagen.« Ich kannte Markus zu wenig, um einschätzen zu können, ob er jeden so einlullte oder ob er das, was er sagte, ernst meinte. Aber ich war zu erschöpft, um mir darüber weitere Gedanken zu machen. Ich wollte nur noch ins Bett.

»Bemüh dich nicht. Für Komplimente zahl ich nichts«, witzelte ich.

»Dann musst du jetzt mit mir essen gehen.« Fröhlich schnappte er sich meinen Koffer und ging beschwingt Richtung Ausgang. Wie, jetzt noch essen? Es war doch schon so spät und ich war hundemüde. Andererseits hatte Markus mich hierher eingeladen, sich Zeit genommen, mir das Studio gezeigt und freute sich anscheinend schon darauf, noch gemeinsam zu Abend zu essen. Einfach Nein zu sagen, wäre sehr unhöflich,

aber ich musste doch am nächsten Morgen wieder so früh raus.

»Sei mir nicht böse«, sagte ich schließlich. »Ich bin total erledigt und kann jetzt wirklich nichts mehr essen. Aber wir können gerne noch was in der Hotelbar trinken, wenn du magst.« Markus war einverstanden. Wir fuhren ins Hotel, tranken ein Bier und unterhielten uns über die Arbeit beim Fernsehen. Markus arbeitete seit sechs Jahren dort. Obwohl es sehr stressig war, liebte er seinen Job. Aber er gab zu, dass er sich in letzter Zeit immer häufiger Gedanken über seine Zukunft machte. Mit Anfang 30 wäre er nun in einem Alter, in dem man ja auch mal über Familie nachdachte.

»Weißt du, ich hätte schon gerne Kinder, aber seit ich diesen Job habe, hatte ich keine richtige Beziehung mehr. Mit meinen unregelmäßigen Arbeitszeiten ist das wirklich schwierig«, erklärte er mir sein Dilemma.

»Denkst du darüber nach, in eine andere Branche zu wechseln?«

»Nicht wirklich. Stell dir vor, ich häng den Beruf, den ich liebe, an den Nagel und treff dann doch nicht meine Traumfrau.« Dieses Argument leuchtete ein.

»Ja, das wär blöd.« Ich wollte nicht weiter in seine Privatsphäre eindringen und wechselte das Thema. »Kommst du eigentlich gebürtig aus Berlin? Büchele klingt so schwäbisch. Aber den typischen Dialekt hast du nicht.«

Markus lachte. »Hanoi i kann au anderscht schwätze. Dahoim in Sigmaringe muss i des au, sonst tät mi do koiner verschtande.«

Mit halb offenem Mund starrte ich ihn an. Niemals hätte ich diesem distinguierten Menschen einen so starken Dialekt zugetraut.

»Ich bin nach dem Abitur nach Berlin gezogen, um Medienwissenschaften zu studieren«, fügte er erklärend hinzu. »Und danach bin ich hier irgendwie hängen geblieben. Ich hatte schon während des Studiums beim Sender gejobbt. Als man mir dann nach meinem Abschluss die Stelle in der Redaktion angeboten hat, habe ich sofort zugegriffen. Eigentlich wollte ich ja erst mal für ein, zwei Jahre ins Ausland, aber auf so eine Chance warten andere Jahre. Dadurch, dass die Sendung jede Woche ein anderes Thema hat, wird es einfach nie langweilig. Ich muss mich immer wieder in neue Sachgebiete einarbeiten. Das ist spannend. Natürlich ist da auch vieles dabei, was mich persönlich nicht so sehr interessiert, aber das sind gerade die bereichernden Sendungen für mich. Wie diese heute. Ehrlich gesagt fand ich das Thema Vereinbarkeit von Familie und Beruf nicht so toll. Es ist ja auch echt weit weg von meiner Lebenssituation. Aber als ich mich erst mal eingelesen hatte, habe ich einen anderen Blick für die Probleme von Familien bekommen. Das, was du in deinen Kolumnen sagst, trifft den Nagel auf den Kopf. Familienpolitik geht uns alle an. Wir können nicht mehr Kinder fordern – am besten von Akade-

mikerfamilien, damit wir nicht noch mehr Harz-IV-Empfänger generieren – und zur gleichen Zeit Kinder überall ausgrenzen und zum Problemthema machen. Ich bin so froh, dass ich letzte Woche noch in Stuttgart vorbeigeschaut habe. Ich war kurz in Sigmaringen gewesen, um meine Mutter zum Geburtstag zu überraschen. Eigentlich wollte ich ja gleich am nächsten Morgen wieder nach Berlin fahren, aber dann bin ich doch noch zu der Veranstaltung vom Verband berufstätiger Mütter gegangen, in der Hoffnung, die eine oder andere Anregung für die Sendung mitzunehmen. Und dann hast du es in wenigen Worten geschafft, mich zum Nachdenken zu bewegen. Ich hab mich auf den Schlips getreten gefühlt. Ja, ehrlich gesagt bin ich auch oft genervt, wenn Kinder im Restaurant oder in der Bahn laut sind. Und ich habe auch manchmal das Gefühl, dass ich für meine Kollegin mitarbeiten muss, die pünktlich den Griffel fallen lässt, weil ja die Kinder in der Kita warten. Aber ich habe nie überlegt, wie es den Familien bei diesem Spagat geht, was das eigentlich für ein enormer Stressfaktor ist, ständig das Gefühl zu haben, niemandem gerecht werden zu können. Das hast du wirklich super rübergebracht.« Das Kompliment freute mich sehr. Ich hätte nie gedacht, dass meine Kolumnen einen solch nachhaltigen Eindruck hinterlassen könnten. Das Schönste war, dass meine Worte genau so bei ihm angekommen waren, wie ich sie gemeint hatte. Wir unterhielten uns noch eine Weile über Ehe, Familie und Beruf. Irgendwann bemerkte ich, dass es schon auf Mitternacht zuging.

Ich bedankte mich bei Markus für den schönen Abend; er versprach, bei seinem nächsten Heimaturlaub auf einen Kaffee bei uns vorbeizuschauen, aber ich war sicher, ihn niemals wiederzusehen.

KOLUMNE

Familienpolitik

Ich begreife es nicht. Wenn man die Aktionen der Regierung betrachtet, möchte man meinen, Familienpolitik bedeutet, darüber zu entscheiden, wie hoch der Kindergeldsatz ist, ob Frauen mit einer Herdprämie für Kinder zu begeistern sind, oder welche steuerlichen Anreize für Familien geschaffen werden können. Warum definiert man in Deutschland alles über Geld? Familienpolitik würde für mich heißen, die Familien stärker in den Fokus der Öffentlichkeit zu rücken. Es liegt doch nicht einzig am Geld, dass junge Frauen sich gegen Kinder entscheiden. Sie sehen, dass ihre älteren Kolleginnen mit Beginn der Mutterschaft quasi aus dem öffentlichen Leben verschwinden, und damit meine ich nicht nur den Job. Kinder bedeuten in Deutschland das Karriere-Aus, das ist schon lange bekannt und von Frau Schröder leider untermauert worden. Sie schicken uns aber auch gesellschaftlich in die Isolation. Als ich mit meinem ersten Sohn schwanger wurde, sind wir mit unseren Freunden häufig essen gegangen, ins Kino oder im Sommer abends in den Biergarten. Als Till geboren wurde, herrschte in unserem Krankenzimmer ein reges Kommen und Gehen. Alle kamen, um uns zum Nachwuchs zu gratulieren. Umso erstaunter waren wir, dass wir von diesem Tag an gar nicht mehr über gemeinsame Aktionen informiert wurden. Vielleicht dachten unsere Freunde, dass wir mit dem Baby ja gar nicht mitkommen konnten. Stimmte ja auch. Wir hätten nicht gekonnt, aber einer von uns schon. Wir fühlten uns ausgeschlossen und rausgedrängt. Gut, dann war eben Umorientieren angesagt. Ich buchte einen Babyschwimmkurs und besuchte mit Till eine Krabbelgruppe, wo ich Gleichgesinnte kennenlernte. Wenn ich dann aber mit meinen neuen Bekannten mal einen Kaffee trinken wollte, glich das eher einem Himmelfahrtskommando als einem netten Damenkränzchen. Sind Sie schon einmal mit einem Kinderwagen in ein Café eingerollt? Dann wissen Sie, was ich meine. Alle Blicke sind skeptisch auf Sie gerichtet: »Will die jetzt mit dem Wagen hier durch?« Da fühlt man sich doch gleich willkommen. So, probieren Sie das jetzt mal mit vier Kinderwagen! Die logische Konsequenz war, dass wir uns nun reihum bei einer zu Hause getroffen haben. Natürlich war das auch schön, aber ich fühlte mich trotzdem ausgeschlossen, abgeschnitten vom gesellschaftlichen Leben. Hier muss Familienpolitik ansetzen. Bringt das Thema Familie doch bitte nicht immer nur in Bezug auf finanzielle Leistungen in die Öffentlichkeit; gleich neben Langzeitarbeitslosen und Asylantragstellern. Das macht unattraktiv! Familien werden dadurch zu

Leistungsempfängern degradiert und, liebe Politiker, darauf hat niemand Lust! Wenn in den Medien über Familien berichtet wird, so kann man sicher sein, dass Probleme gewälzt werden: die anstrengende Kindererziehung, die wir nur mit einer super Nanny an der Seite bewältigen können, delinquente Jugendliche, die ihre Eltern krank vor Sorge machen, und nicht zu vergessen, das Leben an der Armutsgrenze. Wo sind die Familien, die richtig Spaß haben? Die müsst ihr zeigen, den jungen Menschen Lust machen auf Kinder. Wir müssen sie schmackhaft machen wie ein Luxusauto. Wie viele Menschen fahren einen Wagen, den sie sich eigentlich nicht leisten können? Sie kaufen ihn dennoch, weil sie ihn unbedingt wollen. Und dieses Verlangen müssen wir auch in Bezug auf Kinder wecken. Macht es den Familien leichter, am gesellschaftlichen Leben teilzuhaben. Bezuschusst familienfreundliche Gastronomiebetriebe und Kultureinrichtungen, damit Familien auch außerhalb von Toys»R«Us als attraktive Zielgruppe wahrgenommen werden. Unsere Kinder sind unser größtes Glück. Das sollten wir stärker kommunizieren, damit es nicht eines Tages heißt: »Wir können alles außer Kinder«.

7

Am nächsten Morgen fühlte ich mich total erschlagen. Die gestrigen Ereignisse steckten mir noch in den Knochen, und die Aussicht auf einen weiteren Tag in der Bahn stimmte mich nicht gerade fröhlich. Warum war mein Leben mit einem Mal so aufregend? Ich konnte mich nicht daran erinnern, das Universum um ein wenig mehr Pep gebeten zu haben. Seit Sibylle unser Haus besetzte, glich jeder Tag einem Überraschungsei. Es war gerade mal ein paar Wochen her, dass meine Schwester mit ihrer bellenden Handtasche vor unserer Tür gestanden hatte, aber mir erschien es, als ob es in einem anderen Leben gewesen wäre, was nicht nur an unserem neuen Familienmitglied lag. Seit einem halben Jahr schrieb ich regelmäßig meine Kolumne für Hanna, und plötzlich wurde ich zu Vortragsveranstaltungen und Talk-Shows eingeladen. Ein Guru meditierte in meinem Haus. Meine Kinder konsumierten Scripted-Reality-Shows. Mein Mann, ja, was war eigentlich mit Alex? Seit Sibylles Einzug arbeitete er abends gerne mal länger. Selbst an den Wochenenden musste er gelegentlich ins Büro. Früher hatte er sich

Arbeit mit nach Hause genommen, wenn viel los war. Nun flüchtete er vor der Familie in die Firma. Vor der Familie? Nein, vor seiner Schwägerin. Ich konnte es ihm ja nicht verübeln. Sibylles Probleme hatten sehr viel Raum eingenommen. Außerdem akzeptierte sie ihn nicht mal ansatzweise als Familienoberhaupt in unserem Haus. Aber was sollte ich denn machen? Ich konnte meine Schwester doch nicht vor die Tür setzen. Die Heimfahrt nutzte ich dazu, meine Gedanken zu sortieren. Diese Flut von Ereignissen überforderte mich, das spürte ich ganz deutlich. Also musste ich wieder Struktur und mehr Ruhe in unser Leben bringen. Nur, wie sollte ich das anstellen? Als Erstes würde ich unser Fernsehverbot vor 18:00 Uhr wieder durchsetzen. Und danach nur KiKa, bis die Kinder ins Bett gingen. Meine Gastfreundschaft durfte schließlich nicht zulasten der Kinder gehen. Alex wollte ich mit der Aussicht auf einen Spaziergang zu zweit wieder früher nach Hause locken. Sibylle sollte sich ruhig nützlich machen und auf die Kinder aufpassen. Ich musste sie einfach mehr mit einspannen. Bislang hatte ich versucht, ihr möglichst auszuweichen, aber vielleicht war ja gerade deshalb alles so durcheinandergeraten. Solange sie bei uns wohnte, sollte sie sich unserem Rhythmus anpassen. Da ja meine Ausflüge in die Welt der Familienpolitik nun auch abgeschlossen waren, sollte es mir doch gelingen, unser gewohntes Familienleben wieder aufzunehmen. Zufrieden und zuversichtlich genoss ich den Rest der Bahnfahrt.

Zu diesem Zeitpunkt ahnte ich nichts von der Tragödie, die sich bereits zu Hause abspielte. Völlig arglos schloss ich bei meiner Rückkehr unsere Haustür auf, als mir Till auch schon total verheult in die Arme fiel.

»Wo warst du?«

»Engel, ich war in Berlin. Das weißt du doch. Was ist denn passiert? Warum weinst du? Hast du dir wehgetan? Wo ist Sibylle?« Ich musterte meinen Sohn prüfend, konnte aber keine Verletzung feststellen. Warum war er nur so aufgebracht?

»Jan ist weg!«, brach es aus ihm heraus, und ein neuerlicher Weinkrampf schüttelte ihn. Sofort stieg Panik in mir auf. Jan war weg? Was sollte das heißen? Im Krankenhaus oder noch schlimmer? Was war hier los, und wo zum Teufel war Sibylle? Möglichst ruhig versuchte ich, weitere Informationen von Till zu erhalten.

»Till, was genau ist passiert?« Ich versuchte, nicht hysterisch zu klingen, war aber nahe daran, zu kollabieren. Ich hätte auf meinen Bauch hören und die Kinder nicht noch einmal mit Sibylle allein lassen dürfen.

»Jan … ist … weggelaufen … und … Sibylle … sucht ihn. Sie … hat gesagt, … ich … soll hierbleiben, … falls, … falls er wiederkommt. Damit, … damit jemand da ist.« So aufgebracht, wie Jan war, konnte ich keine befriedigende Auskunft von ihm erhalten. Ich musste

ihn erst mal beruhigen, was mir wahrlich nicht leicht-fiel.

»Hey, Schatz, alles wird gut. Den finden wir schon wieder. Komm mal her.« Ich nahm ihn fest in die Arme. Langsam ebbte sein Schluchzen ab. Ich kramte ein Taschentuch aus meiner Hosentasche und reichte es ihm. »Weißt du, seit wann er weg ist? War er da, als du aus der Schule gekommen bist?«

Geräuschvoll putzte er sich die Nase. »Ja, da war er noch da. Sibylle hat uns zu Mittag so ekligen Spinat gemacht. Jan hat gesagt, das grüne Kacka isst er nicht. Da ist die total ausgeflippt. Sie hat ihn angebrüllt, dass er ein undankbares kleines Monster ist. Und sie hat gesagt, dass das hier für sie auch kein Vergnügen ist, uns Quälgeister abzufüttern. Da ist der Jan in sein Zimmer gerannt und hat die Tür zugeknallt – ganz laut. Dann ist Sibylles Swami gekommen. Sie hat gesagt, ich soll auch in mein Zimmer und Hausaufgaben machen und sie eine Stunde in Ruhe lassen. In Gottes Namen! Das hat sie gesagt. Und dann bin ich hoch und hab Hausaufgaben gemacht. Und als ich fertig war …« Wieder füllten sich seine Augen mit Tränen. »Als ich fertig war, wollte ich zu Jan, aber in seinem Zimmer war er nicht. Da wusste ich nicht, was ich tun sollte. Ich hatte Angst, dass ihm was passiert ist, aber ich hatte auch Angst vor Sibylle. Ich bin in den Garten, aber da war er auch nicht. Ich hab so Angst gehabt!« Mein armer kleiner Liebling. Wut kochte in mir hoch. Wie konnte Sibylle so herzlos sein?

»Und dann? Bist du rein und hast Sibylle Bescheid gesagt?«

Till nickte. »Ja, aber sie hat mir gar nicht geglaubt. Sie hat gesagt, der versteckt sich doch bloß, weil er ein schlechtes Gewissen hat. Und ich soll mich beruhigen und nicht heulen wie ein Mädchen.« Er schnäuzte wieder in das mittlerweile durchnässte Taschentuch. »Dann ist sie aber doch gucken gegangen. Und dann hat sie gemotzt, dass sie dieses verzogene Blag jetzt auch noch suchen muss und dass sie in diesem Irrenhaus nie die Mitte findet. Aber ich weiß nicht, warum das so schwer sein soll. Die Mitte ist doch hier, zwischen oben und unten. Die muss man doch gar nicht suchen. Und dann hat sie dem Swami gesagt, dass er beim Suchen helfen soll mit seinen drei Augen. Aber der hat auch nur zwei, Mami, das hab ich genau gesehen. Und dann sind sie mit Sibylles Auto weg.«

»Und seitdem sitzt du hier und weinst?«

Wieder nickte er.

»Pass mal auf, mein Schatz. Ich ruf jetzt kurz den Papi an, und dann überlegen wir beide zusammen, wo der Jan sein kann, okay?« Ich versuchte, Zuversicht auszustrahlen, obwohl ich kurz davor stand, einfach auf die Straße zu rennen und verzweifelt nach meinem Sohn zu rufen. Wäre Till nicht da gewesen, hätte ich das sicher auch getan. Aber es war wichtig, ihn erst einmal

zu beruhigen und damit auch mich selbst. Noch war ja nichts Schlimmes passiert, sagte ich mir. Er war nicht entführt worden. Nein, er war nur völlig verzweifelt in die Welt hinausgerannt, auf der Flucht vor seiner cholerischen Tante. Völlig orientierungslos irrte er vermutlich seit Stunden durch den Ort. Womöglich hatte er nicht einmal eine Jacke an. Mit zitternden Fingern wählte ich Alex' Nummer.

»Alex, du musst sofort nach Hause kommen! Jan ist weg!«, brach es ohne eine Begrüßung aus mir heraus, als Alex sich meldete.

»Wie, weg? Was ist denn los?« Nachdem ich Alex erklärt hatte, was vorgefallen war, versprach er, sofort zu kommen. Danach rief ich bei Jans Freunden an, aber keiner hatte ihn gesehen. Ich wollte endlich los, um ihn zu suchen, aber ich musste auf Alex warten. Ich konnte Till unmöglich noch einmal allein lassen, und mitnehmen wollte ich ihn auch nicht. Im Haus hielt ich es jedoch nicht länger aus. Ich sagte Till, er sollte noch einmal im Garten suchen. Vielleicht hatte Jan sich ja einfach in einem Gebüsch versteckt und war eingeschlafen. Ich selbst tigerte nervös in der Einfahrt hin und her. Endlich bog Alex' blauer Kombi in unsere Straße ein. Mit sorgenvollem Blick sprang er aus dem Auto.

»Weißt du was Neues?« Auch ihm war die Angst ins Gesicht geschrieben. Leider verstärkte sich meine Panik dadurch.

»Nein, ich hab überall angerufen. Alex, ich muss ihn suchen. Bitte bleib du bei Till. Der dreht sonst total ab. Sibylle hat ihn stundenlang allein gelassen.«

»Und was soll ich hier machen? Däumchen drehen?« Ich konnte nur zu gut verstehen, dass Alex nicht untätig zu Hause sitzen wollte.

»Ich weiß, dass das hart ist, aber lass mich bitte erst suchen. Später können wir uns abwechseln. Aber ich hoffe, dass das nicht nötig sein wird. Bitte, Alex.« Verzweifelt wartete ich auf seine Antwort.

»Also gut. Aber wenn du ihn in einer Stunde nicht gefunden hast, kommst du zurück, hörst du? Soll ich die Polizei verständigen?«

Daran hatte ich noch gar nicht gedacht. Musste man damit nicht 24 Stunden warten? Oder galt das nur bei Erwachsenen? Ich wusste nicht, was richtig war. Ich wollte nur noch los und mein Kind suchen.

»Ich weiß nicht. Mach, wie du denkst«, rief ich ihm zu und war schon auf dem Weg. Ich versuchte, mich in Jan hineinzuversetzen. In welche Richtung würde ich in seiner Situation gehen? Wütend und verheult würde ich nicht von Menschen gesehen werden wollen. Also ging ich Richtung Wald. Ich wählte den Weg, den Jan von Familienspaziergängen kannte. Wie weit war er wohl gegangen? Seltsamerweise hatte ich keinen Zweifel daran, dass ich auf der richtigen Spur war. Ich spürte förmlich, dass Jan ein paar Stunden zuvor hier entlanggelaufen war. Zumindest redete ich es mir ein. Sichtbare Beweise für meine These fand ich nicht.

Kein abgerissenes Stück T-Shirt an einem Busch, kein Bonbonpapier seiner Lieblingsmarke. Dennoch ging ich den Weg immer weiter, zielstrebig wie ein Drogenspürhund, der Witterung aufgenommen hat. Als ich den Wald erreichte, wurde es mit einem Schlag kühler. Ich musste an meinen armen kleinen Jan denken. Ich sah ihn vor meinem geistigen Auge am Boden kauernd, weinend und frierend. So traurig mich dieses Bild auch machte, ich hoffte inständig, dass ich mit meiner Vermutung recht gehabt hatte und er nicht in Richtung Ortsmitte gegangen war. Nicht von einem Auto angefahren oder von einem Perversen angesprochen und verschleppt worden war. Nein, diese Gedanken wollte ich nicht weiterverfolgen. Ich ging tiefer in den Wald hinein. Mein Handy klingelte.

»Maxi, wo bist du? Die Stunde ist längst vorbei.« Alex klang wütend und besorgt zugleich.

»Alex, ich weiß, dass ich ganz nah bei Jan bin. Ich spüre es. Nur noch eine Viertelstunde.« Ich konnte nicht umkehren. Nicht ohne meinen Sohn.

»Na gut. Sibylle und der Spinner sind gerade zurückgekommen. Ohne Erfolg. Sie sind alle Straßen abgefahren, keine Spur von Jan. Maxi, ich halt das nicht mehr aus. Ich ruf jetzt die Polizei an.«

»Ist gut, Alex. Wir werden ihn finden. Ich weiß es. Bis später.«

»Bis später.« Seine Stimme klang hoffnungslos. Er tat mir so leid. Es musste furchtbar sein, so tatenlos zu Hause zu sitzen und nicht mitsuchen zu können. Das mit der Polizei war sicher keine schlechte Idee. Ich war mittlerweile an unserer Picknickstelle angelangt. Insgeheim hatte ich gehofft, ihn hier zu finden, aber ich hatte kein Glück. Ich rief seinen Namen. Ohne Erfolg. So ein Mist. Langsam verlor auch ich den Mut. Tränen rannen über mein Gesicht. Mein Baby! Was sollte ich nun tun? Blindlings ging ich immer weiter. Völlig plan- und ziellos, bis ich in einiger Entfernung die Schutzhütte ausmachte, in der wir uns im vergangenen Sommer vor einem Gewitter in Sicherheit gebracht hatten. Ein letzter Hoffnungsschimmer. Ich betete, während ich auf die Hütte zurannte, ich hoffte es so sehr und erschrak dennoch, als ich tatsächlich ein kleines Häufchen Mensch zusammengekauert auf der Bank liegen sah. Ich erkannte Jans grünes Bob-der-Baumeister-T-Shirt und fing an, am ganzen Körper zu zittern. Jan bewegte sich nicht. Die letzten Schritte waren quälend lang. Erst als ich mich über ihn beugte, sah ich, dass er friedlich schlief. Sein Brustkorb hob und senkte sich regelmäßig.

»Liebling«, flüsterte ich in sein Ohr. »Engel, Mami ist da.« Ich nahm ihn behutsam auf meine Arme und küsste sein kleines Gesicht. Er öffnete die Augen.

»Mami?« Ungläubig sah er mich an.

»Ja, mein Schatz. Mami ist da.« Jan schlang seine Ärmchen um meinen Hals und weinte bitterlich.

»Ist ja gut. Ich bin ja da. Du hast uns einen ganz

schönen Schrecken eingejagt. Ich muss jetzt schnell den Papa anrufen. Der ist schon halb krank vor Angst um dich.«

»Die Sibylle ist so gemein! Die hat grünes Kacka gekocht«, schluchzte er.

»Ich weiß, mein Engel. Aber jetzt ist alles gut. Mami ist wieder da.« Ich hielt ihn immer noch fest auf meinem Arm, während ich unsere Nummer wählte.

»Ich habe ihn. Es geht ihm gut«, sagte ich, als Alex den Hörer abnahm.

»Gott sei Dank. Wo seid ihr? Die Polizei ist gerade hier.«

»Die kannst du wieder wegschicken. Wir sind bei der Schutzhütte hinter unserem Picknick-Platz. Kannst du uns mit dem Auto holen?«

»Ja, ich komm. Ich bin so froh. Bleibt, wo ihr seid. Ich bin gleich bei euch.« Erst jetzt sah ich, dass Jan nicht unvorbereitet weggelaufen war. Er hatte seinen Waldrucksack mitgenommen samt Sitzunterlage und Regenjacke. Vermutlich befand sich im Rucksack eine Survival-Ausrüstung, mit der er auch in der Wildnis Australiens mehrere Tage überlebt hätte.

»Sag mal, hast du auch ein bisschen Proviant in deinem Rucksack? Ich hab Riesenhunger.«

»Klar. Was willst du? Brezel oder Banane?« Er kramte in seinem Rucksack und hielt mir beides unter die Nase.

»Eine Banane wäre toll. Vielen Dank! Du hast ja wirklich an alles gedacht.«

»Ja, das hab ich. Regenjacke, ein Waschlappen,

Trinkflasche, Waffeln, ein Block, Stifte, Schokohörnchen, Becherlupe, Fernglas.« Jan legte alle Teile, die er aus seinem Rucksack herausholte, nebeneinander auf die Bank. »Pflaster, ein Foto.« Als er das Familienfoto von unserem letzten Urlaub in der Hand hielt, konnte ich mich nicht mehr beherrschen. Ich öffnete die Schleusen und ließ meinen Tränen freien Lauf.

»Mami, was hast du? Willst du lieber die Brezel? Du kannst die haben. Ehrlich, Mami, das kannst du.« Erschrocken sah Jan mich an und beeilte sich, mir die Brezel zu reichen.

»Nein, mein Engel. Danke schön, das ist lieb von dir. Mir fehlt nichts. Ich bin nur so froh, dass ich dich gefunden habe. Ich habe mir ganz schöne Sorgen gemacht. Komm mal her zu mir.« Ich zog ihn auf meinen Schoß und umarmte ihn fest. In diesem Moment war ich unendlich dankbar und glücklich, aber auch traurig und verwirrt. Hatte ich alles falsch gemacht? War ich egoistisch, weil ich meine Kinder allein gelassen hatte? Durfte ich wütend auf Sibylle sein, weil sie mein Kind aus unserem Haus getrieben hatte? Ich war froh, als ich aus der Ferne das Motorengeräusch eines Autos hörte, das sich offensichtlich in unsere Richtung bewegte. Alex parkte direkt vor der Schutzhütte und sprang aus dem Wagen. Fast zeitgleich öffnete sich die Tür hinter dem Fahrer und Till stieg aus. Im nächsten

Augenblick waren sie schon bei uns. Zu viert umarmten wir uns, als ob wir uns nie wieder loslassen wollten. Ich war sicher, dass dies einer dieser Momente werden würde, an die man sich sein Leben lang erinnerte.

Jan brach als Erster das Schweigen. »Hallo, Papa, hallo, Till. Wollt ihr eine Brezel? Ich hab an alles gedacht!«

Ich sah, dass auch Alex mit den Tränen zu kämpfen hatte. »Ich habe eine andere Idee. Die Rückkehr des verlorenen Sohnes muss man doch feiern. Was haltet ihr von McDonald's?« Sein Vorschlag wurde von den Kindern jubelnd angenommen. Meine Freude war nicht ganz so groß. Ich war furchtbar erschöpft, sicher hatte die Polizei auch noch ein paar Fragen an Jan, und es stand ein Gespräch mit Sibylle an.

»Ist denn die Polizei schon wieder weg? Müssen wir nicht sofort nach Hause fahren?«, fragte ich vorsichtig nach.

»Der Polizist hat meine Handynummer. Der wird sich schon melden, wenn er eine Frage hat. Und deine Schwester ist ja auch noch da. Die kann sich um den freundlichen Herrn kümmern. Ich möchte jetzt mit meiner Familie allein sein.« Entschieden trug er Jan zum Auto. Auch Till hüpfte fröhlich auf seinen Sitz, schnallte sich an und freute sich auf die Spontanparty im Fast-Food-Restaurant. Seufzend folgte ich meiner Familie ins Auto.

Als wir später am Abend in unsere Straße einbogen, war ich fast überrascht, Sibylles Auto ordentlich geparkt vor unserem Grundstück zu sehen. Ich hatte vermutet, dass sie klammheimlich ihre Sachen gepackt und sich aus dem Staub gemacht hätte. Sibylle hatte noch nie zu ihren Fehlern gestanden. Dass sie nach der heutigen Aktion immer noch da war, konnte nur bedeuten, dass sie in dieser Sache überhaupt kein Unrechtsbewusstsein hatte. Vermutlich durfte ich mir sogar gleich wieder einen Vortrag über meine missratenen Kinder anhören. Aber dieses Mal war ich nicht bereit, sie überhaupt zu Wort kommen zu lassen. Sie war entschieden zu weit gegangen. Wütend schloss ich die Haustür auf, bereit, sie an ihren eigenen Haaren aus meinem Haus zu zerren. Ja, genau dieses Bild hatte ich vor Augen, als mir plötzlich wie aus dem Nichts eine ungewohnt kleine und blasse Sibylle im Hausflur entgegentrat. Ich sah sie an, unfähig, etwas zu sagen. Meine Emotionen überschlugen sich. Ich bin kein besonders konfliktfähiger Mensch. Meistens schlucke ich so viel, bis der berühmte Tropfen das Fass zum Überlaufen bringt. Dann explodiere ich so heftig, dass ich dabei verbrannte Erde hinterlasse. Deshalb bin ich stets bemüht, keine Wutausbrüche zuzulassen, und kämpfte auch in dieser Situation hart gegen die aufkochende Wut. Es war ähnlich aussichtslos wie beim Puddingkochen. Man rührt und rührt wie ein Weltmeister, aber die Milch steigt immer weiter im Topf,

kommt dem Rand bedenklich nahe. Man sieht auf die Uhr, noch eine halbe Minute soll der Pudding kochen. Rühren, rühren und dann, kurz vor dem Überlaufen, zieht man den Topf vom Herd, um das Unglück zu vermeiden. Leider stand in diesem Moment niemand neben mir, der ein ernsthaftes Interesse daran hatte, mich zurückzuhalten. Alex und die Jungs waren nach mir ins Haus gekommen und warteten gespannt, wie es weitergehen würde.

»Sibylle, du solltest mir besser aus dem Weg gehen«, sagte ich in einem bemerkenswert ruhigen Tonfall. »Es ist mir unbegreiflich, wie wenig Verantwortungsgefühl ein erwachsener Mensch haben kann.« Nun vibrierten meine Nasenflügel, was ein untrügliches Zeichen dafür war, dass der Pudding kochte. »Hast du eigentlich eine Vorstellung davon, was hätte passieren können? Hier geht es um Menschen, um Kinder! Um meine Kinder!« Übergelaufen. »Ich weiß, dass sie dir egal sind. Du hast dich noch nie für sie interessiert. Du hast dich ja noch nie für jemand anderen als dich selbst interessiert!« Ich schrie nicht nur meine Wut, sondern auch die Angst der letzten Stunden und die Enttäuschung der vergangenen Jahre hinaus. »Ich weiß, dass du dich vor deinen Freunden immer für deine Langweiler-Schwester geschämt hast. Aber soll ich dir was sagen? Ich habe dich immer bewundert und geliebt, und zwar so, wie du warst. Für mich hättest du dich nicht ändern müssen. Ich wäre froh und dankbar gewesen, wenn du nur einen Funken Interesse für mich und mein Leben gezeigt hättest. Und trotzdem habe ich dein unverschämtes Verhalten immer endschuldigt. Aber das heute, das hätte ich selbst dir nicht zugetraut. Das war …« Vollkommen aufgebracht suchte ich nach einem Wort, das meinen Gefühlen auch nur annähernd gerecht wurde.

»Das Letzte«, ergänzte Sibylle mit leisem Tonfall. »Maxi, es tut mir leid. Ich weiß, dass du mich am liebsten in 1.000 Stücke reißen würdest. Und du hast recht. Ich habe das alles unterschätzt. Aber dann, heute Nachmittag. Ich habe noch niemals solche Angst um einen anderen Menschen gehabt.« Ganz kleinlaut stand sie vor mir, aber ich war in diesem Moment weit davon entfernt, einen Versöhnungskurs einzuschlagen.

»Hattest du Angst um Jan oder Angst davor, dass man dich zur Verantwortung zieht, wenn ihm etwas passiert?« Voller Verachtung funkelte ich sie böse an.

»Ich kann deine Wut verstehen. Es tut mir wirklich aufrichtig leid, dass es so gekommen ist, aber es ist okay, dass du mich gerade nicht sehen willst. Ich möchte euch nicht länger zur Last fallen. Morgen früh bin ich weg.«

Meinte sie das ernst? Ich war verwirrt. Auf der einen Seite war ich froh, dass endlich wieder Normalität in unser Haus einziehen würde, auf der anderen Seite wollte ich nicht im Streit auseinandergehen. »Ziehst du zu Mama?«, fragte ich in einem versöhnlichen Tonfall.

Sibylle druckste und sah zu Boden, als sie antwortete. »Swami Lalasenanda hat mich eingeladen, bei ihm zu wohnen, bis ich meine Mitte gefunden habe.«

»Das ist so typisch, Sibylle! Wenn's an einer Stelle schwierig wird, kriechst du woanders unter. Wäre ja auch zu anstrengend, sich seiner Verantwortung zu stellen!« Ohne eine Antwort abzuwarten, ließ ich sie stehen und ging ins Wohnzimmer.

KOLUMNE

Entscheidungen

Hirnforscher sagen, dass wir täglich rund 20.000 Ent-
scheidungen treffen. Ich habe sogar schon einmal von
bis zu 100.000 Entscheidungen pro Tag gelesen, aber
das erscheint mir persönlich übertrieben, da ein Tag
ja gerade mal etwas mehr als 86.000 Sekunden hat.
Aber auch 20.000 ist eine extrem hohe Zahl, bedeutet
sie doch, dass wir durchschnittlich jede vierte Sekunde
eine Entscheidung treffen, sogar in der Nacht. Kein
Wunder, dass wir so manche Entscheidung im Nach-
hinein infrage stellen oder gar bereuen. Noch kompli-
zierter wird es, wenn ich plötzlich auch noch für einen
anderen Menschen mitdenken, mitentscheiden muss.
Wird mein Kind zufrieden sein mit den Weichen, die ich
für sein Leben gestellt habe? Ist mein Sohn froh, dass
er nicht Wunnibald heißt (diese Option wurde ernst-
haft diskutiert)? Sind die Kinder glücklich mit unserem
Leben in der schwäbischen Provinz? Darf ein Drei-
jähriger mit seinem Roller alleine zum benachbarten
Spielplatz fahren? Kann ich meiner Schwester für zwei

Tage die Verantwortung für meine Familie übertragen? Wir sind uns bewusst, dass unsere Entscheidungen Auswirkungen auf das Leben unserer Liebsten haben. Deshalb wägen wir sorgsam ab, wollen alles richtig machen. Und doch zeigt uns die Realität regelmäßig, dass es vollkommen gleichgültig ist, welchen Weg wir einschlagen. Die Kinder würden sicher einen anderen wählen. Natürlich hätte Till lieber einen anderen Vornamen und selbstverständlich würde er es vorziehen, in einer Stadt mit einem Bundesliga-Fußballverein zu leben, damit sein Talent frühzeitig erkannt und gefördert werden kann. Das Experiment mit meiner Schwester ist gründlich in die Hose gegangen. Habe ich die falsche Entscheidung getroffen? Hätte ich es besser wissen müssen? Darf ich jetzt nie wieder wegfahren? Natürlich werden sich diejenigen, die unser Handeln kritisieren, immer fröhlich bestätigt sehen, wenn etwas nicht so gut läuft. Wir selber sollten aber gerade aus solchen Erfahrungen lernen, dass es nicht schlimm ist, eine vermeintlich falsche Entscheidung zu treffen. Das Leben geht trotzdem weiter. Unsere Entscheidungen sind nicht alleine für den Ausgang einer Sache verantwortlich. Wir leben zum Glück noch in einer interaktiven Welt. Hätte meine Schwester sich entschieden, mehr auf mein Kind einzugehen und ein wenig freundlicher zu sein, wäre es nicht weggelaufen. Ich habe verstanden, dass es im Leben keine Sackgassen gibt. Wir müssen auch nicht auf dem kürzesten Weg ein noch unbekanntes Ziel erreichen. Vor dem Hintergrund dieser Erkenntnis sollten wir uns ernsthaft fragen, warum wir uns denn immer noch die Nächte um die Ohren schlagen, wenn Entscheidungen anstehen, die die Kinder betreffen. Ob der Kindergarten die richtige Wahl war, wird sich erst später herausstellen. Dass wir uns für das Einfamilienhaus im kinderreichen Neubaugebiet entschieden haben, kann ein großes Glück für unsere Familie sein oder ein Albtraum. Wir können nicht in die Zukunft sehen – zum Glück! Wir können aber auch die Zeit nicht zurückdrehen. Deshalb sollten wir sie lieber sinnvoll mit unseren Kindern verbringen, statt grübelnd am Küchentisch.

8

Als ich am nächsten Morgen die Augen aufschlug, sah ich direkt in Jans Gesicht. Er schlief noch. Sein Schnarchen erinnerte mich daran, dass ich dringend nach seinen Polypen schauen lassen musste. In Gedanken setzte ich »Termin HNO-Arzt« auf die To-do-Liste. Vorsichtig darauf bedacht, ihn nicht zu wecken, hob ich meinen Kopf und sah, dass auch Till und Alex noch schliefen. Die Kinder hatten gestern Abend darauf bestanden, bei uns zu schlafen. Till hatte die ganze Sache mindestens genauso aufgewühlt wie Jan, wenn nicht noch mehr. Er hatte große Angst um seinen Bruder gehabt, sich verantwortlich, ja sogar schuldig gefühlt. Ich setzte mich im Bett auf und betrachtete meine drei Männer. Ein dicker Kloß saß in meinem Hals. Die gestrigen Ereignisse waren auch an mir nicht spurlos vorübergegangen. Nicht auszudenken, was hätte passieren können. Ich versuchte, die Bilder in meinem Kopf wegzuklicken, und sah auf die Uhr: 5:45 Uhr. Auf Zehenspitzen schlich ich zum Fenster und linste zwischen den Spalten der Jalousie hindurch auf die Straße. Sibyl-

les schickes Cabrio war tatsächlich verschwunden. Ich atmete tief durch. Obwohl ich natürlich nicht gewollt hatte, dass wir im Streit auseinandergehen, spürte ich doch Erleichterung. Ich musste erst einmal selbst zur Ruhe kommen, bevor ich mich mit meiner Schwester auseinandersetzen konnte. Vor den Kindern wollten wir die Sache möglichst klein halten. Es war ja nichts Schlimmes passiert. Jan war ausgebüxt, ich hatte ihn wiedergefunden, Sibylle besuchte ihren Swami. Das war's auch schon. Na ja, fast. Wir wollten uns mit Jan schon noch einmal über das Weglaufen unterhalten. 5:50 Uhr. In zehn Minuten würde der Wecker klingeln. Rasch ging ich ins Bad und sprang unter die Dusche. Als ich aus dem Badezimmer kam, drang bereits fröhliches Kinderlachen aus dem Schlafzimmer. Vermutlich spielten sie Bettmonster. Dabei kniete Alex unter einer Decke versteckt als Monster mitten im Bett und versuchte, eines der Kinder zu fangen und unter die Decke zu ziehen, wo es sogleich durchgekitzelt wurde. Die Fröhlichkeit war ansteckend. Zuversichtlich, dass nun alles wieder seinen geregelten Gang gehen würde, begab ich mich in die Küche. Beim Frühstück war die Stimmung gelöst wie schon lange nicht mehr. Wir genossen es, das Haus wieder für uns allein zu haben. Wir konnten so sein, wie wir waren, ohne dafür einen herabwürdigenden Kommentar zu ernten. Erst jetzt wurde mir bewusst, wie sehr Sibylle in unser Familienleben eingegriffen hatte. Warum hatte ich das zugelassen? Vielleicht war ich einfach zu schwach, zu sehr darauf bedacht,

Streit zu vermeiden. Oder ich war schlicht unfähig, so zu kommunizieren, dass meine Bedürfnisse respektiert wurden, aber niemand beleidigt war. Und warum suchte ich jetzt schon wieder den Fehler bei mir? Ich schob die Gedanken an Sibylle beiseite.

»Jungs, was wünscht ihr euch heute zu Mittag?«

»Pizza!«

»Nein, Pommes!« Das hätte ich mir ja denken können.

»Was haltet ihr von Spaghetti bei Mario?«

»Oh ja! Krieg ich dann 'nen Kindercappuccino?« Till, der zu Hause überhaupt keine Milch trank, liebte die aufgeschäumte Milch, die Mario Kindern mit einem Hauch Kakao-Pulver als Cappuccino verkaufte.

»Ich auch, ich auch!« Damit hatte ich die Essensfrage für diesen Tag zur Zufriedenheit aller Beteiligten geklärt. Die Jungs waren happy, und ich musste mich nicht weiter mit Kochen aufhalten. Außerdem wollte ich sowieso noch zu Mario, um die nächsten Veranstaltungen zu besprechen.

»Ah, da kommt ja unser Fernsehstar!«, begrüßte Mario mich, als wir am Mittag das Café betraten. Himmel, an die Sendung hatte ich vor lauter Aufregung gar nicht mehr gedacht. Ich wollte mir doch zu Hause die Aufzeichnung ansehen. Aber dann hatten sich die Ereig-

nisse überschlagen, und mein Ausflug nach Berlin war für mich schon wieder in weite Ferne gerückt.

»Ciao, Mario, Autogramme gebe ich später. Jetzt haben wir erst mal Hunger.«

»Va bene. Spaghetti Mario, wie immer? Und danach einen Cappuccino für die Herren?«

»Si, certo.« Till bereitete es große Freude, die paar Brocken Italienisch, die er bei Mario aufgeschnappt hatte, anzuwenden. Überhaupt liebten sie Mario, weil er mit ihnen auf Augenhöhe kommunizierte. Und seltsamerweise benahmen sie sich hier auch richtig vernünftig. Wie jeden Mittag war es auch heute wieder sehr voll im *Mario's*. Viele Mitarbeiter der umliegenden Firmen verbrachten hier ihre Mittagspause. Auch von *Likei* waren vermutlich einige »Kollegen« dabei, aber ich kannte niemanden. Zu schnell wechselten Mitarbeiter heute ihren Arbeitgeber. Als wir mit unserem Essen fertig waren, hatte sich das Lokal schon deutlich geleert. Nun hatte auch Mario Zeit für eine kleine Dienstbesprechung, während die Jungs in die Küche gingen, um Gustavo, dem Koch, Gesellschaft zu leisten. Gustavo hatte einen kleinen Fernseher in der Küche und sah sich via Satellit italienische Zeichentrickserien an, während er seinen Arbeitsplatz auf Hochglanz polierte. Obwohl Till und Jan kaum ein Wort verstanden, liebten sie es, bei ihm zu sitzen und die Cartoons anzuschauen.

»Du, Mario, was ist jetzt eigentlich mit dieser Veranstaltung von *Likei*? Bei mir hat sich noch niemand gemeldet.«

»Ach, das habe ich dir noch gar nicht gesagt, scusami. Die Veranstaltung ist abgesagt worden«, antwortete er beiläufig, während er Gläser polierte.

»Wie, abgesagt? Warum?« Irgendetwas an der Situation passte gar nicht.

»Keine Ahnung. So ein Typ hat angerufen und abgesagt. Ich hab nicht gefragt, warum. Ist doch auch egal. Wir haben eh genug zu tun.« Mario wirkte richtig gereizt. Das war sehr untypisch. Er war sonst nie genervt, wenn er mit mir sprach. Er war überhaupt nie aggressiv. Wenn es egal war, dass die Veranstaltung abgesagt worden war, warum sah er dann trotzdem so aus, als würde er sich darüber ärgern? Ich hätte zu gern mehr erfahren, traute mich aber nicht, noch weiter nachzufragen.

»Gut, dann kann ich das abhaken. Mario, ist alles okay bei dir? Du siehst nicht glücklich aus.«

»Ja natürlich, alles bestens.« Er schenkte mir ein Lächeln, aber ich spürte, dass hier absolut nicht alles zum Besten war. Da er offensichtlich nicht darüber reden wollte, sammelte ich die Kinder ein und fuhr nach Hause, um mich wieder der Arbeit zu widmen. Jan und Till genossen das schöne Wetter und bauten vor dem Haus einen Bobby-Car-Roller-Fahrrad-Parcours inklusive Tankstelle, Ampel und Parkplatz auf. Ich setzte mich an den Schreibtisch und startete den PC.

Es wurde wieder einmal Zeit für eine neue Kolumne. Der Anrufbeantworter zeigte keine neuen Anrufe in Abwesenheit an. Ich war erleichtert, dass sich Sibylle noch nicht gemeldet hatte. Bevor ich mich ans Schreiben machte, prüfte ich noch meinen Posteingang. Dort sah es in letzter Zeit ähnlich aus wie in meinem echten Briefkasten: Werbung und Rechnungen. Heute dauerte das Abrufen der Mails erstaunlich lange. Vermutlich hatte mein Bruder wieder Urlaubsfotos geschickt. Das machte er gern, wobei er nicht berücksichtigte, dass nicht jeder mit der neuesten Technologie ausgestattet war und nicht mal so eben Dateien mit 70 MB herunterladen konnte. Aber es war nicht Thorsten, der mir schrieb, sondern Hanna. Und zwar nicht nur einmal, sondern sage und schreibe 86 Mal. Herrje! Hatte sie sich etwa einen Virus oder Wurm oder sonstigen Parasiten eingefangen? Vermutlich war es das Beste, die Mails ungelesen zu löschen, bevor sich mein Rechner noch ansteckte. Was mich irritierte, war, dass die Mails unterschiedliche Betreffs aufwiesen. »WG: Zu Ihrem Auftritt bei *Anne Will*«, »WG: Ihr Kommentar bei der Talk-Show am Mittwoch« oder »WG: Auf den Punkt gebracht« stand in den Betreff-Zeilen der ersten drei Mails. Nun war ich doch neugierig geworden. Ich aktivierte die Vorschau-Option und hoffte, so den Inhalt lesen zu können, ohne die Mails öffnen zu müssen. Mein Plan funktionierte und was ich in der ersten Mitteilung las, war unglaublich. Ich spürte, wie sich das Blut in meinem Kopf sammelte. Mir wurde heiß, mein Herz pochte laut. War so etwas möglich?

Hanna hatte mir eine E-Mail weitergeleitet, die auf ihrer Website eingegangen war. Eine Frau, die offensichtlich meinen Auftritt bei *Anne Will* gesehen hatte, dankte mir für die klaren und ehrlichen Worte, die ich dort gesprochen hatte. Neben dem »Herumgeeiere« der Politiker wären sie eine wahre Wohltat gewesen. Sie schrieb, dass es ihr nach der Elternzeit auch unmöglich gemacht wurde, in ihrer Firma weiterzuarbeiten. Trotz Vertrag und Oma, die auf die Kinder im Krankheitsfall aufgepasst hätte. Ihre Geschichte berührte mich. Ich fühlte mich wieder um ein Jahr zurückversetzt und spürte die Wut und Hilflosigkeit. Was mich aber trotz des ernsten Themas begeisterte, war die Tatsache, dass sich ein völlig fremder Mensch die Mühe gemacht hatte, mir einfach nur zu sagen: »Das hast du toll gemacht.« Gespannt las ich die nächste Mail. Hier pflichtete eine Zuschauerin mir bei, dass es ein Unding sei, dass Familien in den Medien zu Problemfällen degradiert wurden. Nacheinander las ich alle 86 Mails. Ich war überwältigt von der Resonanz, fühlte eine Mischung aus Stolz, Freude, aber auch Traurigkeit. So viele Frauen schrieben von ihren Problemen bei der Jobsuche, davon, dass man sie bei ihrem Wiedereinstieg erst einmal herabgestuft hatte. Viele Frauen nahmen die unverschämten Angebote ihrer Firmen an, weil sie auf ein zweites Einkommen angewiesen

waren. Sie saßen fest auf Stellen, für die sie überqualifiziert und im schlimmsten Fall auch noch überbezahlt waren. Was sollte ich diesen Frauen schreiben? Wie konnte ich ihnen Mut machen? Und wie sollte ich die ganzen Mails überhaupt beantworten? Dass ich antworten würde, stand für mich fest. Wildfremde Menschen hatten mir sehr persönliche Dinge anvertraut. Es war das Mindeste, dass ich darauf reagierte.

»Wann gibt's denn Abendessen?« Till stand plötzlich wie aus dem Nichts im Büro. Als ich seine schmutzigen Knie sah, war ich heilfroh, dass er eine kurze Hose anhatte. Sonst wäre jetzt das nächste Hosenbein fällig gewesen. Natürlich trug er zum Spielen nie die kaputten Hosen. Die mochte er nicht so gern. Ich sah auf die Uhr: fast fünf. Ich hatte gar nicht gemerkt, dass es schon so spät war.

»In einer Stunde. Wenn ihr mir helft, in einer halben.«

»Nö. Kann ich fernsehen?«

»Nö.«

»Oh Mann, du bist so gemein! Jetzt kommt doch *taff*.«

»Das mag sein, mein Schatz, aber Sibylle wohnt hier nicht mehr. Ihr dürft nachher den Regenbogenfisch und das Sandmännchen sehen.« Ich lächelte ihn freundlich an, errichtete aber innerlich schon mal das Bollwerk zur Verteidigung gegen den drohenden Frontalangriff. Überraschenderweise blieb dieser aus.

»Na gut, wenn's sein muss.« Mit diesen Worten trollte er sich wieder in den Garten. Ich beschloss, die Beantwortung der Mails auf den nächsten Morgen zu verschieben. Jetzt wollte ich doch endlich auch einmal die Sendung ansehen. Ich war sehr gespannt, wie ich im Fernsehen aussehen würde. Es hieß ja immer, dass man viel dicker wirkt als in der Realität. Bislang hatte ich nur Videoaufnahmen von mir gesehen und musste ehrlicherweise sagen, dass dieser Effekt da nicht zutraf. Ich war wirklich so dick. Deshalb konnte ich mir nicht vorstellen, dass die Fernsehkameras daran etwas ändern würden. Aber das taten sie doch. Wo kam nur dieses Doppelkinn her? Das war ja entsetzlich! Zum Glück war ich immer nur kurz zu sehen, wenn gerade auf die Dame von den Linken geschwenkt wurde, die neben mir saß. Aber dann kam es: Frontalaufnahme, Zoom in. Mein Auftritt. Ich überlegte gerade, ob er mir peinlich war oder ob ich doch stolz sein sollte, als ich plötzlich eine Stimme hinter mir vernahm.

»So, so, die Frau Anders. Mal wieder im Fernsehen. Die Frau jettet ja auch nur noch durch die Welt und lässt ihre arme Familie allein zurück.« Ich hatte gar nicht bemerkt, dass Alex nach Hause gekommen war.

»Ja, die armen Kinder. Und erst der Mann. Das geht ja gar nicht, dass er von der Arbeit kommt und das Essen steht noch nicht auf dem Tisch«, pflichtete ich ihm scherzhaft bei. »Alex, du glaubst es nicht. Ich habe

fast 100 E-Mails bekommen wegen meinem Auftritt. Alles Frauen, denen es genauso ergangen ist wie mir oder die einfach nur sagen wollen, dass sie mich gut fanden. Ist das nicht irre?«

»Echt, so viele? Wahnsinn, Maxi, ich bin total stolz auf dich. Guck mal, hier kommt gleich der nächste Liebesbrief.« Alex hatte die Post aus dem Briefkasten geholt und hielt mir einen Umschlag entgegen.

»Komisch, der hat ja gar keine Briefmarke und keinen Absender. Hat bestimmt jemand eingeworfen, als wir nicht da waren.« Ich entnahm dem Umschlag ein DIN A4-Blatt und entfaltete es. Mir stockte der Atem. Jemand hatte mit einem Computer nur einen Satz darauf geschrieben: »Hören Sie mit den Verleumdungen auf, sonst werden Sie es bereuen!« Wortlos reichte ich Alex den Brief.

»Meinen die dich? Was für Verleumdungen? Was soll der Mist?« Alex war genauso ratlos wie ich.

»Und was meinen die mit ›bereuen‹? Wollen die mich anzeigen? Aber warum? Weil ich meine Meinung gesagt habe? Du denkst doch auch, dass es etwas mit der Talkshow zu tun hat, oder?«

»Ich weiß nicht, Maxi. Vielleicht ist das ja auch nur ein Kinderstreich. Ich würde das jetzt mal nicht so ernst nehmen.« Alex versuchte, mich und vor allen Dingen auch sich selbst zu beruhigen.

»Ein Kinderstreich? Wie viele Kinder kennst du, die das Wort ›Verleumdung‹ in ihrem aktiven Wortschatz haben?«

»Vielleicht ein Kind, das viel liest? Ist doch möglich,

dass dieser Erpresser-Brief wortwörtlich einem Drei-Fragezeichen-Buch entnommen wurde.«

»Und was sucht der dann ausgerechnet in unserem Briefkasten?« Mir erschien die Theorie nicht ganz schlüssig.

»Wie ich schon sagte: ein Streich eben. Maxi, jetzt pack das Ding weg und lass uns Essen machen. Ich hab Hunger.« Ungeduldig verließ Alex das Büro in Richtung Küche. Mir war ja auch klar, dass wir an dieser Stelle nicht weiterkamen, aber der Brief beunruhigte mich. Nicht, dass ich Angst vor tätlichen Angriffen hatte, aber allein die Tatsache, dass jemand etwas gegen mich hatte, bereitete mir Unbehagen. War ich jemandem persönlich auf den Schlips getreten? Ich beschloss, meinen Auftritt nach dem Essen noch einmal anzusehen. Vielleicht würde mir dann eine Idee kommen, wen ich so verärgert hatte, dass er mir einen anonymen Drohbrief schrieb. Eines stand fest: Da der Brief nicht frankiert war, musste der Absender in unserer Stadt oder zumindest dem näheren Umkreis wohnen.

»Maxi, Telefon!« Alex kam aus der Küche und hielt mir den Hörer entgegen. Ich sah ihn mit fragendem Blick an und formte mit den Lippen das Wort »Wer«, um zu erfahren, wer mich sprechen wollte. Gleichzeitig überlegte ich mir, warum ich das so verstohlen tat. Was dachte ich denn, wer dran sein könnte? Etwa der

anonyme Drohbriefschreiber? Ja, vermutlich dachte ich das wirklich im ersten Moment. »Deine Schwester«, war die knappe Antwort.

Sobald ich den Hörer entgegengenommen hatte, verschwand Alex wieder in der Küche. Der Ärmste musste einen Riesenhunger haben. Immerhin hatte er seit dem Frühstück nichts mehr gegessen. Aber ich sagte ihm ja immer, dass sein Essverhalten äußerst ungesund war. Seltsamerweise war ich in diesem Moment richtig erleichtert, dass es »nur« Sibylle war, die mich sprechen wollte. Wer auch immer hinter dem Brief steckte, er hatte es geschafft, mich zu verunsichern.

»Hallo, Sibylle.« Ich versuchte, die Begrüßung möglichst neutral zu formulieren. Obwohl ich immer noch Wut im Bauch spürte, wollte ich nicht gleich die Tür zuschlagen.

»Hallo, Maxi. Es tut mir leid, dass ich einfach so verschwunden bin. Ich hatte gestern Abend einfach das Gefühl, dass ich dir besser aus dem Weg gehen sollte. Glaub mir, ich wollte das alles nicht. Ich hätte nie gedacht, dass Jan einfach so weglaufen würde. Ich wünschte, ich könnte es ungeschehen machen. Ich fühle mich so elend. Aber die Sache hat mir die Augen geöffnet. Ich kann mich nicht vor meinen Problemen verstecken oder vor ihnen fliehen. Ich muss mich ihnen stellen. Ich kann die Verantwortung für mein Leben nicht abgeben, denn alles, was ich tue, hat Konsequenzen. Nicht nur für mich, sondern auch für andere. Das habe ich jetzt verstanden. Ich bin so froh, dass Jan nichts passiert ist. Ich kann es verstehen, wenn du mich nicht mehr sehen möchtest. Du hast mir deine Kinder anvertraut, das Wichtigste in deinem Leben, und ich habe sie aus dem Haus getrieben. Aus deinem Haus, in dem du mich aufgenommen hast.« Tränen rannen über mein Gesicht, während ich Sibylles Worten lauschte. »Es gibt keine Entschuldigung für mein Verhalten. Ich möchte nur, dass du weißt, dass ich es zutiefst bereue. Ich habe gestern mit einem Schlag mehr verstanden als in den vergangenen 40 Jahren. Leider war deine Familie die Leidtragende dabei, und das tut mir sehr, sehr leid.« Ich musste schlucken. Was sie sagte, klang aufrichtig. Hätte sie das doch nur schon zwei Tage früher eingesehen, bevor mein Sohn verzweifelt durch den Wald geirrt war. Engelchen und Teufelchen kämpften in mir. Schließlich gab ich mir einen Ruck.

»Ich danke dir für deine ehrlichen Worte, Sibylle. Das war sicher nicht leicht für dich. Das war es für uns in den vergangenen Wochen allerdings auch nicht.«

»Das weiß ich, Maxi, das weiß ich.«

Meine Güte, so viel Selbsteinsicht hatte Sibylle wahrlich noch nie gezeigt. Hatte Meister Yoga ihr irgend so ein Kraut zum Rauchen gegeben? »Dann muss ich ja nichts weiter sagen. Ich freue mich, dass du dich deiner Verantwortung in Zukunft stellen möchtest.«

»Ja, und ich fange gleich morgen an. Ich werde nach Köln fahren und mit Stefan reden. Ich darf mich nach 20 Jahren nicht so abspeisen lassen. Ich habe auch meinen Beitrag zu seinem Wohlstand geleistet. Auch wenn wir nicht verheiratet sind, steht mir ein Anteil zu, damit ich mir etwas Eigenes aufbauen kann.«

»Sibylle, das finde ich großartig. Das ist mit Abstand das Vernünftigste, das ich von dir seit der Trennung gehört habe.« Ich war stolz auf meine Schwester, dass sie ganz allein diesen Schluss gezogen hatte. »Das ist sicher hart für dich, wenn seine Neue auch dabei ist, oder?«

»Ja, das wird nicht leicht. Aber ich habe ja gesehen, wo mich der einfache Weg hinführt. Ich zieh das jetzt durch. Ich will dich damit auch gar nicht weiter belasten. Mir war wichtig, mich bei dir zu entschuldigen, und wenn du erlaubst, würde ich morgen früh, bevor ich fahre, auch gerne noch den Kindern persönlich sagen, wie leid mir alles tut.« Jetzt wurde sie mir richtig unheimlich. So viel Größe und Stärke nach nur einem Tag?

»Natürlich, Sibylle. Komm vorbei, wir sind zu Hause.«

»Ich danke dir, Maxi, von ganzem Herzen. Bis morgen.«

KOLUMNE

Familienbande

Meine Schwester nervt. Sie ist laut, rücksichtslos, ober-flächlich, kurzum: Sie ist eine Person, die ich mir nie-mals als Freundin aussuchen würde. Warum lasse ich es dann zu, dass sie immer wieder in mein Leben eingreift und mich verletzt? Warum schlage ich ihr nicht die Tür vor der Nase zu? Die Antwort liegt wohl auf der Hand. Einzig und allein aufgrund der Tatsache, dass sie meine Schwester ist. Blut ist dicker als Wasser. Mit diesem Spruch bin ich aufgewachsen und habe ihn verinner-licht. Allerdings habe ich mich in meiner Jugend häufig gefragt, wie es sein kann, dass Eltern mit den gleichen Erziehungsmethoden zwei so unterschiedliche Men-schen hervorbringen können. Oder haben sie uns etwa gar nicht gleich behandelt? Haben sie womöglich meine Schwester zu sehr verwöhnt, sie immer bevorzugt? Das würde ihr herabwürdigendes Verhalten mir gegenüber natürlich erklären. Heute bin ich selbst Mutter. Mein Mann und ich bemühen uns redlich, keines der Kin-der bevorzugt zu behandeln und beide mit der glei-

chen Konsequenz zu erziehen. Wir vermitteln ihnen unsere Werte und hoffen, dass sie ein paar davon verinnerlichen. Trotzdem sind beide sehr verschieden. Wenn sie streiten, fühle ich mich oft 25 Jahre zurückversetzt. Es geht in der Regel um Kleinigkeiten, wie beispielsweise wer das Fernsehprogramm auswählen darf oder wer beim Fußball ins Tor muss. Ähnliche Kleinigkeiten wie bei meiner Schwester und mir. Und genau wie bei uns damals gibt keiner von beiden nach. Es wird nicht nach einem Kompromiss gesucht, denn es geht darum, sich durchzusetzen, zu gewinnen. Heute sehe ich den Geschwisterstreit aus einem anderen Blickwinkel und erkenne, dass jeder Mensch mit seiner eigenen Persönlichkeit auf die Welt kommt. Wir können mit Erziehung nur versuchen, diese in sozial verträgliche Bahnen zu lenken. Das erfordert beim einen mehr, beim anderen weniger Aufwand. Heute weiß ich, dass es ein großes Geschenk ist, wenn in einer Familie sehr unterschiedliche Charaktere zusammentreffen. Hier kann ich üben, mit Menschen auszukommen, die mir überhaupt nicht entsprechen. Solche Personen begegnen einem im Leben überall: in der Schule, im Sportverein, bei der Arbeit. Es gibt immer jemanden, den man so gar nicht mag. Die Vorbereitung auf schwierige zwischenmenschliche Situationen, die man in der Kindheit beim Streit mit den Geschwistern erlebt, ist also eine sehr wertvolle Erfahrung. Ich lerne hierbei nicht nur, mich durchzusetzen, sondern auch, dass es sehr wohl möglich ist, dass man in vielen Dingen unterschiedlicher Meinung ist, sich aber trotzdem respektie-

ren oder sogar lieben kann. Ich liebe meine Schwester. Und weil ich heute weiß, wie wichtig unsere Auseinandersetzungen für mein Leben waren, bin ich sogar dankbar dafür, dass wir so verschieden sind. Gleichgesinnte kann ich mir suchen. Menschen, die anders denken als ich, werden mir als Geschenk geschickt. An ihnen kann ich mich reiben und meine Persönlichkeit weiterentwickeln. Wenn das nur nicht immer so anstrengend wäre!

9

Pünktlich um 8:00 Uhr standen Sibylle und Filou am nächsten Morgen vor unserer Haustür. Sie sah verändert aus. Der leicht arrogant-überhebliche Ausdruck in ihrem Gesicht war einer versöhnlichen Freundlichkeit gewichen. Dieser Hauch von Demut stand ihr richtig gut. Mit ihrem stylischen Outfit wirkte sie nun nicht mehr wie die schlechte Kopie eines amerikanischen It-Girls. Im Gegenteil. Sie sah richtig toll aus.

»Guten Morgen, Maxi. Danke, dass ich kommen durfte. Geht es den Jungs gut?« Wie bitte? Nach dem Wohlbefinden meiner Kinder hatte sie sich noch nie erkundigt. Nicht einmal, als Till mit Verdacht auf Blinddarmentzündung im Krankenhaus gelegen und Jan gleichzeitig eine Bronchitis mit 40° Fieber gehabt hatte.

»Ja, sie sind oben ich ihren Zimmern. Du kannst hochgehen.« Einen Augenblick stand sie zögernd in der Haustür. Hatte sie Angst vor der Reaktion der Kinder? Das wäre nur zu verständlich gewesen. Ich war mir selbst nicht sicher, wie sie Sibylles Entschuldigung annehmen würden. Aber da sollte sie allein

durch. Ich würde mich aus dieser Angelegenheit völlig heraushalten.

»Okay, dann woll'n wir mal. Filou, mein Schatz, du wartest kurz hier unten bei Tante Maxi, ja? Mami muss kurz mit dem Till und dem Jan reden, und dann fahren wir los. Schön lieb sein, und wenn du Pipi machen musst, dann sagst du das der Tante Maxi. Nicht wieder ins Haus pieseln.« Sie drückte mir ihren Flohpelz in die Arme, atmete noch einmal tief durch und stieg dann langsam die Treppe hinauf in die obere Etage. Ich hätte zu gern Mäuschen gespielt, aber das verkniff ich mir. Stattdessen beschloss ich, einen Schritt auf Sibylle zuzugehen und einen Kaffee vorzubereiten, quasi als Friedenspfeife. Sie wirkte erleichtert, als sie wenige Minuten später in die Küche kam.

»Und, konntet ihr alles klären?« Sibylle nickte. »Hast du noch Zeit für 'nen Kaffee, bevor du fährst?«

»Hmm, für den weltbesten Latte macchiato immer. Ich hätte nicht gedacht, dass Till und Jan meine Entschuldigung so ohne Weiteres annehmen. Sie haben es mir richtig leicht gemacht.«

»Wahrscheinlich haben sie gespürt, dass du es ernst meinst. Kindern kann man nichts vormachen. Die sehen direkt in dein Herz. Und wie fühlst du dich in Bezug auf Stefan? Bist du sehr aufgeregt?«

»Und wie! Ich hab kaum geschlafen.« Nervös rührte sie in ihrem Latte macchiato herum.

»Hast du mit ihm gesprochen oder möchtest du ihn überraschen?«

»Er weiß nicht, dass ich komme. Ich hatte Angst, dass er mich hinhalten würde. Ich möchte das jetzt endlich klären.«

»Würde es dir helfen, wenn ich mitkomme?« Was, um Himmels willen, hatte ich da nur gesagt? Hatte ich komplett den Verstand verloren?

Sibylle schien von meinem Angebot genauso überrascht zu sein wie ich selbst.

»Ist das dein Ernst?« Natürlich nicht.

»Ja, natürlich. Also, nur wenn du willst. Es ist doch Wochenende. Da kann Alex sich um die Kinder kümmern. Wir müssten halt morgen Abend wieder hier sein.« Hätte ich mir nicht einfach auf die Zunge beißen können? Sibylle sagte ausnahmsweise gar nichts. Ihre Augen wurden groß und füllten sich mit Tränen. Unvermittelt sprang sie von ihrem Stuhl auf, stürzte auf mich zu und umarmte mich fest. Dabei schluchzte sie laut.

»Maxi, ich weiß nicht, was ich sagen soll. Du bist so ein guter Mensch. Und ich bin … so schlecht!« Dagegen konnte ich nichts sagen. Ein Weinkrampf schüttelte sie, während sie mich immer noch fest umarmt hielt. »Ich versprech dir, ich mach das wieder gut. Nächstes Wochenende fährst du mit Alex in den Schwarzwald oder an den Bodensee, und da spannt ihr mal so richtig aus. Und ich pass auf die Kinder

auf.« Sie hatte sich zwischenzeitlich von mir gelöst und schnäuzte nun herzhaft in ein Taschentuch, das sie aus ihrer Handtasche geholt hatte. Erstaunt stellte ich fest, dass ihr Make-up immer noch perfekt war. Es gibt Menschen, die in jeder Lebenslage wie aus dem Ei gepellt aussehen. Und dann gibt es Menschen wie mich. Meine Kleidung bekommt schon vom Ansehen Knitter. Außerdem schaffe ich es nicht, Wimperntusche aufzutragen, ohne dabei meine frisch schattierten Augenlider vollzukleckern.

»Okay, Sibylle. Dann packe ich jetzt schnell ein paar Sachen. Bis ich fertig bin, ist Alex bestimmt wieder vom Bäcker zurück. Der Ärmste hat sich sein Wochenende sicher auch anders vorgestellt, aber ich hoffe, dass unser Leben ab Montag wieder in geregelten Bahnen verläuft.«

Eine Stunde später fuhren wir in Sibylles Peugeot auf der A81 in Richtung Norden. Die Fahrt würde etwa fünf Stunden dauern. Filou war beleidigt, weil er auf den Rücksitz verbannt worden war. Er winselte leise, aber unaufhörlich vor sich hin. Ich drehte das Radio lauter.

»Filou, mein Schatz, hast du Hunger? Ja, nicht wahr? Du hast Hunger. Bei der nächsten Raststätte fahren wir raus und du bekommst ein ganz leckeres Happi-Happi.« Ich seufzte. Wir waren noch keine 30 Kilometer gefahren, und Sibylle plante schon die erste Rast. In diesem Tempo würden wir nicht vor Mitternacht in Köln sein. Mich beschlich der Verdacht, dass Sibylle es überhaupt nicht eilig hatte, bei Stefan anzukommen. Ich konnte es ihr nicht verübeln.

»Weißt du schon, was du Stefan sagen wirst?«

»So in etwa.« Sibylle wollte nicht darüber sprechen. Das kannte ich noch von früher. Unangenehme Themen blendete sie stets aus in der Hoffnung, alles würde sich von selbst zum Guten wenden. Aber so einfach war es diesmal nicht. Sie musste sich ihren Text schon zurechtlegen, wenn sie Stefan überzeugen wollte.

»Und was machst du, wenn er Nein sagt?«, wagte ich noch einen Vorstoß.

»Das werde ich sehen, wenn es so weit ist. Mir wird schon was einfallen. Jetzt müssen wir erst mal ankommen.«

»Hör mal, Sibylle. Ich versteh ja, dass du Angst hast.«

»Ich habe keine Angst«, fuhr Sibylle mir schnippisch ins Wort.

»Nee, ist klar.«

»Du brauchst gar nicht so überheblich tun. Nur weil du studiert hast, bist du nicht allwissend. Mann, wie mich das nervt. Immer weißt du alles besser. Jetzt willst du mir sogar noch sagen, wie ich mich fühle!« Sibylle wurde immer lauter.

»Halt mal die Luft an. Ich wollte dir nur helfen. Nicht, dass du nachher planlos vor Stefan stehst und er

dich abblitzen lässt.« Beleidigt sah ich aus dem Fenster.

»Ja genau. Du bist die Vorausschauende, die Intelligente. Du machst nichts ohne Plan. Das bekomme ich nun schon seit über 20 Jahren zu hören, und es hängt mir zum Hals raus! ›Kind, nimm dir ein Beispiel an deiner kleinen Schwester. Die weiß ganz genau, wo sie mal hin will. Die hat einen Plan.‹ Ich habe keinen Plan. Ja und? Ich bin trotzdem wer! Es will eben nicht jeder sein Leben verplanen und heute schon wissen, was er morgen zu Mittag isst.«

»Was weißt du denn von meinem Leben?« Ich schrie nun genauso laut wie Sibylle. »Glaubst du, ich hab das alles so geplant, wie es gelaufen ist? Glaubst du, ich musste nie einen Umweg gehen? Der Unterschied ist, dass ich nicht so viel Wind um meine Probleme mache wie du. Was ging mir das immer auf die Nerven! Jeden Mittag nach der Schule die gleiche Leier. Du hast Mama beim Mittagessen die Ohren vollgeheult mit deinen Problemen. Für mich war da überhaupt kein Raum. Natürlich war ich die Vernünftige. Musste ich ja auch sein. Wenn ich auch noch rumgejammert hätte, wär Mama in der Irrenanstalt gelandet. Und was bitte ist so schlecht an Plänen? Du kannst schließlich nur ein Ziel erreichen, das du auch kennst. Wo landest du denn, wenn du dich immer nur treiben lässt?«

»Probier's doch mal aus. Vielleicht wirst du dann mal ein bisschen lockerer.«

»Oh ja! Du warst natürlich superlocker, als du an meiner Tür geklingelt und um Asyl gebettelt hast. Das

Leben ist kein Freizeitpark, Sibylle. Und wenn du das nicht langsam einsiehst und wenigstens die Idee eines Planes entwickelst, kann ich dir jetzt schon sagen, wo dich deine Einstellung hinführen wird: geradewegs in die Altersarmut.«

»Jep, da ist sie wieder: die allwissende Maxi. Das Orakel hat gesprochen. Woher willst du wissen, dass ich nicht morgen beim Einkaufen Prince Charming treffe, und alles ist wieder paletti?« Oh Mann, bei so viel naiver Ignoranz fehlten mir die Worte. »Siehst du? Und jetzt will ich dir mal eine Weisheit verraten: Das Leben ist ein Fluss. Und du brauchst wesentlich weniger Energie, wenn du dich einfach von ihm mitnehmen lässt. Du musst dich auf das Leben einlassen, Maxi. Sonst wirst du irgendwann in deinem schwäbischen Provinzkaff mit den spießigen Vorgärten sitzen und die Einsamkeit in Wodka ertränken.«

»Deine Fürsorge rührt mich zu Tränen. Aber ich kann dich beruhigen. Zum einen habe ich in meinem Provinzkaff Freunde, mit denen ich reden kann, ich brauche keinen Alkohol. Zum anderen arbeite ich. Ich habe gar keine Zeit für Einsamkeit. Und falls mein Mann mal von heute auf morgen weg sein sollte, dann wäre das zwar sehr schlimm, aber ich müsste nicht bei meiner Schwester unterkriechen. Ich stehe auf eigenen Beinen, Sibylle. Und das ist mir sehr wichtig. Nicht nur

im Notfall, sondern jeden Tag. Ich will nicht in Abhängigkeit leben, dankbar dafür, dass sich jemand meiner annimmt, angewiesen auf die finanziellen Zuwendungen meines Partners oder, im schlimmsten Fall, des Staates.«

Sibylle schwieg. Sie hatte wohl beschlossen, die Unterhaltung zu beenden. Vielleicht war ich ein wenig zu hart gewesen. Immerhin nahm sie diese Fahrt auf sich, um sich ein neues Leben aufzubauen, nicht mehr wegzulaufen. Ich war mitgekommen, um sie zu unterstützen. Und jetzt machte ich sie nieder. Wir schwiegen beide. Filous Winseln war mittlerweile in Jaulen übergegangen. Endlich wurde eine Raststätte angezeigt. Sibylle nahm die Ausfahrt und parkte das Auto. Unschlüssig blieb sie sitzen.

»Wollt ihr nicht Gassi gehen, bevor Filou ins Auto pieselt?«

»Es regnet.«

»Das sehe ich. Und jetzt? Ist Filou etwa aus Zucker?«

»Er kann nicht im Regen.«

»Wie, er kann nicht? Er muss doch so dringend. Da wird er schon können.«

Sie strafte mich mit einem vernichtenden Blick. Filou bellte laut.

»Mann, Sibylle! Willst du etwa hier stehen bleiben, bis der Regen aufhört? Tu was, das Tier hat Schmerzen! Nimm ihn mit zur Toilette, lass dir was einfallen, aber sitz hier nicht so tatenlos rum!«

Endlich setzte Sibylle sich in Bewegung. Sie stieg aus, packte Filou auf dem Rücksitz in ihre Handtasche und marschierte zielstrebig auf das Restaurant zu. Ich holte schnell einen Regenschirm aus dem Kofferraum und eilte ihnen hinterher.

»Was hast du vor?«, fragte ich, als ich sie eingeholt hatte. Ich versuchte, mit dem Schirm sowohl Sibylle als auch mich zu schützen. Filou saß im Trockenen. Sibylle hatte den Reißverschluss der Tasche bis auf ein kleines Loch zugezogen.

»Na, zur Toilette. Hast du doch selbst vorgeschlagen.«

»Du willst mit einem Hund auf die Damentoilette? Bist du irre? Hunde dürfen da nicht rein.«

Sibylle blieb abrupt stehen und sah mich wütend an. »Maxi, du nervst. Dir kann man es ja gar nicht recht machen. Erst motzt du rum, dass ich was unternehmen soll, und wenn ich deinen Vorschlag umsetzen will, ist es auch nicht richtig. Warte von mir aus im Auto, aber lass mich jetzt in Ruhe!« Sie ließ mich stehen und betrat entschlossen das Restaurant. Neugierig folgte ich ihr. Sibylle verschwand tatsächlich in Richtung Toilette. Ich wartete in der Nähe des Eingangs. Falls sie aufflog, wollte ich nicht in die Sache hineingezogen werden. Ich sah mich um. Ein Kaffee wäre jetzt nicht schlecht. Ich wollte einen Schritt auf Sibylle zugehen. Immerhin hatten wir noch mindestens vier Stunden Fahrt vor uns und meine Schwester ein sehr unange-

nehmes Gespräch mit ihrem Ex-Freund vor sich. Wir brauchten dringend bessere Stimmung.

Die Dame hinterm Tresen lächelte mich freundlich an. »Guten Morgen, was darf's für Sie sein?« Ich wollte gerade zwei Latte macchiato zum Mitnehmen bestellen, da stand völlig unvermittelt ein großer, recht dicker Kerl vor mir. Er trug ausgebeulte Jeans, bei der der Po in den Kniekehlen hing. Die speckige, abgewetzte Lederjacke hatte vermutlich einmal bessere Tage erlebt. Abgerundet wurde die ungepflegte Erscheinung von etwa schulterlangen strähnigen Haaren. Unwillkürlich trat ich einen Schritt zurück.

»Tu mir mal zwei Kaffee ohne«, forderte der rücksichtslose Drängler von der Bedienung. Obwohl ich dem unappetitlichen Typen nicht zu nahe kommen wollte, ging ich doch wieder einen Schritt auf den Tresen zu. So einfach wollte ich mich hier nicht wegschubsen lassen.

»Entschuldigen Sie, ich war vor Ihnen dran«, sagte ich entschlossen und sah ihm fest in die Augen. Nur nicht einschüchtern lassen.

Der Dicke grunzte. »Ey, Schwester, ich schieb dir gleich dein rosa Schirmchen in deinen verkniffenen Hintern, und wenn du noch ein bisschen Spaß haben willst, dann spann ich ihn auch auf. Aber jetzt krieg ich meine zwei Kaffee, klar?« Der letzte Satz galt der jungen Frau, die wie vom Blitz getroffen dastand und nicht wusste, wen sie zuerst bedienen sollte.

»Entschuldigen Sie, mein Herr, ich hörte gerade, wie sie meiner Schwester ein unanständiges Angebot gemacht haben. Das war wirklich sehr unhöflich. Ich bin sicher, dass Sie sich dafür in aller Form entschuldigen werden und uns als Gentleman selbstverständlich den Vortritt lassen.« Wie aus dem Nichts stand plötzlich Sibylle neben mir, die den Drängler angriffslustig ansah.

Der Typ starrte Sibylle verblüfft an, fand aber bald seine Sprache wieder. »Puppe, ich lass hier sicher niemand vor. Aber dich kann ich gleich noch zwischenschieben.«

»Ich denke, es ist sinnvoller, wenn Sie sich diesbezüglich mit meinen zwei Freunden hier weiterunterhalten.« Sibylle trat einen Schritt zurück und hakte sich links und rechts bei zwei Kerlen ein, die aussahen, als kämen sie geradewegs vom Biker-Treffen in Wermelskirchen. Sie trugen ärmellose Jeans-Westen, die ihre muskulösen Oberarme gut zur Geltung brachten. Wo hatte sie die so schnell aufgetrieben? Fassungslos stand ich da und beobachtete gespannt das Geschehen. Dem Drängler war buchstäblich die Kinnlade heruntergefallen, als sich die zwei Männer grinsend vor ihm aufgebaut hatten.

»War ja nur Spaß«, knurrte er, drehte sich zum Ausgang um und beeilte sich, das Lokal zu verlassen.

»Maxi, meine Liebe, darf ich dir Pitt und Andi vorstellen? Vielen Dank für eure Hilfe. Ihr seid ganz reizend. Dürfen wir euch zum Dank auf einen Kaffee einladen?«

»Ein andermal gern, Sibylle. Aber jetzt müssen wir los. Die Jungs warten. Alles Gute für euch, und wenn was ist, du hast ja meine Nummer. Tschüssi!« Andi reichte uns die Hand. Pitt tat es ihm gleich.

»Jo, tschüss, die Damen. Gute Reise noch.«

»Was für ein Auftritt!« Die Bedienung sah den beiden fasziniert hinterher. Wahrscheinlich stellte sie sich vor, dass Pitt sie hinter ihrem Tresen hervorholen und sie gemeinsam auf seinem Motorrad in den Sonnenuntergang fahren würden.

»Sibylle, ich bin sprachlos«, sagte ich, als wir endlich mit unseren Latte macchiato und dem frisch geleerten Filou im Auto saßen. »Wo hast du denn die zwei Kraftpakete aufgetrieben?«

Sibylle zuckte gelassen mit den Schultern, während sie den Kaffeebecher in die dafür vorgesehene Halterung am Armaturenbrett stellte. »Die zwei haben mich schon bei der Toilette gerettet.«

»Bist du doch aufgeflogen?« Ich hatte ja gleich gewusst, dass das nicht gut gehen konnte.

»Natürlich nicht. Nein, die hatten da vor den Toiletten so 'ne Schranke aufgebaut, wo man einen Euro einwerfen muss. Und ich hatte kein Kleingeld. Ich stand also fluchend vor der Tür, als Pitt und Andi gerade aus der Herrentoilette kamen. Sie haben mich gefragt, ob sie mir helfen können. Pitt hat mir sofort den Euro gegeben und gesagt, beim nächsten Mal kann ich ihm den zurückgeben. Dann hat er mir noch seine Karte gegeben. Pitt wohnt auch in Köln. Ach so, ich wohne da ja gar nicht mehr.« Nachdenklich startete Sibylle den Wagen.

»Weißt du, so spießig ist mein Provinzkaff gar nicht. Wenn du dich auf die Menschen einlässt, wirst du dich bald sehr wohlfühlen. Ich hatte ja auch so meine Startschwierigkeiten, aber heute wollte ich an keinem anderen Ort mehr wohnen.« Ich hoffte, dass meine Worte sie etwas aufmuntern würden.

»Na ja, aber du musst zugeben, dass manche da bei euch schon echt Hardcore sind. Zum Beispiel die eine, da warst du in Berlin. Die hat geklingelt und sich darüber beschwert, dass deine Kinder im Ort Lügen über ihren Frederick erzählen. Sie hat gesagt, wenn diese Verleumdungen nicht aufhören, dann zeigt sie sie an. Zieh dir das mal rein! Zwei Kinder anzeigen wegen Verleumdung, wo gibt's denn so was? … Maxi, hallo? Hörst du mir noch zu?«

»›Hören Sie mit den Verleumdungen auf, sonst werden Sie es bereuen.‹ Natürlich! Von der ist der Brief. Gott sei Dank!«

»Maxi, kannst du mich mal bitte aufklären? Ich versteh kein Wort. Wieso freust du dich über so eine Verrückte? War das so eine Art Geheimcode? Eine Einladung zum Kaffee auf Schwäbisch?« Ich musste lachen.

»Nein, Sibylle. Ich habe dir noch gar nicht von dem Drohbrief erzählt. Gestern lag er im Briefkasten, und da stand genau dieser Satz drauf. Anonym. Ich dachte, dass es was mit meinem Auftritt bei *Anne Will* zu tun

haben könnte, und weil er nicht unterschrieben war, habe ich sogar ein bisschen Angst bekommen. Deshalb bin ich jetzt so erleichtert. Also die Mama von Frederick ist wirklich ziemlich durchgeknallt. Ihr Sohn ist ein richtiger Kotzbrocken, aber der Kleine tut mir leid. Bei der Mutter hat er's wirklich schwer. Alex hat ja gleich gesagt, dass ich den Brief nicht ernst nehmen soll.« Ich war froh, dass ich nun eine Erklärung für die anonyme Drohung hatte. Gut gelaunt setzten wir unsere Fahrt fort.

KOLUMNE

Emanzipation

Ich bin eine emanzipierte Frau. Ich stehe auf eigenen Beinen, und darauf bin ich sehr stolz. Mit meinem Mann führe ich eine gleichberechtigte Partnerschaft, in der wir die Bedürfnisse des anderen respektieren und uns gegenseitig unterstützen. Es war mir immer wichtig, Geld zu verdienen und nicht auf die Hilfe anderer angewiesen zu sein. Meine Schwester ist nicht so autark. Jahrelang hat sie sich in der Beziehung ihrem Partner untergeordnet, auf eigenes Einkommen verzichtet. So unselbstständig zu sein, wäre für mich ein beängstigender Zustand. Neulich war ich jedoch in einer Situation, in der ausgerechnet die Unselbstständigkeit meiner Schwester äußerst hilfreich war. An einer Stelle, an der ich allein nicht mehr weiterkam, hatte sie zwei starke Männer organisiert, die uns geholfen haben. Da sie schon immer auf Hilfe angewiesen war, war es für sie leicht, die zwei für ihre Zwecke einzuspannen. Ich wäre erst gar nicht auf die Idee gekommen. So unterschiedlich waren wir schon immer. Wenn ein Problem

auftritt, frage ich mich: »*Wie mach ich das jetzt am besten?*« *Meine Schwester denkt:* »*Wer macht mir das jetzt
am besten?*« *Ich glaube, wir können in dieser Hinsicht
beide voneinander lernen. Es macht durchaus stolz
und selbstbewusst, die Herausforderungen des Lebens
selbstständig zu meistern. Emanzipation bedeutet aber
nicht, alles allein bewältigen zu müssen. Im Gegenteil. Zu erkennen, wann man Hilfe benötigt, und diese
auch anzunehmen, zeugt ebenfalls von Intelligenz und
Selbstbewusstsein. Ein funktionierendes Netzwerk ist
wichtig. Es macht das Leben einfacher, aber auch bun-
ter, besonders, wenn man Kinder hat. Wir müssen nicht
alles allein schaffen. Die Super-Mamas aus den Hoch-
glanz-Magazinen, denen wir nacheifern, haben auch
ihren Mitarbeiterstab. Und dass ich mir von einem
Mann gerne die Tür aufhalten lasse, hat nichts mit feh-
lender Emanzipation, sondern Höflichkeit zu tun. Die
schätze ich sehr. Und in die Jacke lasse ich mir auch
gern helfen. Das sind mit Sicherheit auch nicht die
Themen, die unsere Mütter und Großmütter bewegt
haben, als sie sich für die Emanzipation der Frau eingesetzt haben. Sie haben für das Recht auf Selbstbe-
stimmung gekämpft: Wahlrecht, Bildungsrecht, Recht
auf Erwerbsarbeit. Was machen wir heute aus diesem
Emanzipationskampf? Einen Geschlechterkampf. Wir
messen uns mit den Männern, um zu beweisen, dass
wir ihnen in jeder Hinsicht ebenbürtig, wenn nicht
sogar überlegen sind. Warum machen wir das? Wirklich starke Menschen müssen nicht ständig ihr Können
unter Beweis stellen. Ich möchte nicht gegen Männer*

ankämpfen. Ich möchte mit ihnen in einer partner-
schaftlichen Gemeinschaft leben, privat wie beruflich. Hiervon sind wir aber leider weit entfernt. Als
im Jahr 2012 die große Sexismusdebatte losgetreten
wurde, ging ein Aufschrei durch die Republik. Dank
einem guten Zusammenspiel sozialer Netzwerke im
Internet und der Medien wurde dieses Thema wochen-
lang heiß diskutiert. Davon abgesehen, dass diese Dis-
kussionen meines Erachtens nicht zu positiven Veränderungen geführt haben, frage ich mich, warum nicht
genauso hitzig über die Frauenquote in Führungspositionen debattiert wird. Warum überlassen wir es allein
den Politikern, die Quote einzuführen oder auch nicht?
Woher sollen die denn wissen, was wir Frauen überhaupt wollen, wenn wir uns zu diesem Thema gar nicht
äußern? Ist es tatsächlich so, dass es die Mehrheit der
Frauen gar nicht interessiert, weil sie nicht betroffen
ist? Nach dem Motto: Ich will ja gar keine Führungsposition, also kann es mir egal sein? Sind wir so kurz-
sichtig? Ich hoffe nicht. Emanzipation bedeutet »Her-
ausführung aus der Unmündigkeit«. Deshalb sollten
wir uns dringend wie mündige Bürgerinnen benehh-
men und uns zu frauenpolitischen Themen auch laut
äußern, unsere Rechte einfordern. Sonst bleibt es leider dabei, dass wir Frauen unserer Emanzipation selbst
im Wege stehen.

10

Wir kamen gegen 15:00 Uhr in Köln an. Da wir keine weitere Rast eingelegt hatten, wollte Sibylle Filou erst einmal ein wenig Auslauf verschaffen. Es war ein schöner Frühlingstag. Der Spaziergang im Stadtgarten war wohltuend.

»Sag mal, Sibylle, wo übernachten wir eigentlich?« Darüber hatten wir noch gar nicht gesprochen.

Sibylle zuckte mit den Schultern. »In irgendeinem Hotel. Davon gibt's ja genug in Köln.«

»Ach so, ich dachte, dass du dich vielleicht bei einer Freundin einquartiert hättest.«

Stumm schüttelte sie den Kopf. Mir war in den vergangenen Wochen schon aufgefallen, dass ich sie nie telefonieren sah. Wenn es mir nicht gut geht, sitze ich sofort in Andreas Küche und weine mich aus. Oder ich hänge stundenlang am Telefon, bis ich alle Freundinnen über mein Unglück informiert habe. Ich wollte nicht weiter nachbohren und wechselte das Thema. »Sieh mal da vorne das Café, das sieht nett aus. Darf ich dich auf ein Stück Kuchen und einen Latte macchiato einladen? Mir knurrt schon der Magen.«

»Danke, eine kleine Stärkung kann nicht schaden. Die haben sicher auch ein wenig Wasser für Filou.« Wir fanden noch einen freien Tisch auf der Terrasse. Sibylle war glücklich, dass sogar frisches Wasser für Hunde bereitstand. Mich erfreute mehr die reichhaltige Auswahl am Kuchenbuffet.

»Andrea und du, seid ihr schon lange befreundet?«, fragte Sibylle, als unsere Latte macchiato serviert wurden.

Ich überlegte kurz. »Ziemlich genau seit sieben Jahren. Wir haben uns beim Tonnenturnen kennengelernt.«

Sibylle sah mich mit großen Augen an. »Wo?«

»Tonnenturnen – Geburtsvorbereitung. Andrea war mit Hagen schwanger und ich mit Till. Sie hat mir angesehen, dass ich mich dort genauso fehl am Platz gefühlt habe wie sie sich. Nach der dritten oder vierten Stunde hat sie mich gefragt, ob wir noch zusammen was trinken gehen. Wir haben den ganzen Abend über die nervigen Zweitgebärenden in unserem Kurs gelästert, die nichts Besseres zu tun hatten, als uns Unerfahrenen mit ihren Horrorgeschichten der ersten Geburt Angst einzujagen. So ein gemeinsames Feindbild verbindet. Seit damals sind wir befreundet.« Verträumt kratzte ich die letzten Reste Milchschaum aus meinem Glas.

»Man kann richtig eifersüchtig werden, wenn man euch zusammen sieht oder telefonieren hört. Waren wir beide uns jemals so nah?«

Ich musste schlucken. Das war eine gute Frage.

»Bei uns ist das anders, das kannst du nicht vergleichen. Freundschaften leben von gemeinsamen Erlebnissen. Andrea und ich haben schon viel zusammen durchgestanden. Und wenn du Kinder im gleichen Alter hast, verstehst du die Gefühle deiner Freundin natürlich gut. Du kannst nachvollziehen, wenn die andere beim Kinderturnen total antriebsschwach neben ihrem Kind hertrabt, weil sie die halbe Nacht mit dem Baby um den Esstisch gelaufen ist. Du kannst die Freude teilen, wenn das Kind der Freundin das erste Mal in die Toilette gepieselt hat. Aber es kann auch passieren, dass so eine Freundschaft irgendwann auseinandergeht, wenn sich die Lebensumstände ändern, wenn Gemeinsamkeiten fehlen. Wir beide sind per Geburt miteinander verbunden, und daran wird sich nie etwas ändern.«

»Heißt das, ich werde dich nie wieder los?«

»Tut mir leid, wenn ich dir jetzt den Tag versau, aber so ist es.«

Sibylle lächelte mich an. »Danke.« Sie sah auf ihre Uhr. »So, dann lass uns mal zahlen. Ist ja schon halb sechs. Lass dein Geld stecken, Schwesterherz. Zur Feier des Tages lädt Stefan uns ein. Ich hab ja immer noch seine Kreditkarte. Kleine Anzahlung auf das, was mir noch zusteht.« Sie sah mich siegessicher an, winkte den Kellner herbei und drückte ihm die golden glän-

zende Karte in die Hand. Nach kurzer Zeit trat er wieder an unseren Tisch.

»Ich bedaure sehr, meine Dame, aber da muss ein technischer Defekt vorliegen. Ihre Karte wird nicht akzeptiert.«

Sibylle verstand nicht gleich, worauf er hinauswollte. »Wie, nicht akzeptiert? Das ist doch nicht meine Schuld, wenn ihr Gerät defekt ist.« Entrüstet funkelte sie den Kellner an, der verlegen von einem Bein aufs andere trat.

»Sibylle, schon gut. Ich wollte dich ja sowieso einladen, und wie es aussieht, will das Schicksal es auch so.« Schnell reichte ich dem Kellner den passenden Geldbetrag.

»Saftladen.« Sibylle wirkte wütend und verwirrt zugleich.

»Sibylle, wann hast du eigentlich das letzte Mal mit der Karte bezahlt?«

»Neulich, als ich bei euch die Yoga-Sachen gekauft habe. Und den Kram vom Teleshopping habe ich auch damit bezahlt. Die ist nicht abgelaufen, falls du das vielleicht meinst.« Sie verstand nicht, was ich ihr sagen wollte. Also musste ich direkter werden.

»Vielleicht hat Stefan sie ja sperren lassen, um deinem Kaufrausch ein Ende zu bereiten.«

Mit großen Augen sah sie mich an. »Gesperrt? Dieser Mistkerl kann was erleben. Na da ist es ja gut, dass ich hier bin. Komm, wir haben ein Hühnchen zu rupfen.« Entschlossen sprang sie auf, nahm Filou auf ihren Arm und rauschte davon in Richtung Auto. Ich aß noch schnell den letzten Bissen Kuchen, den Sibylle liegen gelassen hatte, und folgte ihr.

Die Wohnung, die Sibylle bis vor Kurzem mit Stefan bewohnt hatte, lag an einer belebten Geschäftsstraße im Kölner Stadtteil Ehrenfeld. Sie parkte in einer Seitenstraße. Vor der Tür zögerte sie.

»Willst du nicht klingeln?«

»Und wenn er mir nicht aufmacht?« Damit könnte sie natürlich recht haben. Nach der Sache mit der Kreditkarte war dies gar nicht so abwegig.

»Hast du echt keinen Schlüssel mehr?«

»Nein, den habe ich seiner Tusnelda wütend in die Hand gedrückt mit den Worten: ›Bitte schön. Deine Wohnung, deine Spülmaschine, dein Putzeimer, deine Bügelwäsche.‹ War kein so toller Abgang. Hätte ich mehr Zeit zur Vorbereitung gehabt, wäre mir sicher etwas Originelleres eingefallen.«

»Wer von den Nachbarn würde dich reinlassen?«

»Weiß nicht, die kenn ich alle gar nicht.«

»Sibylle! Du hast hier, wie lange?, 15 Jahre gewohnt und kennst die Nachbarn aus deinem Haus nicht? Das ist nicht dein Ernst.« Ungläubig sah ich sie an.

»Maxi, das hier ist Köln, nicht Kleinkleckersdorf. Von Zeit zu Zeit sieht man mal einen Möbelwagen vor der Tür und weiß, dass jemand ein- oder auszieht.

Wenn man sich im Hausflur trifft, nickt man sich kurz zu, und das war's. Ich fand es immer sehr angenehm, dass sich hier alle so in Ruhe lassen.«

»Na, wenn das so ist, sind wir in einer Minute drin.« Ich klingelte kurzerhand bei einem der fünf Nachbarn.

»Was hast du vor?«

»Sieh zu und lerne«, sagte ich großspurig. Leider passierte gar nichts. Es war anscheinend niemand da. Ich versuchte die nächste Klingel. Nach einem kurzen Augenblick knisterte es in der Sprechanlage.

»Ja bitte?«

»Stadtwerke Köln, könnse ma kuchz et Türsche öffne? Isch muss inne Keller.« Prompt ertönte der Türsummer. Sibylle sah mich überrascht an. Ich legte einen Finger auf die Lippen, falls noch jemand an der Sprechanlage mithörte, und ging mit einem überlegenen Lächeln ins Treppenhaus.

»Siehst du«, flüsterte ich, »dahin führt die Anonymität in der Großstadt. Da lobe ich mir mein Kleinkleckersdorf.« Wir warteten noch einen Moment neben der Haustür, falls doch jemand nachsehen kam, was die Frau von den Stadtwerken wollte. Nach zwei Minuten fühlten wir uns sicher und gingen hinauf ins Dachgeschoss, das Sibylle und Stefan in den vergangenen Jahren gemeinsam bewohnt hatten. Mir war etwas flau im Magen, weil ich nicht wusste, was auf uns zukommen würde. War Stefan überhaupt zu Hause? Würde er mit Sibylle reden? Konnten sie eine Einigung finden? Ich hoffte so für sie, dass es ein versöhnliches Gespräch werden würde. Die Ärmste. Wie mochte es ihr erst gehen, wenn ich schon so aufgeregt war? Als wir vor der Wohnungstür ankamen, atmete Sibylle tief durch und drückte die Klingel. Die Tasche mit Filou hielt sie fest an sich gedrückt. Ich hörte Schritte in der Wohnung. Stefan bediente die Sprechanlage. Als sich niemand meldete, hörte man ihn sagen: »Verdammte Rotzblagen.« Die Schritte entfernten sich wieder. Ich sah Sibylle an. Sie stand da wie angewurzelt. Anscheinend hatte der Klang seiner Stimme ihr einen leichten Schock versetzt. Schnell klopfte ich an die Wohnungstür und sagte: »Wir sind schon hier oben.«

»Wer wir?« Die Schritte kamen wieder näher. Ich hörte, wie er auf der anderen Seite der Tür stehen blieb. Wahrscheinlich sah er nun durch den Spion.

»Ach du Scheiße, Sibylle! Was willst du hier?« Na, das war doch mal eine herzliche Begrüßung.

Sibylle schluckte. »Können wir kurz reden?«

»Worüber?«

»Es wäre schön, wenn wir uns dabei in die Augen sehen könnten. Dafür bin ich immerhin durch die halbe Republik gefahren.«

Er stöhnte genervt, öffnete dann aber doch die Tür. »Sibylle, das ist jetzt gerade total ungünstig.« Stefan trug einen Smoking und ein weißes Hemd. Die Fliege hing noch ungebunden um seinen Hals.

»Hallo, Stefan. Schicker Smoking. Willst du ein bisschen das Tanzbein schwingen?« Ich war zwar nur als moralische Stütze mitgekommen und wollte mich eigentlich im Hintergrund halten, aber ich hatte das Gefühl, dass die Unterhaltung eine Starthilfe gebrauchen konnte.

»Sandra und ich gehen zu einem Charity-Event und vorher noch einen Happen essen.« Zu Sibylle gewandt fügte er hinzu: »Du siehst, ich habe es eilig. Also sprich. Was möchtest du von mir?«

»Gut, dann komm ich gleich zum Punkt. Ich möchte Geld. Geld, das mir für die vergangenen 20 Jahre zusteht, in denen ich deine Haushälterin war.«

»Wie bitte? Ich glaub, du spinnst! Dafür hast du ja auch wohl verdammt gut gelebt in den 20 Jahren. Ich habe lange genug deinen luxuriösen Lebensstandard finanziert. Du hast das Auto mitgenommen. Nimm das als Gratifikation. Aber mehr ist nicht drin. Echt nicht.«

Sibylle schäumte vor Wut. »Den luxuriösen Lebensstandard hattest doch in erster Linie du. Du hast die Wohnung ausgesucht, die Möbel, sogar mein Auto und meine Kleider.« Sie schrie nun richtiggehend. »Stefan, ich lass mich so nicht abspeisen. Ich konnte mir keine eigene Existenz aufbauen, weil ich dir den Rücken gestärkt habe, und dafür will ich jetzt eine Abfindung.«

Stefan lächelte süffisant. »Was willst du? Eine Abfindung? Sei froh, dass ich so viel Humor habe und das alles hier als schlechten Scherz abhake.«

»Schnucki, wer hat denn da gerade geklingelt?«

Oh nein, auch das noch. Sandra tauchte aus dem hinteren Bereich der Wohnung auf, frisch gestylt für die Charity-Gala. Sie funkelte so sehr, dass neben ihr selbst die schillernde Sibylle blass aussah. Als Sandra uns in der Eingangshalle stehen sah, hielt sie abrupt an. Nach einem kurzen Moment setzte sie aber ein strahlendes Lächeln auf und kam auf uns zu.

»Sibylle, wie nett, dass du uns besuchst. Leider wollten wir gerade los. Ruf doch beim nächsten Mal vorher an, ja? Dann back ich einen Kuchen. Tut mir wirklich leid, dass du jetzt ganz umsonst hergekommen bist. Schnucki, bist du dann so weit?«

Mit diesen Worten schob sie uns zurück in den Hausflur. Stefan folgte uns und zog die Wohnungstür hinter sich zu. Sibylle war unfähig, etwas zu sagen. Ich überlegte fieberhaft, aber in dieser Situation gab es einfach nichts, was noch geholfen hätte.

»Ja, Sibylle. Ruf beim nächsten Mal an. Aber bitte erst, wenn du wieder zur Vernunft gekommen bist.« Damit rauschte Stefan hinter Sandra die Treppe hinunter und ließ uns sprachlos vor der verschlossenen Wohnungstür zurück.

»Tut mir leid, Sibylle.«

Sie antwortete nicht. Stattdessen ging sie langsam die Treppe hinunter.

»Wo willst du hin?«

»Weg, einfach nur weg.«

»Lass uns doch erst mal überlegen, was wir jetzt tun wollen.«

»Jedenfalls nicht länger diese Tür anstarren.« Sibylle standen Tränen in den Augen. Ich konnte sie gut verstehen. Stefan hatte sie total entwürdigend behandelt. Und dann noch diese Tussi.

»Warte, Sibylle.« Ich ging ihr nach, um sie aufzuhalten. »Komm, wir setzen uns erst mal.«

Wir hockten uns auf die obersten Treppenstufen. Eine Weile sagte keine von uns ein Wort. Ich sah, dass Sibylle gegen die Tränen ankämpfte. Sie wollte nicht noch einmal wegen Stefan weinen. Ich hätte ihr so gern geholfen. Nur wie? Angestrengt dachte ich nach. Schließlich kam mir eine Idee.

»Sibylle, ich denke, wir sollten jetzt da in die Wohnung reingehen und nachsehen, ob du bei deinem überstürzten Auszug nicht irgendetwas liegen gelassen hast.«

»Hast du's schon vergessen? Ich habe keinen Schlüssel.«

»Keine Angst, Schwester. Mit meinem Kurzzeitgedächtnis ist alles in Ordnung.« Verschwörerisch grinste ich sie an.

»Und wie willst du dann da reinkommen? Davon abgesehen, dass Stefan die nächsten sechs Stunden vermutlich nicht nach Hause kommt, würde er uns nach der Aktion vorhin sowieso nicht mehr reinlassen.«

Mein Grinsen wurde breiter.

»Maxi, jetzt grins doch nicht so dämlich!«

»Genau, Stefan wird hier so schnell nicht wieder auftauchen. Und was steht hier neben der Klingel?«

»Jahnke – Schmitz.«

»Genau. Der Dösbattel hat noch nicht mal das Klingelschild geändert.«

»Das kann er gar nicht selber. Das macht der Hausmeister wegen des Corporate Designs, und der ist wahrscheinlich noch nicht dazu gekommen. Aber wie soll uns das helfen?« Konnte es wirklich sein, dass sie so schwer von Begriff war?

»Das mag ja sein. Aber was steht in deinem Pass?«

»Maxi, ich weiß jetzt wirklich nicht, wo das alles hinführen soll, und ich habe echt keine Nerven für diese Spielchen!« Wütend stand sie auf.

»Mensch, Sibylle, überleg doch mal. Hast du diese Adresse hier noch als offiziellen Wohnsitz?«

Jetzt dämmerte es ihr. »Du willst doch nicht … Das klappt nie im Leben. Machen wir uns damit nicht strafbar?«

»No risk, no fun. Wir haben doch nicht diese lange Fahrt auf uns genommen, um jetzt nach fünf Minuten aufzugeben und unverrichteter Dinge abzuziehen. Sibylle, ich habe in den letzten Wochen einiges mitgemacht. Ich habe auch unter eurer Trennung gelitten, und jetzt will ich ein bisschen Spaß haben.« Ich

sprang auf und kramte mein Handy aus der Hosentasche. Sibylle saß sprachlos neben mir. Ich hoffte, dass sie nicht doch noch kneifen würde, deshalb musste ich schnell handeln. Von der Auskunft ließ ich mich mit einem Schlüsseldienst verbinden.

»Hallo, hier ist Sibylle Schmitz. Können Sie schnell jemanden schicken? Ich hab mich leider ausgesperrt«, säuselte ich ins Telefon. Sibylle sah mich entrüstet an. Nachdem ich dem freundlichen Herrn die Adresse genannt hatte, versprach er, dass er in den nächsten 30 Minuten bei uns wäre.

»Maxi, ehrlich, ich hab da gar kein gutes Gefühl. Lass uns gehen.« Sie sah richtig elend aus, aber nun gab es kein Zurück mehr.

»Sibylle, was Stefan abgezogen hat, ist moralisch gesehen genauso kriminell. Er hat dich betrogen, dich von einem Moment auf den nächsten vor die Tür gesetzt und dir jetzt den Zutritt in die Wohnung verweigert, wo sicher noch Sachen von dir drin sind, oder?«

Sibylles Miene hellte sich auf. »Stimmt, du hast recht. Er hat mich nicht zu meinen Sachen gelassen. Und Filous schöner Fressnapf und sein Kuschelkörbchen sind da auch noch drin. Filou, wir holen uns jetzt, was uns zusteht.« Filou kläffte zur Bekräftigung. Ich ließ Sibylle vor der Wohnungstür warten und ging schon einmal zur Haustür, um den Herrn vom Schlüsseldienst reinzulassen. Nach kurzer Zeit hielt ein olivgrüner Kastenwagen mit der Aufschrift »Ausgesperrt? Ruf den Schlüssel-Bert!« in zweiter Reihe direkt vor dem Haus. Ich winkte Bert fröhlich zu, als er aus dem

Auto stieg. In aller Ruhe öffnete er die Hecktüren, kramte eine Weile in der Ladefläche des Autos herum und tauchte schließlich mit einem Werkzeugkasten in der Hand wieder auf.

»Tach, isch bin der Berrt, sind Sie dat Frollein Schmitz?«

»Nein, ich bin die Schwester. Frau Schmitz wartet oben vor der Wohnung.«

»Na dann woll'n wer mal. Nach Ihnen, junge Frau.« Ich stieg vor ihm die Treppe hinauf. Oben angekommen, gab Bert Sibylle zur Begrüßung die Hand.

»Berrt Hofstätter, ihr Retter in der Not. Sie hann sisch also usjesperrt? Ja, dafür jibbet den Schlüssel-Berrt!«

Sibylle hatte sich zwischenzeitlich wieder gefangen und spielte ihre Rolle ausgezeichnet. »Ich bin Ihnen so dankbar, dass Sie so schnell kommen konnten.«

»Dat krieje mer alles hin. Bevor isch dat Türschen aufmach, müsst isch ever noch ene Ausweis oder irjend sojet hann, dat beweisen tut, dat Sie auch hier rinn dürfe.«

Sibylle zog ihren Ausweis aus der Tasche und wies kurz auf das Namensschild neben der Tür.

»Alles Klärschen. Könne se mir vertelle, ob da affjeschlosse is?«

»Nein, nur zugezogen.«

»Na, dann iss dat ja schnell erledischt.« Tatsächlich hatte er in nur zwei Minuten die Tür geöffnet, ohne das Schloss zu beschädigen. »In dem Fall hannse Jlöck gehabt, dat se nisch affjeschlosse hann. Ever sonst tät isch Ihne rate, dat se dat besser donn. De Versicherung zahlt Ihne sonst nix bei enem Einbruch.« Sibylle blickte schuldbewusst zu Boden.

»Klar, das sage ich ihr ja auch immer. Was sind wir Ihnen denn schuldig?« Ich wollte Bert so schnell wie möglich loswerden.

»Macht 75 Euro und 99 Cent, wejen Wochenend.« Ich zahlte ihm 80 Euro und lobte seine schnelle und souveräne Hilfe. Dann zog ich Sibylle in die Wohnung, winkte Bert zum Abschied und schloss die Tür von innen. Ich sah mich um. Seit meinem letzten Besuch vor einigen Jahren hatte sich nicht viel verändert. Die Wohnung bestand, wie bei einem Loft üblich, aus einem riesigen Hauptraum, in dem sowohl Küche als auch Wohn- und Essbereich untergebracht waren. Links der Eingangstür befand sich ein großzügiger Garderobenbereich. Der Fußboden bestand durchgängig aus schwarzem Granit. Es musste eine Wahnsinnsarbeit sein, den sauber zu halten. Nach rechts erstreckte sich der Küchenbereich mit funkelnder, stylish-roter Hochglanz-Küche. Die separate Kochinsel sah nicht so aus, als ob hier jemals gekocht worden war. Die Arbeitsflächen waren ebenfalls aus dunklem Granit. An die Küche schloss sich der Essbereich mit großem Glastisch und Freischwinger-Chromstühlen mit schwarzen Lederbezügen an. Über dem Tisch hing ein moderner Leuchter mit unzählig vielen Glaselementen.

»Himmel, Sibylle, hast du hier den ganzen Tag nur geputzt?«

Sibylle stand wortlos mitten im Wohnbereich. Hier hing, wie zu erwarten war, ein riesiger Flachbild-Fernseher an der Wand. Daneben stand eine moderne Designer-Stereoanlage. Ansonsten gab es im Wohnbereich nur noch ein großes schweres Ledersofa und eine Lampe. Keine Möbel, keine Kuscheldecke. Alles sehr übersichtlich. Von diesem Raum gingen noch drei Türen ab. Ich wusste, dass sich dahinter das Schlafzimmer, Stefans Büro und das Badezimmer verbargen.

»So, Sibylle. Ich schlage vor, du suchst jetzt mal die Sachen zusammen, die noch dir gehören, und ich sehe mal im Büro nach, ob ich da irgendetwas Brauchbares finde.«

Stumm bewegte sie sich Richtung Schlafzimmer. Ich war gerade im Büro an den massiven Tisch aus schwarzem Kirschbaum getreten, da hörte ich aus dem Schlafzimmer einen Schrei. Sofort sprang ich in den Nebenraum. Sibylle hatte die Türen des Kleiderschranks geöffnet und stand fassungslos davor.

»Sieh dir das an. Das sind alles noch meine Sachen! Die Schlampe trägt meine Klamotten. Ist das nicht pervers?« Sie zerrte wahllos Kleider aus dem Schrank

und warf sie aufs Bett. »Und da: meine Schmuckkisten! Alles steht noch so da wie bei mir. Der hat mich einfach nur gegen ein jüngeres Modell ausgetauscht. Es ist so, als wäre ich noch immer da, nur in einer strafferen Hülle. Ich muss hier raus!« Schluchzend stürzte sie ins Wohnzimmer.

»Sibylle, ich verstehe dich wirklich gut. Aber willst du das alles hier zurücklassen? Nimm doch wenigstens den Schmuck mit. Der gehört dir und ist bestimmt was wert. Komm, den packst du jetzt ein, und ich seh drüben noch mal nach. Und dann sind wir auch schon weg.« Wieder im Büro untersuchte ich den Schreibtisch, ohne eine Vorstellung davon zu haben, wonach ich eigentlich suchte. Bargeld, Goldbarren, Aktien? Ich wusste es selbst nicht. In einer Schublade stieß ich auf Kontoauszüge.

»Sibylle«, rief ich, »hast du gewusst, wie viele Konten Stefan hat? Und da läuft echt nichts auf deinen Namen?«

»Nein, wieso auch? Ich hatte doch noch nie Geld.« Sibylle erschien im Türrahmen. In der Hand hielt sie eine riesige Schmuckschatulle. »Maxi, ich hab alles. Wir nehmen jetzt draußen noch Filous Kuschelkörbchen mit, und dann lass uns endlich gehen. Was, wenn das mit der Gala nur erfunden war, um uns loszuwerden? Vielleicht stehen sie gleich wieder vor der Tür.«

»So wie die aufgebrezelt waren, sicher nicht. Warte kurz, ich leg nur die Kontoauszüge zurück, dann können wir los.« Als ich die Auszüge in die Schublade zurücklegen wollte, flatterte ein Blatt aus einem der

Ordner. »Mist, wo kam das jetzt her?« Ich betrachtete das Papier, um zu sehen, in welchen Ordner es gehörte. »Na sieh mal einer an. Der Stefan hat ja richtig Kohle in der Schweiz. Wusstest du das?«

Sibylle sah mich desinteressiert an. »Nee, aber ist doch auch egal. Gehört mir ja eh nicht.«

»Zum Glück gehört dir das nicht. Ich bin sicher, dass das Finanzamt genauso ahnungslos ist wie du. Sibylle, jetzt haben wir ihn am Arsch!« Triumphierend hielt ich den Auszug des Schweizer Kontos in die Höhe.

»Maxi, wie sprichst du denn?«

»Der Situation angemessen, Schwester. Knast-Jargon. Denn da gehört dein Stefan hin.«

»Woher willst du wissen, dass er das Geld nicht angegeben hat?« Oh Mann, Sibylle glaubte offensichtlich auch noch an den Osterhasen.

»Das werde ich dir gleich beweisen. Warte kurz.« Ich studierte die Ordnerrücken im Regal und fand schnell, was ich suchte. »Wie gut, dass Stefan so ordentlich ist. Hier, seine letzte Steuererklärung und der dazugehörige Bescheid. Lass sehen … ja, wie ich's erwartet hatte. Kein ausländisches Konto angegeben. Astreiner Steuerbetrug. Bei der Summe kommen da schnell mal ein paar Jährchen zusammen.«

»Was hast du jetzt vor?«

»Ich kopiere die Steuerunterlagen, nehme den Kontoauszug mit und dann schreib ich Stefan noch einen kurzen Liebesbrief. Nicht, dass er noch die Polizei ruft, wenn er sieht, dass der Schmuck weg ist.« Ich schrieb Stefan ein paar Zeilen, bei denen ich mir sicher war, dass sie ihre Wirkung nicht verfehlen würden. Den Zettel befestigte ich mit Klebstreifen an der Schlafzimmertür.

»Was hast du geschrieben?« Sibylle wollte den Brief lesen, aber ich zog sie weg.

»Das erzähl ich dir später. Jetzt schnapp dir Filous Körbchen, und dann lass uns verschwinden. Wir haben, was wir wollten.«

KOLUMNE

Ich auch

Es gibt ein Phänomen, über das ich seit Jahren grüble.
Je mehr der Mensch hat, desto unzufriedener scheint
er zu sein. Das ist schon bei Kindern zu beobach-
ten. Ich habe einmal gesehen, wie ein Junge in einem
Gebüsch am Spielplatzrand einen Leder-Fußball
gefunden hat. Er freute sich sehr, rannte zu den anderen und zeigte ihnen stolz den Ball. Ein Kind wollte
sofort loskicken und Mannschaften bilden, aber diese
Idee gefiel dem Finder gar nicht. Vielleicht hatte er
keine Lust auf Fußball, vielleicht hatte er Angst, man
könnte ihm seinen Schatz streitig machen. Ich weiß
nicht, warum, aber der Ball wurde der Mutter zur
sicheren Verwahrung gebracht. Alle Kinder waren
sauer, und auch der Finder sah nicht glücklich aus.
Schade, dachte ich damals. Ist diese Verlustangst nun
angeboren oder anerzogen? Dass es auch anders geht,
erlebte ich wenig später. Ich sah eine Fernsehrepor-
tage über Müllentsorgung in der EU. Dabei wurde
eine Müllkippe in Rumänien gezeigt, wo Familien

nach verwertbaren Sachen, im Idealfall verkäuflichen Rohstoffen, suchten. Ein paar Kinder fanden einen Hüpfball, der nur noch zur Hälfte mit Luft gefüllt war. Ich war fasziniert davon, wie viel Spaß sie alle zusammen mit dem kaputten Spielzeug hatten. Am meisten bewegte mich, wie fröhlich diese vermeintlich armen Kinder waren. Ihre Augen strahlten so, wie man es bei Kindern auf deutschen Spielplätzen kaum sieht. Soll dieser Vergleich zeigen, dass wir Deutschen ein Volk von Egoisten sind? Nein, sicher nicht. In Deutschland leben genauso viele hilfsbereite und gesellige Menschen wie in anderen Ländern auch. Aber es fällt schon auf, dass Wohlstandsgesellschaften mehr Einzelkämpfer als Teamplayer hervorbringen. Der Konkurrenzkampf in den Unternehmen lehrt uns, dass die Hilfsbereiten zwar beliebt sind, aber nie wirklich hochkommen. Vielleicht ist das ein Grund, warum viele Eltern ihren Kindern von klein auf beibringen, sich an der Schaukel durchzuboxen, statt abzuwarten; vorzudrängeln, wenn es etwas umsonst gibt; den Konkurrenten beim Wettlauf ruhig mal wegzudrängen, um die Medaille einzufahren. Und immer schwingt die Angst mit, ein anderer könnte mehr haben, in der Schule bevorzugt behandelt werden oder schlichtweg mehr Glück haben. Als mein kleiner Sohn einmal in einem Überraschungsei einen Schlumpf gefunden hat, war die Freude groß. Er nahm ihn am nächsten Tag verbotenerweise mit in den Kindergarten, um ihn den anderen zu zeigen. Als ich ihn mittags abholte, war er sehr geknickt, weil der

Tobi gesagt hatte, dass Schlümpfe total blöd wären. Am Nachmittag traf ich Tobis Mutter beim Einkaufen. Sie hatte eine ganze Palette Überraschungseier in ihrem Einkaufswagen. Was nutzt uns der ganze Wohlstand, wenn wir ihn überhaupt nicht genießen, sondern immer nur nach dem schielen, was der Nachbar hat? Neulich fragte mich mein siebenjähriger Sohn beim Mittagessen: »Mama, sind wir arm?« Ich antwortete: »Nein, mein Schatz. Ich finde, wir sind reich.« Diese Antwort überraschte ihn so, dass er sich an dem vollen Löffel Spaghetti verschluckte, den er sich gerade in den Mund gestopft hatte, was kein schöner Anblick war. Als er sich wieder beruhigt hatte, sagte er: »Wir sind doch nicht reich. Der Hendrik, der ist reich. Der hat zwei Zimmer für sich ganz allein, eine Playstation, der hat sogar ein I-Phone. Seine Schwester hat ein Pferd, und die machen Urlaub auf ihrem eigenen Boot!«

»Weißt du«, antwortete ich, »wenn Hendriks Familie auf ihrem Boot an der Côte d'Azure sitzt und sieht, wie die Geschäftspartner von Hendriks Papa mit dem Helikopter einfliegen, dann denken die sicher auch: ›Mann, die sind reich‹. Es gibt immer jemanden, der noch mehr hat. Ich finde uns reich, weil wir ein Dach über dem Kopf haben, genügend Essen und Kleidung kaufen können – sogar die kleinen Baby-Bells, die ich

als Kind nie bekommen habe – und auch noch Geld
für einen schönen Urlaub haben.« Till sagte nichts
darauf, aber ich sah ihm an, dass er dachte, dass seine
Mutter echt nicht viel Ahnung vom Leben hat. Hof-
fentlich sieht er das später einmal anders. Wir haben
nur dieses eine Leben, und ich möchte es nicht damit
vergeuden, neidisch die Autos meines Nachbarn zu
zählen.

11

»Ihr seid da echt eingebrochen? Oh Mann, warum habt ihr mich nicht mitgenommen? Obwohl, ich hätte mir wahrscheinlich vor Angst in die Hose gemacht und versucht, euch diesen Irrsinn auszureden.« Ein paar Tage nach unserem Ausflug nach Köln saß ich in Andreas Küche und erzählte ihr von den Erlebnissen der vergangenen Woche.

»Na ja, so richtig eingebrochen sind wir ja nicht. Immerhin hat Sibylle da ihren Wohnsitz angemeldet, und es waren noch Sachen von ihr drin.«

»Trotzdem aufregend. Von so was hab ich als Kind immer geträumt, als ich die Trixie-Belden-Bücher verschlungen habe. Deine letzte Woche hatte es echt in sich. Zuerst der Auftritt im Fernsehen, den ich übrigens ganz klasse fand, dann die Sache mit Jan und jetzt noch dieses Abenteuer.«

»Und ich habe dir noch gar nicht alles erzählt. Auf meinen Auftritt kamen ganz viele Reaktionen per E-Mail. Natürlich alle von Frauen. Einige haben geschrieben, dass sie es toll fanden, dass mal jemand im Fernsehen gesagt hat, wie die Wirklichkeit für berufs-

tätige Mütter aussieht. Und dann hatte ich noch einen anonymen Brief im Kasten, da hat jemand geschrieben, ich solle mit den Verleumdungen aufhören, sonst würde ich es bereuen. Zuerst dachte ich, das hätte auch was mit der Talkshow zu tun. Ehrlich gesagt habe ich sogar ein bisschen Angst bekommen. Aber jetzt weiß ich, wer es war.« Um Spannung aufzubauen, machte ich eine kurze Pause.

»Was, wer schreibt dir so was? Und warum?« Andrea war sichtlich schockiert.

»Fredericks Mama.«

»Wer?« Andrea prustete vor lauter Überraschung ihren Kaffee zurück ins Glas.

»Du hast richtig gehört. Anke, die Mama von Frederick aus Tills Klasse.«

»Also du hast mir ja schon einige verrückte Geschichten von der erzählt, aber das ist doch eine Spur zu abgedreht.«

»Glaub mir, es gibt nichts, was es nicht gibt. Sibylle hat mir erzählt, dass sie bei uns geklingelt hat, als ich in Berlin war. Sie hat sich darüber beschwert, dass Till in der Schule irgendwelche Geschichten über ihren Frederick erzählt, und dann hat sie wortwörtlich gesagt, dass sie ihn anzeigen wird, wenn diese Verleumdungen nicht aufhören. Und, noch Zweifel? Täter eindeutig identifiziert. Die hat echt 'nen Knall, aber ich bin ja froh, dass es nicht irgendein anderer Verrückter ist.«

»Ich weiß nicht, das passt irgendwie nicht zusammen.« Andrea war von meiner Theorie nicht überzeugt. »Wenn Anke bei euch klingelt und sich öffentlich beschwert, warum sollte sie dann noch einen anonymen Brief schreiben? Das ist doch merkwürdig.« Da war was Wahres dran.

»Stimmt. Aber wer soll es denn sonst gewesen sein? Das hatte ich mir jetzt so schön zurechtgelegt.« Andrea hatte recht wie immer.

»Willst du den Brief nicht lieber zur Polizei bringen? Ich glaube zwar nicht, dass du dir ernsthafte Sorgen machen musst, aber sicher ist sicher.« Polizei? Das klang so real, brachte der Angelegenheit eine bedrohliche Wendung.

»Ja, mal sehen. Jetzt aber genug von mir. Wie geht es dir und dem Baby?« Ich wollte nicht mehr über dieses unangenehme Thema nachdenken. Sicher gab es eine harmlose Erklärung, auch wenn die Theorie mit Fredericks Mama nun nicht mehr so plausibel klang.

»Uns geht's gut, und die Jungs freuen sich richtig auf ihr Geschwisterchen. Nachdem sie den ersten Schock überwunden haben.« Andrea kicherte. »Wir haben total rumgeeiert, als wir es ihnen gebeichtet haben. Ich habe mich gefühlt wie damals, als meine Mutter mich beim Rauchen erwischt hat und ich meiner Freundin schnell hinterm Rücken die Zigarette in die Hand gedrückt habe. Leider war ich so aufgeregt, dass ich ihr die glühende Spitze in die Hand

gerammt habe. Sie hat laut aufgeschrien vor Schmerz, und alles ist rausgekommen. So ähnlich war es hier auch. Wir hatten die Neuigkeit kaum ausgesprochen, da hat Hagen empört ausgerufen: ›Mama, ihr habt Sex gemacht!‹ Ehrlich, er hatte den gleichen vorwurfsvollen Tonfall wie meine Mutter.«

Ich musste laut lachen. »Vom Sohn überführt, wie geil. Was hast du ihm geantwortet?«

»Ich bin gar nicht dazu gekommen. Paul hat an Hagens aufgeregter Stimme gehört, dass etwas Spektakuläres passiert sein muss, und hat sofort gefragt, was Sex ist. Noch bevor ich etwas sagen konnte, hatte Hagen ihn aufgeklärt.«

Es tat gut, endlich einmal wieder von Herzen zu lachen.

»Ist nicht dein Ernst. Und wie hat Paul reagiert?«

»Er hat Arthur und mich angewidert angesehen und gesagt: ›So was Ekliges habt ihr gemacht?‹ Daraufhin ist er in seinem Zimmer verschwunden. Als ich ihn später beim Essen ermahnt habe, dass er den Mund schließen solle beim Kauen, weil das sonst eklig aussähe, hat er mich ganz böse angefunkelt und gesagt, ich solle mal ganz ruhig sein, bei dem, was ich getan hätte. Nach ein paar Tagen hatte er die Sache mit dem Sex verdrängt, und jetzt freuen sich beide. Sie machen schon Pläne, wo das Baby schläft und wer den Kinderwagen schieben darf.«

Ich freute mich für meine Freundin. »Andrea, das ist super. Dann kannst du dich ja jetzt entspannt zurücklehnen und dich von deinen Lieben verwöhnen lassen.«

Andrea seufzte. »Schön wär's. Arthur ist schon wieder in Amerika. Hagen hat bald seine Schulaufführung, und ich dumme Nuss habe angeboten, die Kostüme zu nähen. Deshalb muss ich nachher in die Schule und die Kinder vermessen. ›Der kleine Prinz‹. Ist das zu fassen? Die werden auch immer anspruchsvoller. Wir haben damals noch ein paar Gedichte aufgesagt und gut war's. Das reicht heute in der ersten Klasse nicht mehr.«

»Der kleine Prinz auf Deutsch? Ich finde ja, dass er im Original viel besser rüberkommt.« Wir mussten beide lachen. Dieser ganze Wahnsinn wurde doch nur veranstaltet, um die Eltern zu beruhigen, die ständig in der Angst lebten, dass ihre Kinder nicht genug lernten, um im internationalen Wettbewerb bestehen zu können. Die unangenehmen Begleiterscheinungen der PISA-Studie. »Du Arme. Da hab ich es viel besser. Ich treff mich mit einer ehemaligen Arbeitskollegin bei Mario zum Mittagessen. Karin hat vor einem halben Jahr ein Baby bekommen. Wir haben neulich telefoniert. Stell dir vor, sie ist auch rausgemobbt worden und … Mensch, das hab ich dir ja noch gar nicht erzählt. Es ist wirklich unglaublich, was in einer Woche so alles passieren kann. Auf der Fahrt nach Berlin habe ich gelesen, dass *Likei* sich als familienfreundliches Unternehmen zertifizieren lässt. Kannst du das glau-

ben? Deshalb war ich bei der Talkshow auch so aufgebracht. Auf jeden Fall treffen wir uns gleich mit unseren Kindern. Ich freu mich schon richtig darauf, das Baby zu sehen. Aber noch viel mehr freu ich mich auf dein Baby. Andrea, schone dich, so gut es geht. Schlag denen in der Schule am besten vor, dass alle ihre Alltagsklamotten tragen, damit die soziokulturelle Bedeutung des Werkes in der Gegenwart auch visuell transportiert wird. Der Prinz selbst kann ja ein Krönchen vom Burger King tragen, als metaphorische Dokumentation der wahren Mächte des 21. Jahrhunderts.« Ich war sehr zufrieden mit meiner pragmatischen Lösung der Kostümfrage.

»Ich glaube, es war doch alles etwas viel für dich in letzter Zeit, meine Liebe. Geh du mal zu deinem Mittagessen, und ich kümmere mich um die Kostüme.«

Bevor ich die Jungs abholte, fuhr ich noch schnell zu Hause vorbei, um den anonymen Brief einzustecken. Ich hatte beschlossen, ihn nach dem Mittagessen zur Polizei zu bringen. Die konnten sicher einschätzen, ob ich mir Sorgen machen musste. Karin war noch nicht da, als wir bei Mario eintrafen.

»Ciao, Maxi! Und da sind ja auch endlich wieder meine zwei Hilfskellner. Signori, wo habt ihr so lange gesteckt?«

»Geschäfte, Mario, Geschäfte«, sagte Till lässig, als er Mario die Hand reichte.

»Jawohl, Geschäfte!« Jan wollte ebenso cool rüberkommen wie sein Bruder, auch wenn er den Sinn seiner

Aussage überhaupt nicht verstand. Er fragte Till flüsternd: »Wieso Geschäfte? Wir waren doch gar nicht einkaufen.« Till rollte mit den Augen, während Mario ihm verschwörerisch zuzwinkerte.

»Mario, wir brauchen einen Tisch für vier plus Baby. Ich bin mit einer Freundin verabredet.«

»Va bene, ihr könnt den Tisch da drüben nehmen. Kenne ich deine Freundin?«

»Nein, Karin war noch nie hier. Ah, da kommt sie ja. Hallo, Karin, schön, dass du da bist! Du siehst gut aus!« Wir umarmten uns zur Begrüßung. »Darf ich dir meinen Chef vorstellen?« Mario gab Karin die Hand, ehe er sich wieder seinen anderen Gästen widmete. Mir fiel auf, dass es heute nicht ganz so voll war wie sonst. »Und das sind meine zwei Jungs. Der große heißt Till und der kleine ist Jan. Kommt mal bitte her und sagt ›Guten Tag‹.« Karin drückte den beiden zur Begrüßung eine Tüte Gummibärchen in die Hände. Till hielt die Tüte wie eine Trophäe in die Höhe und rannte in die Küche zu Gustavo, dicht gefolgt von seinem Bruder.

»Hallo, Maxi, schön, dich endlich einmal wiederzusehen. Das hier ist meine kleine Greta.« Stolz hielt sie mir einen Maxi-Cosi entgegen, in dem ein unglaublich niedliches Baby friedlich schlief.

»Oh Karin, ist die süß! Komm, wir setzen uns. Und dann erzählst du mir, was du so treibst.«

»Das ist also das *Mario's*«, sagte Karin, als wir Platz genommen und Greta sicher am Tisch platziert hatten. »Arbeitest du schon lange hier?«

»Fast ein Jahr. Mario hat mich damals richtiggehend gerettet. Ich war so deprimiert, als ich keinen Job gefunden hatte. Heute kann ich mir gar nicht mehr richtig vorstellen, wie sich das angefühlt hat, aber es war schlimm. Ich bin Mario unglaublich dankbar. Er ist so ein toller Chef. Ich würde alles für ihn tun.«

»Und er wohl auch für dich, wie man hört.«

»Wie meinst du das?« Ich wusste nicht, worauf Karin hinauswollte. Dachte sie etwa, ich hätte eine Affäre mit meinem Chef?

»Kennst du Tanja noch, die Blonde aus der Personalabteilung? Ich habe sie letzte Woche zufällig beim Einkaufen getroffen. Ich habe erzählt, dass ich mit dir telefoniert habe. Das war am Tag nach deinem Auftritt bei *Anne Will*. Tanja hat gesagt, dass der Hoffmann den ganzen Tag getobt hat wegen dir. Er hat rumgebrüllt, dass du dich mit dem Falschen angelegt hättest und deine Verleumdungen noch bereuen würdest. Und dann hat er wohl wutentbrannt bei deinem Chef angerufen und gefordert, dass er dich feuert. Als Mario sich geweigert hat, hat Hoffmann ihm die Zusammenarbeit gekündigt, für immer und ewig. Und er hat Mario gedroht, dass ihm das noch leidtun wird und dass ihn solche Mitarbeiter wie du in den Ruin treiben werden.« Mir wurde flau im Magen. Warum hatte Mario mir nichts erzählt? Deshalb war er neulich so komisch gewesen. Und da war wieder dieses Wort: »Verleumdung«. Kam der Brief am Ende von Hoffmann? Was hatte ich diesem Menschen getan, dass er mich so hasste? Schon zum zweiten Mal wollte er mir den sicheren Boden unter den Füßen wegziehen, mir meine Existenz rauben. Und Mario? Oh Gott, jetzt wurde auch noch sein Geschäft mit reingezogen. War es deshalb heute nicht so voll? Hatte Hoffmann den *Likei*-Mitarbeitern verboten, hierherzukommen, solange ich hier arbeitete? Ein Kloß bildete sich in meinem Hals. Ich spürte Tränen aufsteigen. Was hatte Hoffmann nur so wütend gemacht? Natürlich hatte ich mich öffentlich gegen *Likei* geäußert, aber ich hatte weder das Unternehmen namentlich genannt noch den Personalleiter persönlich beschuldigt. Davon abgesehen hatte ich nur die Wahrheit laut ausgesprochen.

»Maxi, ist alles okay? Du bist ja kreideweiß.« Erschrocken sah Karin mich an.

»Ja, Karin, geht schon. Das war jetzt echt ein Schock. Mario hat mir nichts gesagt.« Ich holte den Brief aus meiner Tasche. »Sieh dir das mal an, der lag letzten Freitag in meinem Briefkasten.«

Karin entfaltete das Papier, las den Satz und zog die Stirn in Falten. »Glaubst du, dass der von Hoffmann ist?« Sie hatte meine Gedanken erraten.

»Was denkst du?«

»Schon möglich. Zuzutrauen wär's ihm, und nach dem, was Tanja mir erzählt hat, hat er ja einen richtigen Hass auf dich. Du musst da irgendwas bei ihm getroffen haben. So cholerisch kenn ich ihn gar nicht. Der war doch immer die Ruhe selbst mit seiner arrogant-überheblichen Art. Natürlich kam das von dir jetzt zeitlich sehr ungeschickt, wo sie doch gerade die familienfreundliche Zertifizierung bekommen, aber da sollte er doch drüberstehen.«

»Die Zertifizierung, natürlich! Karin, weißt du noch, was in dem Artikel stand? Wann ist die offizielle Prämierung?«

»Ich weiß nicht mehr, wieso?«

»Diesmal kommt der mir nicht ungestraft davon. Warte kurz, bin gleich zurück.« Ich ging in Marios Büro im hinteren Bereich des Restaurants. Nach einer kurzen Weile kehrte ich an den Tisch zurück. In der Hand hielt ich die Zeitung vom vergangenen Mittwoch. Die Seite mit dem Artikel war schnell gefunden; das riesige Bild mit Hoffmanns Konterfei war ja nicht zu übersehen.

»Freitag, 18:00 Uhr in der Festhalle. Interessierte Bürger sind herzlich eingeladen. Na, das ist ja fein. Ich bin nämlich hochinteressiert, und du?« Erwartungsvoll sah ich Karin an.

»Ich weiß nicht. Mir ist das irgendwie unangenehm. Ich möchte die alle nicht so gern sehen. Ich fühl mich immer noch wie ein Versager. Die anderen sind ja noch da. Nur mich haben sie nicht mehr gewollt.«

»Von wegen nur dich. Was ist mit mir? Komm, das

wird lustig. Wenn der Brief wirklich von Hoffmann ist, ist das meine einzige Chance, mich zu wehren. Ich muss ihn in der Öffentlichkeit damit konfrontieren. Bitte, Karin.« Ich hoffte inständig, dass sie mich zu der Veranstaltung begleiten würde.

»Mal sehen, ich überleg es mir. Aber erwarte nicht zu viel. Vermutlich haben wir nicht mal Gelegenheit, mit Hoffmann zu reden.«

»Ja genau. Wir gehen da ganz entspannt hin, essen ein paar Häppchen und warten ab, ob sich was ergibt.«

»Gut, so machen wir das.« Hätte Karin geahnt, dass ich in Wirklichkeit ganz andere Absichten hatte, wäre sie wahrscheinlich mitsamt ihrem Baby sofort aus dem Lokal gestürmt und für die nächsten zwei Tage an einen unbekannten Ort verreist. Aber so prostete sie mir fröhlich mit ihrem Prosecco zu, den wir zur Feier unseres Wiedersehens bestellt hatten. Ich prostete zurück und malte mir in Gedanken aus, wie ich die Doppelmoral meiner alten Firma vor den Augen von Geschäftspartnern, Politik und Presse aufdecken würde. Ich entdeckte völlig neue Züge an mir. Erst die Aktion in Köln und nun das hier. So viel Abenteuerlust passte gar nicht zu mir. Ich fühlte mich wie ein Robin Hood für Frauenrechte. Bei diesem Gedanken musste ich kichern und stellte fest, dass ich eindeutig keinen Alkohol vertrug.

»Und du meinst wirklich, der Brief ist von Hoffmann?«
Alex wirkte nicht überzeugt, als ich ihm am Abend
meine neuen Erkenntnisse offenbarte.

»Natürlich ist er das. Mensch, Alex, überleg mal.
Ich habe nur eine einzige negative Reaktion auf den
Talkshow-Auftritt bekommen, und die kam aus unserer Stadt, denn der Brief lag ohne Briefmarke in unserem Briefkasten. Von Hoffmann wissen wir, dass er sich
tierisch aufgeregt hat. Dass du da noch Zweifel haben
kannst.« Ärgerlich klapperte ich eine Spur zu laut mit
den Tellern, die ich gerade aus der Spülmaschine räumte.

»Ich gebe zu, dass deine Theorie nachvollziehbar
ist, aber am Wochenende warst du noch davon überzeugt, dass Anke die anonyme Briefeschreiberin war.
Ich möchte ja nur, dass du ganz sicher bist, bevor du
jemanden öffentlich beschuldigst.« Er nahm mir das
Trockentuch aus der Hand und kümmerte sich um das
restliche Geschirr.

»Aber dass er Mario bedroht hat, stimmt. Und das
allein ist ja schon schlimm genug.«

»Hat Mario das bestätigt, oder hast du diese Infor-
mation nur aus dritter Hand?«

»Nein, von ihm persönlich. Ich habe Mario nach
dem Essen darauf angesprochen. Es war mir so unangenehm, dass er wegen mir einen Kunden verloren
hat. Aber Mario hat gesagt, ich soll mir darüber keine
Gedanken machen. Er lässt sich nicht erpressen.« Ich
hatte mir eine Tasse Kaffee eingeschenkt und saß nun
auf der Arbeitsplatte, während ich Alex dabei zusah,
wie er die Spülmaschine ausräumte.

»Also der Hoffmann hat eindeutig einen Knall, auch wenn ich nicht so richtig verstehe, warum er solche Aktionen fährt. Der bauscht das doch nur unnötig auf.«

»Alex, das habe ich alles nicht gewollt. Ich wünschte, ich könnte die Zeit zurückdrehen.«

»Maxi, es gibt nichts, was dir leidtun muss. Du hast nur die Wahrheit gesagt. Dass andere ein Problem damit haben und nicht zu ihren Entscheidungen stehen, ist nicht deine Schuld.« Ich glitt von der Arbeitsplatte und umarmte ihn fest. Er schaffte es immer wieder, mit seinen nüchtern-sachlichen Analysen die Dramatik aus dem Geschehen zu nehmen. In diesem Moment klingelte das Telefon im Arbeitszimmer. Ich sah Alex unsicher an.

»Nun geh schon ran oder glaubst du, der Hoffmann ruft hier an, um dir zu drohen?« Mit heiserer Stimme flüsterte er: »Ich weiß, was du letzte Woche getan hast.«

»Du bist blöd!«, rief ich, musste aber doch lachen, während ich ins Büro ging, um das Telefon zu holen.

»Anders.«

»Hallo, Maxi, hier ist Markus Büchele.«

»Markus, hallo. Schön, dass du dich meldest. Bist du im Ländle?«

»Nein, ich bin hier in Berlin, wie immer bei der

Arbeit. Sag mal, was ist denn da bei dir los? Ich habe heute einen merkwürdigen Anruf bekommen. Ein Herr Hoffmann hat sich über die mangelnde Prüfung unserer Talk-Gäste beschwert. Er hat dich beschuldigt, sein Unternehmen öffentlich verunglimpft zu haben und macht uns als Sender dafür verantwortlich. Er hat was von Imageschaden und Klage geredet. Kennst du den?« Ach du Schande! Was für Kreise zog das Ganze denn noch? Es kam mir vor, als würde Hoffmann jeden Menschen in meinem Umfeld mit hineinziehen. Hätte ich es nicht besser gewusst, hätte ich glatt geglaubt, dass Jan in der vergangenen Woche nicht weggelaufen, sondern von Hoffmann entführt worden war.

»Sein Unternehmen?«, platzte es aus mir heraus. »Von wegen! Hoffmann ist der Personalleiter bei *Likei*, der Firma, die mich nach meiner Elternzeit rausgemobbt hat. Und anscheinend dreht der Typ gerade durch. Wenn du wüsstest, was der hier in den letzten Tagen alles abgezogen hat.« Ich erzählte Markus von der abgesagten Veranstaltung im *Mario's*, Hoffmanns Auftritt in der Firma und dem anonymen Brief. »Und das Beste ist«, schloss ich meine Ausführungen, »dass diese Firma am Freitag offiziell das Zertifikat ›Familienfreundliches Unternehmen‹ erhält. Ist das zu fassen?«

»Hm, es scheint, als ob da jemand ein sehr schlechtes Gewissen hat.«

»Machst du Witze? Wenn ich ein schlechtes Gewissen habe, dann kaufe ich einen Blumenstrauß und entschuldige mich. Der will mich ja richtiggehend vernichten.«

»Das wäre die natürliche Reaktion eines Menschen, der zu seinen Fehlern steht. Hier möchte jemand vertuschen, was er getan hat. Das Ganze ist auf jeden Fall hochinteressant. Da steckt vielleicht noch viel mehr dahinter, als wir ahnen. Wann, sagtest du, ist die Zertifizierungsfeier?«

»Freitag 18:00 Uhr. Wieso?«

»Ich habe das Gefühl, dass das eine spannende Veranstaltung wird. Da möchte ich gerne dabei sein. Pass auf, ich sehe zu, dass ich von der Abteilung für Öffentlichkeitsarbeit eine Drehgenehmigung erhalte, und komme mit einem Kameramann dorthin. Wollen mal sehen, welche Antworten sie auf meine Fragen parat haben.«

»Glaubst du wirklich, dass die euch da reinlassen?« Ich bezweifelte doch stark, dass *Likei* in diesem Rahmen einem Fernsehteam zu kritischen Fragen Rede und Antwort stehen würde. So naiv konnte wirklich niemand sein.

»Aber natürlich. Maxi, warum machen die denn diese Veranstaltung? Damit die Medien darüber berichten. Positive Schlagzeilen! Die werden sich tierisch freuen, wenn ein überregionaler Fernsehsender kommt. Da bin ich sogar ganz sicher. Wir sehen uns am Freitag.«

KOLUMNE

Man sieht sich zweimal

Diesen Spruch kennen wir alle. Aber stimmt er tatsächlich? Ja, das tut er. Manchmal wundern wir uns, wie klein diese Welt ist. Zum Beispiel, wenn wir bei der Passkontrolle am Flughafen von Boston in der Schlange vor uns plötzlich eine altbekannte Frisur wiedererkennen. Und gerade als wir denken: »Nein, das ist nur ein Zufall«, hören wir auch schon die dazu passende Stimme. Ja, es ist wirklich die Kommilitonin, die wir seit dem Examen vor vier Jahren nicht mehr gesehen haben. Wer kennt sie nicht, diese typische Szene aus den romantischen Eigenproduktionen der TV-Sender: Eine junge Frau fährt mit ihrem alten Renault beinahe einen attraktiven Jogger über den Haufen, der ihr eine Stunde später beim Vorstellungsgespräch für den neuen Job, den die Alleinerziehende so dringend braucht, im Anzug (wie hat er das nur so schnell geschafft?) gegenübersitzt. Warum wird dieses Klischee so gerne bemüht? Weil es so nah am wirklichen Leben ist. Wie oft haben wir uns schon über den Idioten geärgert, der uns auf dem Weg zur Arbeit die Vorfahrt genommen hat und dann auch noch hartnäckig vor uns herfährt, bis wir am Ziel feststellen, dass dieser »Blödmann« der Kollege aus der Buchhaltung ist und wir verschämt hoffen, dass er nicht im Lippenlesen geübt ist. Man sieht sich immer zweimal. Deshalb sollten wir uns gut überlegen, ob wir unter allen Umständen zu dem stehen können, was wir tun und sagen. Allzu leicht verführt uns der letzte Arbeitstag in einem Unternehmen dazu, mit den ungeliebten Kollegen abzurechnen und allen einmal so richtig die Meinung zu sagen. Ich bin sicher, dass viele dieses Verlangen schon verspürt haben. Warum kommt es dann verhältnismäßig selten zu solch unterhaltsamen, aber für die Betroffenen eher unangenehmen Szenen? Weil wir gelernt haben, dass selbst ein Umzug ins Ausland uns nicht davor schützt, den Menschen wieder zu begegnen, die wir nicht ausstehen können. Als unser Sohn Till eingeschult wurde, machte er an seinem letzten Tag im Kindergarten Tabula rasa. In dem Irrglauben, dass jetzt etwas völlig Neues anfangen und er niemanden aus dem Kindergarten je wiedersehen würde, sagte er allen, die er nicht leiden konnte, auf sehr uncharmante Weise, was er von ihnen hielt. Vermutlich hatte er diesen Auftritt lange geplant, denn seine Worte verfehlten ihre Wirkung nicht. Auch vor der strengen Erzieherin, von der er sich stets ungerecht behandelt gefühlt hatte, machte er nicht halt. Als ich ihn abholte, berichtete er mir zufrieden von seinem Befreiungsschlag. Umso verblüffter war er, als er in der Schule nicht nur einige bekannte Kinder wieder-

traf, die er gar nicht auf dem Plan gehabt hatte, sondern sich auch noch herausstellte, dass seine Sportlehrerin die Schwester der besagten Erzieherin war. Leider lernen viele Menschen aus solchen Erfahrungen, ihre Meinung gar nicht mehr zu äußern. »Nur nicht auffallen; man weiß ja nicht, wo man sich wieder begegnet.« Das ist falsch. Denn dann werden die anderen ihr Verhalten uns gegenüber nicht ändern. Was wir lernen sollten, ist, unseren Unmut so zu äußern, dass wir uns hinterher nicht dafür entschuldigen oder gar schämen müssen. Freundlich, aber bestimmt unsere Grenzen aufzeigen. Klingt einfach, ist es aber nicht. Denn in dem Moment, in dem wir uns ärgern, neigen wir zu emotionalen Reaktionen, die nur schwer kontrollierbar sind. Dennoch lohnt es sich, kontrolliert kritische Reaktionen zu trainieren. Schließlich könnte es sehr unangenehme Folgen haben, wenn wir uns in Boston beim Zoll plötzlich zu Boden werfen aus lauter Angst, die nervige und unkollegiale Studienkollegin, der wir bei der feucht-fröhlichen Examensfeier so richtig die Meinung gegeigt haben, könnte sich umdrehen und uns entdecken.

12

Am Freitagmorgen wachte ich schon früh mit einem leichten Grummeln im Magen auf. Dies sollte also der Tag sein, an dem ich Hoffmann doch noch sagen würde, was ich von ihm hielt. Im vergangenen Jahr hatte ich nicht die Kraft besessen, für mein Recht einzustehen. Ich hatte versucht, mit dem Unternehmen abzuschließen und ohne Groll nach vorne zu blicken, was mir bislang auch sehr gut gelungen war. Natürlich lag das nicht zuletzt daran, dass ich bei Mario einen tollen Job gefunden hatte. Ich wollte keinen lauten Abgang, wollte nicht unangenehm berührt die Straßenseite wechseln, wenn ich einem ehemaligen Kollegen in der Stadt begegnete. Nun kreuzte die Firma aber schon wieder meine Bahn und drohte erneut, meine Existenz zu gefährden. Das konnte ich nicht kampflos hinnehmen. Leider fehlte mir noch der durchdachte Plan für meine Operation »Counterstrike«. Während der vergangenen zwei Tage hatte ich immer wieder versucht, mir vorzustellen, wie ich mitten in der salbungsvollen Rede des Firmenchefs plötzlich aufstehen und Anklage erheben würde. Nur,

was sollte ich sagen? Und wann war der richtige Zeitpunkt? Bei einer Hochzeit gab der Pfarrer das Signal mit seiner Frage: »Kennt irgendein Mann oder eine Frau einen Grund, warum diese beiden Menschen nicht den Bund der Ehe eingehen sollten? Dann soll er jetzt sprechen oder für immer schweigen.« Hier würde sicher niemand etwas Vergleichbares sagen. Meist endeten meine Überlegungen an genau diesem Punkt. Ich wusste nicht, wann, ich wusste nicht, was; ich wusste lediglich, dass ich die Zertifizierungsfeier dazu nutzen musste, die Firma *Likei* in ihre Schranken zu verweisen. Als Alex und die Kinder nach dem Frühstück das Haus verlassen hatten, wuchs meine Nervosität. Ich versuchte, mich mit Hausarbeit abzulenken, aber meine Gedanken kreisten ständig um die Veranstaltung am Abend. Das Telefon setzte dieses Mal meinen Überlegungen ein Ende. Es war Sibylle. Sie wohnte weiterhin bei ihrem Swami, meldete sich aber täglich. Die räumliche Distanz tat unserer Beziehung gut. Auch wenn uns nur ein paar Straßen voneinander trennten, waren wir beide viel entspannter. Natürlich hatte unser Ausflug nach Köln auch dazu beigetragen. Unser gemeinsames Abenteuer hatte uns wieder enger zusammengeführt. Ich war nun sogar froh, sie in meiner Nähe zu haben.

»Und, schon aufgeregt?«, fragte sie zur Begrüßung.

»Tierisch«, gab ich offen zu. »Ich weiß nicht, ob das so toll ist, dass Markus auch kommt. Mit dem Fernsehen vor Ort trau ich mich sicher gar nicht, etwas zu sagen.«

»Nee, ist doch super. Zusammen könnt ihr die so richtig in die Enge treiben. Außerdem lerne ich deinen Markus auf diese Weise auch mal kennen. Vielleicht wär er ja was für mich. Wie sieht er denn aus?« Typisch Sibylle. Sie suchte in jeder Situation nach einem möglichen Vorteil für sich.

»Erstens ist er nicht mein Markus, und zweitens werde ich sicher nicht die Kupplerin spielen. Hinterher macht ihr mich noch für euer Unglück verantwortlich. Mein Leben ist auch so schon kompliziert genug.«

»Kommt Alex auch mit heute Abend?«

»Nee, geht leider nicht. Der muss nach den Kindern sehen.« Mir wäre wirklich wohler gewesen, Alex an meiner Seite zu wissen.

»Aber das kann ich doch machen.« Ach du Schreck, nur das nicht. Mir wurde ganz heiß bei dem Gedanken, was beim letzten Mal passiert war, als Sibylle auf Till und Jan aufgepasst hatte.

»Meinst du das ernst? Ich meine, du und die Jungs, das ist, na ja, du weißt schon.« Mit klarer Kommunikation hatte mein Gestammel nichts zu tun. Wie sollte ich ihr nur freundlich sagen, dass ich sie mit meinen Kindern nicht mehr allein lassen würde?

»Maxi, ich würde meinen Fehler gerne wiedergutmachen, ehrlich. Ich möchte mit den beiden noch mal von vorne anfangen und eine richtige Beziehung auf-

bauen. Lass es mich versuchen. Du kannst dich auf mich verlassen, ganz ehrlich.« Oh Mann, jetzt hatte sie mich; das wusste sie genau. Wie kam ich aus der Nummer wieder raus?

»Das ist nicht allein meine Entscheidung, Sibylle. Ich muss das mit Alex besprechen. Er muss auch einverstanden sein. Und das letzte Wort haben die Kinder selbst. Ich weiß dein Angebot auf jeden Fall sehr zu schätzen. Danke.« Hoffentlich war sie jetzt nicht beleidigt, aber mehr ging auf keinen Fall. Ich wollte Alex' Meinung dazu hören und schon gar nichts über die Köpfe der Jungs hinweg entscheiden.

»Ist schon gut, Maxi. Ich versteh dich. Besprecht es in Ruhe. Mein Angebot steht. Unabhängig von eurer Entscheidung werde ich alles daran setzen, deine Kinder richtig kennenzulernen. Ihr seid meine Familie, die wichtigsten Menschen in meinem Leben. Ich möchte dich nie mehr enttäuschen.« Da war er wieder, der Kloß in meinem Hals. Bei ihren letzten Worten konnte ich nur mit Mühe die Tränen zurückhalten. Ja, Enttäuschungen hatte ich einige erlebt, nicht nur von Sibylle. Auch die Sache mit *Likei* war noch nicht ausgestanden. In diesem Moment spürte ich, dass es gut war, dass dieses unleidige Thema nun wieder aufgekocht wurde. Ich hatte mir nur vorgemacht, dass alles gut war, und ich meinem Schicksal, dem Universum oder sogar Hoffmann dankbar dafür war, dass ich meine Arbeit verloren hatte, weil ich ja sonst niemals diese tolle Stelle bei Mario angenommen hätte. Nein, ich war immer noch verletzt, weil ich mich nicht gewehrt, sondern einfach klein beigegeben hatte.

»Ich bin sicher, dass alles gut wird, Sibylle. Ich melde mich später bei dir.« Beklommen widmete ich mich wieder der Bügelwäsche. Als der Wäschekorb leer war – ich hatte sogar Unterhosen gebügelt! – polierte ich die Küche, bis sie blinkte. Ich hätte noch Stunden so weiterputzen können, um nur nicht an die Veranstaltung denken zu müssen. Wenigstens mein Haushalt profitierte von der Situation.

Beim Mittagessen besprach ich mit den Kindern das Betreuungsproblem des heutigen Abends. Mit Alex hatte ich zwischenzeitlich telefoniert. Er hatte keinerlei Bedenken. Im Gegenteil. Er fand die Idee richtig gut, weil er mich auf diese Weise begleiten konnte. »Jungs, ihr wisst ja, dass ich heute Abend einen Termin habe. Und Papa würde mich sehr gerne begleiten. Dann wärt ihr aber allein, und deshalb hat Sibylle vorgeschlagen, dass sie auf euch aufpasst.«

»Was? Sicher nicht.« Till reagierte genau so, wie ich es erwartet hatte.

»Jetzt lass mich doch erst mal ausreden. Ich wäre ja auch nie auf die Idee gekommen, sie zu fragen. Sibylle hat es von selbst vorgeschlagen. Ihr tut das alles sehr leid, das hat sie euch ja schon selber gesagt. Sie will

gerne mehr Zeit mit euch verbringen und möchte euch besser kennenlernen. Ich glaube ihr das. Ich habe ihr aber gesagt, dass ihr das selbst entscheidet. Ich werde sie nicht kommen lassen, wenn ihr das nicht wollt. Also, es liegt bei euch.« Eine Weile schwiegen wir alle. Jan war wie üblich der Erste, der eine Entscheidung gefällt hatte.

»Zweite Chance, Mama. Die kriegen wir ja auch immer. Die soll die Sibylle auch haben. Aber ich will den Hund streicheln, sag ihr das.« Mein kleiner großer Jan. War er wirklich erst drei Jahre alt? Kinder sind so viel besser im Verzeihen als Erwachsene. Wann ändert sich das und warum? Vielleicht fängt es ja mit dem Aufhören an. Wenn man aufhört zu sagen, was einen stört, trägt man den Groll mit sich herum. Noch ein Grund mehr, bei *Likei* Klartext zu reden.

»Wäre das für dich auch in Ordnung, Till?«

Er seufzte tief. »Na meinetwegen. Aber das mit Filou ist Bedingung. Damit kann sie beweisen, dass es ihr ernst ist und wir ihr wichtig sind.« Was hatte ich nur für kluge Kinder.

»Dann rufe ich gleich mal Sibylle an und sage ihr Bescheid.« Sibylle freute sich sehr. Überraschenderweise störte sie die Forderung der Kinder überhaupt nicht. Im Gegenteil, sie überlegte sogar, ob es Till und Jan Spaß machen würde, Filou das eine oder andere Kunststück beizubringen. So langsam wurde mir ihr schneller Wandel unheimlich. Dafür erlaubte ich ihr, schon zum Kaffee zu kommen, damit sie »meinen« Markus doch noch kennenlernte. Das war aber nur ein Teil der Wahrheit. Natürlich wollte ich auch sehen, ob sie sich wirklich mit den Jungs verstand, aber das verschwieg ich ihr.

Pünktlich um 15:00 Uhr klingelte es an der Haustür, aber zu meiner Überraschung war es nicht Sibylle, sondern Markus, der zusammen mit einem gut aussehenden jungen Mann eine Stunde zu früh vor der Tür stand.

»Hallo, Maxi. Na, hättest du gedacht, dass wir uns so schnell wiedersehen? Das ist mein Kollege Peter. Er wird deinen Auftritt heute Abend für die Nachwelt festhalten.« Er lachte, Peter reichte mir zur Begrüßung die Hand, und mir wurde schlecht. Ich hatte doch gleich gewusst, dass es keine gute Idee war, Markus herkommen zu lassen. Ich hätte es ihm ausreden sollen. Aber nun war es zu spät. Er stand mitsamt Kameramann Peter in meinem Hausflur und freute sich auf ein wenig Action. Ich bat die Männer ins Wohnzimmer und ging in die Küche, um den Kaffee zu holen. Jan kam die Treppe heruntergepoltert.

»Wer hat da geklingelt? Ist Sibylle schon da?«

»Nein, mein Schatz. Der Herr Büchele hat geklingelt. Der arbeitet beim Fernsehen. Und er hat noch einen Kollegen mitgebracht. Sie sitzen im Wohnzimmer.«

Neugierig rannte Jan ins Wohnzimmer. Ich beeilte mich, Kaffee und Gebäck auf ein Tablett zu stapeln

und ihm zu folgen. Jan stand etwa zwei Meter vom Tisch entfernt und sah die Männer prüfend an. Schließlich wandte er sich an Markus: »Was machst du beim Fernsehen?«

»Ich bin Redakteur bei einer politischen Sendung.« Auch wenn er sich offensichtlich bemühte, kindgerecht zu antworten, war Jan überhaupt nicht zufrieden.

»Kennst du die Maus?«

»Meinst du die von der *Sendung mit der Maus*?« Jan nickte heftig. »Klar, wer kennt die nicht?«

»Echt?« Jan hüpfte vor Aufregung auf und ab. »Ist die wirklich so riesig?« Markus sah ihn mit großen Augen an.

»Also persönlich kenn ich die leider nicht.«

Jan stand die Enttäuschung ins Gesicht geschrieben. »Und Yakari, kennst du den?« Mein süßer Liebling. Auch Markus bekam eine zweite Chance, da war er wirklich sehr gerecht. Markus musste wieder passen.

»Das Sandmännchen?« Er bemühte sich sichtlich um Haltung.

»Leider nein.« Markus sah richtig geknickt aus, sodass er mir fast ein wenig leidtat.

»Und du?«, fragte er mit strengem Blick in Richtung Peter. Schuldbewusst schüttelte dieser seinen Kopf. »Ihr arbeitet nicht beim Fernsehen. Das Sandmännchen kommt jeden Tag. Das müsst ihr treffen. Mama, die schummeln.« Ohne weitere Erklärungen abzuwarten, sauste er schon wieder nach oben in sein Zimmer. Die Lego-Monster-Maschine, die er gerade baute, war sicher um ein Vielfaches spannender als mein langweiliger Schummel-Besuch.

»Er kennt nur KiKa«, versuchte ich, Jans Auftritt zu entschuldigen. Bevor ich weitere Erklärungen geben konnte, läutete es erneut an der Tür. Diesmal war es Sibylle. Wie versprochen hatte sie Filou mitgebracht. Sie grüßte Markus und Peter höflich, ging dann aber auf direktem Weg mitsamt Filou ins Obergeschoss zu den Jungs. Nicht einmal einen Kaffee wollte sie mit uns trinken. Ich wusste, dass sie mit dieser Geste beide Kinder von der Aufrichtigkeit ihrer Absichten überzeugen würde, und spürte, dass ich ihr dieses Mal vertrauen konnte.

»So, Maxi, wie ist denn jetzt der Plan für heute Abend?« Markus sah mich erwartungsvoll an.

»Ich habe keinen Plan. Ich weiß ja gar nicht, wie das da abläuft. Ich dachte, ich warte auf eine Gelegenheit, Hoffmann mit seiner Personalpolitik, dem Drohbrief und der Aktion gegen Mario zu konfrontieren. Momentan überlege ich noch, ob ich dabei gerne Publikum hätte oder lieber unter vier Augen mit ihm reden will.«

»Natürlich vor Publikum. Das ist ja wohl sonnenklar. Du musst die Situation ausnutzen. Unter vier Augen lässt der dich doch einfach stehen.« Daran hatte ich natürlich auch schon gedacht.

»Ja, aber wenn er mich vor anderen einfach stehen lässt, womöglich noch vor laufender Kamera, ist das ja wohl noch peinlicher. Darauf kann ich gerne verzichten.«

»Das Risiko musst du schon eingehen, sonst brauchst du da nicht hingehen. Ihn vor allen Leuten mit der Sache zu konfrontieren, ist deine einzige Chance. Du musst den Überraschungsmoment für dich nutzen. Und wenn er anfängt, dich zu diskreditieren, dann bin ich ja auch noch da. Ich komm dir auf jeden Fall zu Hilfe, aber den Anfang musst du machen. Das musst du dich trauen.«

»Genau, Maxi, no risk no fun.« Sibylle stand grinsend im Türrahmen und erinnerte mich an meine eigenen Worte. Ich atmete tief durch.

»Ihr habt ja recht. Also gut. Packen wir den Stier bei den Hörnern.«

Wenige Stunden später betrat ich gemeinsam mit Alex den Eingangsbereich der Festhalle und hielt Ausschau nach Karin. Ich hoffte sehr, dass sie nicht doch einen Rückzieher machen würde. Auch wenn ich sicher war, dass sie sich nicht zu Wort melden würde, war mir ihre Anwesenheit wichtig. Immerhin konnte sie meine Geschichte bestätigen, wenn sie danach gefragt werden würde. Sie hatte das Gleiche erlebt. So konnte man mich schon nicht als Einzelfall abkanzeln; eine frustrierte Ehemalige, die es im Job nicht gebracht hatte und sich nun für ihren Rauswurf rächen wollte. Die Halle war 20 Minuten vor Veranstaltungsbeginn schon gut gefüllt. Ich erkannte einige Ex-Kollegen und Geschäftspartner. Überrascht stellte ich fest, dass mich viele auch nach mehr als vier Jahren noch kannten. Das machte mein Vorhaben jedoch keinesfalls einfacher. Von der Geschäftsführung traf ich zu meiner großen Erleichterung niemand. Endlich entdeckte ich Karin. Sie stand in einer Ecke des Foyers und fühlte sich sichtlich unwohl.

»Hallo, Karin, ich hab dich vor lauter Menschen gar nicht gleich gesehen. Das ist mein Mann Alex. Ich glaube, ihr habt euch nie kennengelernt, oder?« Die zwei gaben sich zur Begrüßung die Hand.

»Wo ist denn dein Fernsehmensch?«

Alex' Gesicht verdunkelte sich bei Karins Frage. Zwar war er bei Weitem nicht das, was man einen eifersüchtigen Ehemann nannte, dennoch gefiel es ihm nicht, dass Markus und ich uns so gut verstanden. Vermutlich lag das daran, dass er ihn selbst noch nicht kennengelernt hatte.

»Der kommt später. Ist besser, wenn niemand weiß, dass wir uns kennen. Dann lasst uns mal reingehen und einen Platz suchen.« Ich dirigierte Alex und Karin in den Saal, in dem die meisten Sitzreihen schon belegt waren. Auf der Bühne stand ein mit einem Blumenbouquet geschmücktes Rednerpult. An die Rückwand wurde mittels Beamer das Firmenlogo von *Likei* pro-

jiziert. Wir setzten uns in die letzte Reihe. Ich fühlte mich überhaupt nicht mehr wohl in meiner Haut. Was, zum Teufel, wollte ich hier? Es lief doch alles gut in meinem Leben. Hätte ich nicht einfach mit der Vergangenheit abschließen können? Nein, hier ging es nicht nur um mich. Jemand musste diesen arroganten, selbstherrlichen Herren aus der Chefetage doch mal in die Suppe spucken. Es konnte kein Zufall gewesen sein, dass ich den Zeitungsartikel im Zug gelesen hatte. Nervös blickte ich mich um. In der Eingangshalle waren nur noch wenige Menschen. Ich erkannte Markus und Peter, die sich mit dem Mann am Einlass unterhielten. Kurz darauf betraten sie den Saal. Ich stupste Alex in die Seite und wies mit meinem Kopf in ihre Richtung.

»Da ist Markus. Der mit der Kamera ist sein Kollege Peter«, flüsterte ich ihm zu. Alex drehte sich ebenfalls um. In diesem Moment wurden die Saaltüren geschlossen. Markus und Peter positionierten sich im vorderen Bereich. Peter schwenkte mit der Kamera kurz über das Publikum und richtete sie dann auf die Bühne. Musik setzte ein. Ich erkannte die Melodie sofort. Ich hatte sie unzählige Male gehört, wenn ich einen Kollegen anrufen wollte und nur die Mailbox erreichte. Sie war im Zuge des Corporate-Design-Prozesses vor einigen Jahren eigens für *Likei* komponiert worden. Die Unterhaltungen verstummten. Herr Hoffmann trat ans Rednerpult. Er trug wie immer einen grauen Anzug mit weißem Hemd und als modisches Accessoire eine schreiend bunte Krawatte, die demonstrieren sollte, dass sich hinter seiner angepassten Fassade ein echter Rebell verbarg. Das Grinsen in seinem Gesicht zeigte, wie sehr er diesen Moment genoss. Mein Herz raste vor Wut, aber auch vor Nervosität. Sollte ich jetzt gleich auf die Bühne stürmen? Meine Kehle war trocken, und meine Hände zitterten. Wahrscheinlich würden mich meine Beine nicht einmal bis zur Bühne tragen. Nein, ich musste versuchen, mich zu beruhigen. Nur nicht wieder so ein emotionaler Ausbruch wie bei *Anne Will*. Alex nahm meine Hand. Ich war so froh, ihn an meiner Seite zu haben. Durchatmen. Die Musik wurde ausgeblendet, und Hoffmann begrüßte die Anwesenden und sprach ein paar salbungsvolle Worte über die Bedeutung von Kindern für die Zukunft unserer Gesellschaft, streute einige Zitate bedeutender Persönlichkeiten ein und übergab das Wort an einen Vertreter der Hertie-Stiftung, deren Gesellschaft *berufundfamilie* die Zertifizierung durchgeführt hatte. Ein junger Mann mit sportlich-frischer Ausstrahlung joggte beschwingt auf die Bühne. Obwohl auch er einen Anzug trug, konnte man den Eindruck gewinnen, dass er geradewegs aus dem Fitnessstudio hierhergekommen war. Ich bildete mir sogar ein, dass der ganze Raum mit einem Mal nach männlich-markantem Herrenduschgel roch. Genauso engagiert wie sein Auftreten war auch seine

Rede. Man kaufte ihm ab, dass seine Gesellschaft das Ziel verfolgte, die Arbeitsbedingungen und Aufstiegschancen für Eltern in deutschen Unternehmen zu verbessern. Ich erfuhr, dass das Zertifikat offiziell erst in zwei Monaten bei einer Zeremonie in Berlin von der Familienministerin überreicht werden würde. Da die Firma *Likei* aber vor Ort mit ihren Mitarbeitern gemeinsam das positive Ergebnis feiern wollte, würde an diesem Abend nur eine Kopie ausgehändigt. An dieser Stelle wurde ich hellhörig. Wenn das Zertifikat heute noch gar nicht übergeben wurde, dann hatte ich vielleicht doch noch eine Chance, Hoffmann die Suppe zu versalzen, ohne mich vor allen Leuten lächerlich zu machen. Der junge Mann bat nun den Geschäftsführer auf die Bühne. Es war ein merkwürdiges Gefühl, meinen ehemaligen Chef nach so langer Zeit wiederzusehen. Ich hatte ihn als Vorgesetzten immer sehr geschätzt. Er war keine dieser Windmaschinen, die sich nur wichtigmachen, ohne wirklich Ahnung zu haben. Natürlich forderte er als Geschäftsführer die ihm zustehende Ehrerbietung ein, aber auch er begegnete seinen Mitarbeitern respektvoll. In meinen Augen war er das perfekte Firmenoberhaupt – bis ich unsanft in die Realität geschubst wurde. Ich war damals maßlos enttäuscht gewesen, dass Herr Meyer eine solche soziale Ungerechtigkeit in seinem Unternehmen zuließ. Nachdem ich nun wusste, dass ich kein Einzelfall war und es anscheinend zur Firmenpolitik gehörte, keine Mütter in Führungspositionen zu dulden, sah ich meinen Ex-Chef mit ganz anderen Augen. Diese ganze Veranstaltung war ein Schlag ins Gesicht für alle Familien. Wie konnte sich dieser Mann so unverblümt dort oben hinstellen und sich als familienfreundlicher Unternehmer feiern lassen? Und warum hatte ich mich so von ihm blenden lassen? Normalerweise hatte ich eine ganz gute Menschenkenntnis, aber bei Herrn Meyer hatte ich vollkommen falschgelegen. Seine Rede war wie immer rhetorisch gewandt. Fast konnte man ihm glauben, dass ihm das Wohl seiner Mitarbeiter, insbesondere der Mütter und Väter, sehr am Herzen lag und das Zertifikat nur eine logische Konsequenz dieses verantwortungsbewussten Unternehmers war. Wenn ich die Wirklichkeit nicht am eigenen Leibe erfahren hätte, würde ich ihn bewundern und mir wünschen, alle Arbeitgeber würden sich ihrer sozialen Verantwortung in diesem Maße stellen. Aber ich kannte die Wahrheit. Die ganze Veranstaltung war lediglich eine riesige PR-Kampagne. Natürlich kostete das Zertifizierungsverfahren mehrere 1.000 Euro, aber eine ganzseitige Anzeige in einer Branchenzeitschrift war teurer. Als der Name »*Hoffmann*« fiel, wurde mir heiß. Nervös knetete ich Alex' Hand, die ich immer noch fest umklammert hielt. Diese schamlose Selbstdarstellung war kaum auszuhalten. Der Geschäftsführer bedankte sich bei seiner »rechten Hand, der treibenden Kraft, ohne

die der gesamte Zertifizierungsprozess nicht möglich gewesen wäre«. Unter dem Applaus der Gäste
trat Hoffmann erneut auf die Bühne. Die zwei Männer
schüttelten sich die Hände, Meyer ließ sich spontan
zu einer emotionalen Geste hinreißen und umarmte
den Personalleiter wie den verlorenen Sohn nach der
Heimkehr. Resigniert beobachtete ich das Schauspiel
und fragte mich, warum ich mich dermaßen quälte.
Was hatte ich mir nur dabei gedacht? Vermutlich gar
nichts. Ich hatte einfach spontan auf den Drohbrief
reagiert und gehofft, den Absender öffentlich bloß-
stellen zu können. Ich hätte wissen müssen, dass so
ein Vorhaben ohne einen ordentlichen Plan vollkommen aussichtslos war. Nun fühlte ich mich doppelt
gedemütigt, nachdem ich mir auch noch diesen Lob-
gesang auf meinen Widersacher anhören musste. Vielleicht war Hoffmann ja nicht mal der Urheber des
Briefs. Mit Abstand betrachtet gab es nicht den lei-
sesten Hinweis auf ihn. Und die arme Karin hatte ich
auch noch hierhergeschleift. Ich wagte nicht, zu ihr
hinüberzuschauen, so sehr plagte mich mein schlechtes Gewissen. Mittlerweile hatte Hoffmann das Mikrofon ergriffen. Er dankte dem Geschäftsführer für
das Vertrauen, das er in ihn gesetzt hatte, und erläuterte, wie wichtig ihm persönlich ein familienfreundliches Klima im Unternehmen wäre. Leider würden
immer noch viel zu wenige Frauen in Führungspositionen die Wiedereinstiegsangebote des Unternehmens nutzen. Dabei wäre es ja kein Geheimnis mehr,
dass Frauen sich in der Elternzeit Managerqualitäten

aneigneten, die für die Unternehmen von unschätzbarem Wert seien.

»Ach ja? Welche dieser Fähigkeiten werden denn in Ihrer Versandabteilung so dringend benötigt?« Oh nein, es war wieder passiert. Ich konnte es einfach nicht steuern. Hoffmanns Worte hatten mich so wütend gemacht, dass ich aufgesprungen war und meinem Ärger Luft gemacht hatte. Es war nun mucksmäuschenstill im Saal. Alle Augen und Peters Kamera waren auf mich gerichtet. Hoffmann blinzelte gegen den Scheinwerfer in den Saal. Offensichtlich hatte er mich noch nicht erkannt. Ich stand regungslos da und überlegte fieberhaft, was ich sagen konnte, um den Doppelmoralisten zu enttarnen. »Was für tolle Angebote machen Sie Ihren weiblichen Führungskräften denn?«

»Frau Anders, schön, dass Sie den Weg zu uns gefunden haben.« Er hatte mich erkannt. »Ich habe es damals sehr bedauert, dass wir nicht zueinandergefunden haben, aber wollen wir doch bitte bei der Wahrheit bleiben. Ich habe mich gerade für Sie persönlich eingesetzt. Und dies ist wirklich nicht der richtige Rahmen, um Einzelfälle zu besprechen. Nach der Veranstaltung stehe ich Ihnen gerne für ein Gespräch zur Verfügung, aber jetzt seien Sie so gut und lassen uns im Programm fortfahren.« Wie ein begossener

Pudel stand ich da, nicht einmal fähig, mich wieder zu setzen. Alex nahm meinen Arm und führte mich zum Ausgang. Als wir in der Eingangshalle standen und die Saaltür hinter uns geschlossen hatten, verlor ich die Fassung. Schluchzend klammerte ich mich an meinen Mann und hoffte, nie wieder mit einem Menschen reden zu müssen. Das Schlimmste war, dass dieser peinliche Auftritt schon wieder vor laufenden Kameras stattgefunden hatte. Hoffentlich würde ich Markus dazu bringen, die Szene rauszuschneiden. Ich hörte schon die Kommentatorenstimme: »Bei einer Firmenveranstaltung in Baden-Württemberg sorgte eine offenbar geistesgestörte Frau für Aufsehen. Anscheinend hatte sie nicht verkraftet, dass sie nach der Elternzeit nicht mehr an ihre ursprüngliche Position zurükkehren konnte. Die Firmenleitung versicherte auf Nachfrage unserer Redaktion, dass man der Mitarbeiterin damals aus einem sozialen Verantwortungsgefühl heraus eine Stelle angeboten hatte. Ihre Leistungen wären jedoch so schlecht gewesen, dass man der ehemaligen Produktmanagerin keine Führungsposition mehr hätte anvertrauen können. Die Firma hat Verständnis für die persönliche Not der Frau und wird von rechtlichen Schritten absehen.« Kameraschwenk auf das dämlich grinsende Geschäftsführer-Personalleiter-Duo.

»Ich hab's verkackt«, brach ich schließlich das Schweigen. Alex sagte nichts. Er fasste meine Hand, und gemeinsam gingen wir zu einem Tisch in der Nähe des Ausgangs, auf dem *Likei*-Prospekte ausgelegt waren. Alex schob sie beiseite, sodass wir uns setzen konnten.

»Sei nicht so traurig, mein Hase. Du musstest das tun. Natürlich war es vorauszusehen, dass es so oder ähnlich verlaufen würde, aber du hättest dich ewig über dich selbst geärgert, wenn du nicht hierhergekommen wärst.«

»Du hast recht. So muss ich mich nur ewig über meinen peinlichen Auftritt ärgern. Jetzt geht's mir gleich viel besser.« Trotzig sah ich ihn an.

»Mensch, Maxi, was hast du denn erwartet?« Ja, was hatte ich eigentlich erwartet?

»Heißt das, du wusstest, wie es laufen würde, und hast mich nicht davon abgehalten, mich in aller Öffentlichkeit lächerlich zu machen?«

»Na ja, dass es so, sagen wir mal, öffentlich werden würde, habe ich nicht geahnt. Aber ich habe auch nicht vermutet, dass Hoffmann ausgerechnet bei so einer Veranstaltung die Hosen runterlässt.«

»Und warum hast du mir das Ganze dann nicht ausgeredet, wenn du das alles schon vorher wusstest? Warum hast du mich ins Verderben rennen lassen und bist noch mitgekommen, um dir das Spektakel anzuschauen?« Ich war nun richtig wütend auf meinen Ehemann. Er hatte mich vorher nicht gewarnt, dann sollte er jetzt gefälligst auch seine Klappe halten. Dieses »Ich

hab's ja gleich gewusst« konnte ich überhaupt nicht leiden. Plötzlich öffnete sich die Saaltür. Hoffmann stürmte hinaus, dicht gefolgt von Markus und Peter. Markus hielt ihm ein Mikrofon unter die Nase. Hoffmann schlug es grob zur Seite, während er schnellen Schrittes auf den Ausgang zusteuerte. Er war schon fast an unserem Tisch vorbei, als er mich wahrnahm und abrupt stehen blieb.

»Ihr Frauen denkt auch, ihr könnt alles haben. Ihr wollt Karriere, ihr wollt Kinder, ihr wollt ein Haus, ihr wollt teuren Schmuck, ihr wollt einfach alles! Aber so funktioniert das Leben nicht. Nicht in unserem Unternehmen. Nicht mit mir! Von so einer dusseligen Kuh wie dir lass ich mir nicht in die Parade fahren.« Er hatte sich direkt vor mir aufgebaut und schnaubte vor Wut. Ich sah deutlich, wie sich die Ader an seinem Hals verdickte und pochte. Merkwürdigerweise blieb ich vollkommen ruhig. Mit einem Schlag war alles sonnenklar.

»Sie waren das also wirklich. Sie haben den Drohbrief geschrieben.«

»Glaubst du etwa, ich lasse zu, dass mir irgend so eine frustrierte Emanze mit ihrem dämlichen Gequatsche alles kaputt macht, was ich mir aufgebaut habe? Warum hast du nicht deine Klappe gehalten? Du hattest doch wieder 'nen Job, dir ging's gut. Aber du musstest dich ja als neue Alice Schwarzer aufspielen. Da hast du dir aber leider den falschen Gegner ausgesucht. Den Krieg verlierst du!« Ohne eine Antwort abzuwarten, schoss er durch die Eingangstür. Markus grinste zufrieden. »Und Klappe. Alles im Kasten, wunderbar. Das wird ein geiler Bericht. Hatte ich mal wieder den richtigen Riecher. Du musst Alex sein. Freut mich sehr, dich kennenzulernen. Ich bin Markus, und das ist mein Kollege Peter.« Die Männer reichten sich die Hände, während ich völlig verwirrt dazwischenstand.

KOLUMNE

Ich will alles

Eigentlich habe ich gar keine so hohen Ansprüche an mein Leben. In erster Linie möchte ich glücklich sein. Jetzt wird's spannend. Was brauche ich denn zu meinem Glück? Einen Porsche, ein großes Haus mit Pool, Reisen in die Karibik? Nein, im Gegenteil. Reichtum macht mir Angst. Wer viel besitzt, kann auch viel verlieren; da würde ich sicher keine Nacht ruhig schlafen. Meine Ansprüche sind rein existentieller Natur. Ich wünsche mir Gesundheit für mich und meine Familie, eine Arbeit, die mir Spaß macht und so viel Geld einbringt, dass wir mit unseren Kindern auch mal spontan ins Kino gehen können und, ja, ich wünsche mir Weltfrieden. Bei genauerer Betrachtung muss ich zugeben, dass meine Erwartungen doch recht hoch sind. Dabei weiß ich momentan nicht einmal, was schwieriger zu erreichen ist, der Weltfrieden, oder Arbeit und Familie vereinbaren zu können. Letzteres scheint schon eine fast vermessene Forderung zu sein. Dabei könnte alles so einfach sein. Wenn die Unternehmen es schaffen würden, flexiblere Arbeitszeitmodelle anzubieten, die es beiden Elternteilen ermöglichen, Beruf und Familie zu vereinbaren, hätten wir eine Situation, in der es Spaß macht, zu arbeiten und Kinder zu haben.

Stattdessen sieht die Realität so aus, dass Mitarbeiterinnen nach der Baby-Pause aus dem Unternehmen gemobbt werden, weil sie ja jetzt nicht mehr so flexibel und allzeit bereit sind. Auf der anderen Seite beklagt man einen Fachkräftemangel, dem man dahingehend begegnet, dass man eben diese für teures Geld im Ausland anwirbt. Ist es wirklich rentabler, neue Mitarbeiter zu rekrutieren, sie beim Umzug zu unterstützen, sie in die internen Abläufe einzuarbeiten etc., als erfahrene und bewährte Mitarbeiter in ihrer Lebenssituation zu unterstützen? Was wird denn von uns Frauen eigentlich erwartet? Wir sollen eine ordentliche Ausbildung abschließen, arbeiten und Kinder gebären. So weit besteht wohl Konsens innerhalb der Gesellschaft. Nun wird es aber spannend. Die weiteren Erwartungen sind so konträr, dass wir eigentlich alles falsch machen müssen. Die gute Mutter bereitet der Familie ein hübsches Heim, unterstützt die Kinder in der Schule und gewährleistet deren außerschulische musische und sportliche Ausbildung. Davon abgesehen, dass mich niemand fragt, ob meine Kinder das überhaupt alles wollen, drängt sich mir eine rein praktische Frage auf: Wer soll das bezahlen? Und wovon? Ich verdiene ja kein Geld mehr. Vielleicht sollte in den Lebensplan noch eingefügt werden: Heirate einen Millionär. Ach so, das Geld reicht nicht? Ja dann kann die Frau doch

im Rahmen ihrer zeitlichen Möglichkeiten was dazu-
verdienen. Warum? Warum soll ich das »im Rahmen
meiner zeitlichen Möglichkeiten« machen? Warum
muss ich mich verbiegen, um den Erwartungen ande-
rer gerecht zu werden? Die Situation für Mütter ist
heute oft schlimmer als zu Großmutters Zeiten. Meine
Oma war Hausfrau. Gut, sie hatte kein eigenes Ein-
kommen, aber es gab eine klare Aufgabenteilung: Mein
Opa arbeitete in der Firma, sie zu Hause, das Geld
wurde geteilt. Niemals hätte jemand von meiner Oma
erwartet, den Freizeitmanager und Personal Coach für
die Kinder zu spielen und dann noch »was dazu zu ver-
dienen«. Emanzipation heißt heutzutage, dass es für
die Frau okay ist, zu arbeiten UND den Haushalt zu
schmeißen. Nein, ich möchte keine Super Nanny. Ich
möchte gemeinsam mit meinem Mann für die Kinder
da sein können, ihnen echte Emanzipation vorleben,
in der Frau und Mann sich Haushalt und Beruf teilen.
Ich möchte einen vernünftigen Job, nicht im Rahmen
meiner zeitlichen Möglichkeiten, sondern im Rahmen
meiner Fähigkeiten. Unsere Mütter haben sicher nicht
dafür gekämpft, dass ihre Töchter gefangen im Hams-
terkäfig ein Leben führen, das sie nie gewollt haben.
Die arbeitsrechtlichen Grundlagen sind geschaffen, wir
müssen sie einfordern für uns und unsere Kinder.

13

»Was ist denn überhaupt passiert? Warum ist der Hoffmann so ausgetickt? Der war doch eben noch die Ruhe in Person?« Ich hoffte sehr, dass Markus ein wenig Licht ins Dunkel bringen würde. Was war im Saal vorgefallen?

»Na, da fragst du mal am besten deine Freundin hier. Sie ist doch deine Freundin, oder? Auf jeden Fall hat sie vorhin neben dir gesessen. Maxi, sie war heldenhaft. Filmreif, ehrlich!« Markus trat einen Schritt zur Seite. Erst jetzt bemerkte ich Karin, die mindestens ebenso erschrocken aussah wie ich.

»Karin? Was war los? Sag schon!« Gespannt wartete ich auf ihre Antwort, aber Karin brachte kein Wort heraus.

»Sie hat deine Ehre verteidigt«, antwortete Markus an ihrer Stelle. »Als du wie ein begossener Pudel den Saal verlassen hattest, hat Hoffmann noch einen blöden Kommentar losgelassen, und da hat es sie wohl nicht mehr auf ihrem Sitz gehalten. Also, zuerst hat es ja gar keiner gemerkt. Hoffmann war schon wieder mitten in seiner selbstherrlichen Rede. Plötzlich spricht da diese

Frau. Schön laut, aber überhaupt nicht emotional sagt sie: ›Hoffmann, Sie sind ein Lügner.‹ Da hat er schon ein bisschen die Fassung verloren, der Gute. Er hatte wohl nicht damit gerechnet, dass noch mehr von deiner Sorte da waren. Deine Karin war unglaublich. Ich sag dir, wie im Film! Ganz langsam ist sie nach vorne gegangen, vor der Bühne ist sie stehen geblieben, hat sich zum Publikum umgedreht und allen gesagt, wie der feine Personalleiter mit weiblichen Führungskräften nach der Elternzeit umgeht. Da hat er dann vollends seine Maske fallen lassen, hat sie wild beschimpft und ist rausgerannt, wir mit der Kamera hinterher. Den Rest kennst du. Dank dir haben wir jetzt noch sein Geständnis in Ton und Bild. Genial! Ihr zwei seid ein tolles Team. Warum habt ihr nicht schon zusammen um eure Jobs gekämpft? Der wäre schon viel früher an euch gescheitert.« Ich war sprachlos. Damit hätte ich nie und nimmer gerechnet.

»Karin, es tut mir so leid, dass ich dich hierhergeschleift habe. Ich weiß nicht, was ich mir dabei gedacht habe. Ich hatte kein Recht, dich in meinen Kampf reinzuziehen.«

»Na hör mal, das ist nicht nur *dein* Kampf. Und außerdem muss ich mich bei dir dafür entschuldigen, dass mir das nicht schon viel früher klar war. Hätte ich mich damals für dich eingesetzt und mit mir zusammen auch noch ein paar andere Kolleginnen, dann hätten wir vielleicht nicht nur deinen, sondern auch meinen Job retten können. Hast du darüber schon mal nachgedacht? Hätten wir gleich zusammengehalten so wie gerade eben, dann wäre manches nicht passiert. Nein, Maxi, das war längst überfällig. Und es wäre unehrlich zu sagen, ich hätte es nur für dich getan.«

»Trotzdem danke.« Glücklich umarmte ich meine ehemalige Kollegin und neue Freundin. »Jetzt lass uns hier verschwinden, bevor die alle rauskommen.«

Nachdem Hoffmann aus dem Saal gestürmt war, wurden die Türen wieder geschlossen. Vermutlich hatte man den Zwischenfall ohne weitere Worte übergangen und die Veranstaltung planmäßig fortgesetzt. Ich hakte Karin ein und machte einen Schritt Richtung Ausgang, aber sie blieb stehen.

»Nein, wir sind hier noch nicht fertig«, sagte sie bestimmt.

»Um Himmels willen, Karin. Hoffmann ist weg. Was willst du jetzt noch?« Was war plötzlich los mit ihr? Wollte sie zum Rundumschlag ausholen? Hatte sie womöglich eine Waffe in ihrer Handtasche versteckt?

»Ich will die ganze Wahrheit. Maxi, *Likei* lässt sich als familienfreundliches Unternehmen feiern, und hier draußen sitzen zwei ehemalige Mitarbeiterinnen, die ihren Job verloren haben, weil sie Kinder haben. Das geht so nicht. Ich will Antworten, und zwar vom Chef!«

»Und was hast du jetzt vor? Wieder reingehen und auf die Bühne stürmen?« Ich erkannte sie gar nicht

wieder. Ihre Augen blitzten angriffslustig. Keine Spur mehr von der geknickten und enttäuschten Frau, die mir noch vor wenigen Tagen bei Mario gegenübergesessen hatte.

»Quatsch. So blöd wie Hoffmann ist der Boss nicht. Der wird sich vor den Gästen keine Blöße geben. Ich warte hier. Wenn er rauskommt, wird er mir Rede und Antwort stehen, dafür wird die Kamera schon sorgen. Nicht wahr, Markus?«

»Worauf du dich verlassen kannst.« Markus war sichtlich erfreut, dass das Schauspiel noch nicht vorbei war. Wir positionierten uns strategisch günstig an einem der Stehtische in der Eingangshalle und warteten darauf, dass sich die Türen zum Saal wieder öffneten. In der Zwischenzeit erzählte Markus von meinem Auftritt bei *Anne Will*. Mir wär es lieber gewesen, die Männer hätten sich über Fußball oder Formel 1 unterhalten. Ich wurde nicht gerne daran erinnert, weil ich unweigerlich an meine Rückkehr aus Berlin denken musste und alles, was seither passiert war. Mit einem Mal setzte die Firmenhymne ein, die Türen wurden geöffnet, und die ersten Menschen strömten hinaus. Meyer verließ zusammen mit seiner Frau und dem hübschen Herrn von der Hertie-Stiftung als Letzte den Saal. Als er uns sah, steuerte er sofort in unsere Richtung.

»Frau Anders, Frau Bauer-Lang, schön, dass Sie noch da sind.« Oh Mann, jetzt würde er uns einen richtigen Einlauf geben. Ich versuchte, ihm ein wenig Wind aus den Segeln zu nehmen.

»Herr Meyer, es tut mir sehr leid, dass wir Ihre Feier ruiniert haben. Das war nicht unsere Absicht gewesen.«

»Frau Anders, wenn das stimmt, was Frau Bauer-Lang da vorhin gesagt hat, dann bin ich derjenige, der sich entschuldigen muss.«

»Und nicht nur das. Herr Hoffmann hat den Chef von Frau Anders persönlich bedroht und von ihm verlangt, dass er sie entlässt. Und gerade eben hat er sogar zugegeben, dass er einen Erpresserbrief an Frau Anders geschrieben hat. Wir haben alles aufgenommen. Sie können es sich gerne anschauen. Ich vermute, dass wir den Bericht schon morgen senden können.«

Meyer sah Markus erschrocken an. »Zunächst möchte ich mich bei Ihnen beiden entschuldigen und Ihnen versichern, dass ich von diesen Abläufen keine Kenntnis hatte. Ich hatte mich ja selbst schon darüber gewundert, dass so wenig gut ausgebildete Mitarbeiterinnen nach der Elternzeit in unser Unternehmen zurückkehren. Herr Hoffmann hat mir immer wieder versichert, dass die Frauen aus Führungspositionen nicht mehr arbeiten wollen, wenn sie einmal das lockere Leben zu Hause genossen hätten. Ich weiß, dass das schwer zu glauben ist. Aber eigentlich ist es auch nicht wichtig. Ich bin der Chef und trage die

Verantwortung für alle Vorgänge in meinem Haus. Bitte glauben Sie mir aber, dass mir familienfreundliche Arbeitsbedingungen in meinem Unternehmen wirklich wichtig sind. Die Zertifizierung nehme ich ernst. Deshalb wird es auch eine neue Stelle in unserem Unternehmen geben. Eine Stabsstelle, direkt mir unterstellt. Frau Bauer-Lang, ich würde Ihnen gerne die Stelle der Familienbeauftragten anbieten. Sie sollen die Interessen der Mütter und Väter im Unternehmen vertreten und werden bei allen Personalentscheidungen mit einbezogen. Natürlich wünsche ich mir eine enge Zusammenarbeit mit der neuen Personalleiterin oder dem neuen Personalleiter. Überlegen Sie es sich. Ich würde mich sehr freuen, wenn Sie wieder zu uns zurückkehren würden.« Er gab uns beiden die Hand und verschwand mitsamt Frau und Hertie-Mann zwischen den anderen Gästen.

»Karin, ich glaub's nicht. Das ist großartig! Hey, du sagst ja gar nichts. Freust du dich nicht?«

Karin stand wie angewurzelt da und hatte keine Miene verzogen, seit Meyer an unseren Tisch getreten war. »Maxi, das hab ich doch gar nicht verdient. Du solltest den Job bekommen. Du setzt dich für die Rechte der Mütter ein, machst den Mund auf. Ich kann das nicht annehmen.«

»Spinnst du? Erstens habe ich einen Job und würde Mario nie im Stich lassen. Und zweitens warst du es, die sich vorhin für mich eingesetzt hat. Du hast meine Ehre gerettet, und ich weiß, dass du dich ganz hervorragend für alle Mütter und Väter bei *Likei* einsetzen wirst. Zumal du dir der Unterstützung vom Chef sicher sein kannst, und Hoffmann wird es dort wohl nicht mehr geben, wenn ich Meyer gerade richtig verstanden habe. Wisst ihr was? Wir gehen jetzt alle zusammen zu Mario und reden da weiter. Ich kann es gar nicht erwarten, ihm zu erzählen, dass wir Hoffmann abgesägt haben.«

Auf der Fahrt zu Mario rief ich Sibylle an und wies sie an, mitsamt den Kindern und Filou auch dorthin zu kommen. Nach der ganzen Aufregung wollte ich meine Familie um mich haben, egal, wie spät es war. Unglaublich, was in zwei Stunden alles passieren kann. Im einen Moment hatte ich mich noch als peinliche Versagerin gefühlt, und im nächsten verlor mein Widersacher die Nerven, und das alles vor laufender Kamera. Hoffmann hatte tatsächlich den Brief geschrieben. Bei dem Gedanken daran bekam ich weiche Knie. Es war zwar gut, dass die Sache nun aufgeklärt war, aber dass ein Mensch, den ich persönlich kannte, zu so etwas fähig war, machte mir Angst. Wie weit wäre er gegangen? Ich wollte es mir nicht vorstellen. Lieber dachte ich daran, wie mutig Karin gewesen war. Und ihr Mut wurde sofort mit einem neuen Job belohnt. Ich freute mich für sie, sehr sogar.

Es wurde ein lustiger Abend. Mario war sehr beeindruckt, als Markus ihm schilderte, wie Karin dem widerlichen Hoffmann den symbolischen Dolch mitten in die Brust gerammt hatte.

»Ha, das hast du gut gemacht. Niemand legt sich ungestraft mit Mario und seinen Freunden an! Kommt, trinkt einen Grappa.« Mario spendierte eine ganze Flasche seines besten Grappa, und die Kinder durften so viel Cola trinken, wie sie wollten. Karin hatte ihren Mann Tom ebenfalls angerufen, um ihm von den unglaublichen Ereignissen zu berichten. Er hatte die kleine Greta kurzerhand in ihren Maxi-Cosi verfrachtet und war auf der Stelle ins *Mario's* gefahren, um mit seiner Frau zu feiern. Karin freute sich zwar sehr über das Jobangebot, aber sie zweifelte immer noch, ob sie dafür die Richtige war.

»Ehrlich, Maxi. Du wärst die ideale Besetzung.«

»Karin, darf ich dich mal an deine eigenen Worte erinnern? Wer hat denn vor nicht mal zwei Stunden festgestellt, dass wir Frauen mehr zusammenhalten müssten, uns füreinander einsetzen sollten zum Wohle aller Frauen? Nun hast du die Gelegenheit dazu. Kneifen gilt nicht.« Ich war davon überzeugt, dass Karin mit dieser Arbeit sehr glücklich werden würde.

»Hey Karin, du kannst mir doch nicht meine Maxi abwerben. Was soll denn dann aus mir werden? Scusami, das geht nicht!« Mario versuchte, sie mit einem bösen Blick zu strafen, was ihm aber nicht recht gelingen wollte.

»Ist ja schon gut. Dann mach ich's halt. Ich muss ja zugeben, dass sich der Job toll anhört. Zumindest, wenn Meyer hält, was er vorhin versprochen hat.«

»Keine Sorge. Wenn nicht, dann stehen wir wieder parat.« Markus grinste breit.

Zufrieden betrachtete ich die muntere Runde. Mario goss eifrig Grappa nach, Karin saß immer noch ganz ergriffen da und lehnte sich glücklich an Tom, der mittlerweile mit Alex in ein Gespräch vertieft war. Peter war mit seiner Kamera beschäftigt, und Jan war auf Sibylles Schoß eingeschlafen. Filou hatte sich wohl oder übel mit dem Platz auf dem Fußboden arrangiert und lag eingerollt zu Sibylles Füßen. Till kniete neben Gretas Maxi-Cosi und sang ihr Schlaflieder vor. Ich setzte mich zu Sibylle.

»Danke, dass du aufgepasst hast.«

»Danke, dass du es erlaubt hast. Das bedeutet mir viel.« Sie hielt den kleinen Jan ganz fest in ihrem Arm.

»Hör mal, Sibylle. Magst du nicht wieder zu uns zurückkommen? Wir fangen noch mal von vorne an.«

Sibylle strahlte. »Ich freu mich über dein Angebot. Du glaubst gar nicht, wie sehr. Aber ich habe andere Pläne. Ich habe lange überlegt, wie es mit meinem Leben weitergehen soll. Ich habe ja nicht mal eine abgeschlossene Ausbildung. Das Einzige, was ich kann, ist shoppen.«

»Und tanzen«, meldete sich Till plötzlich zu Wort. »Du kannst echt gut tanzen.« Fragend sah ich Sibylle an.

»Danke, mein Schatz. Wie dem auch sei, heute früh in der Meditation habe ich mich auf mein drittes Auge konzentriert und dann habe ich es vor mir gesehen.«

»Hast du echt drei Augen, Sibylle? Krass!« Ehrfürchtig sah Till seine Tante an.

»Nein, mein Schatz. Also doch, ja, das ist nicht so einfach zu erklären. Aber das Auge habe ich nicht gesehen, sondern meine Zukunft.«

»Krass!«, entfuhr es Till wieder. Sein Mund stand nun halb offen.

»Jetzt mach's doch nicht so spannend«, drängelte ich. »Sag schon, was willst du machen?«

Sibylle vergewisserte sich, dass sie nun die volle Aufmerksamkeit am Tisch genoss. Seitdem die Worte »Meditation« und »drittes Auge« gefallen waren, hatten die anderen ihre Gespräche eingestellt.

»Ich werde eine Boutique eröffnen, für Hundemode!«

»Hier bei uns?« Obwohl ich wirklich gern auf dem Land wohnte, zweifelte ich doch stark daran, dass Sibylle hier genügend Kundschaft für ihr Geschäft finden würde.

»Natürlich nicht. Mensch, Maxi, ganz blöd bin ich ja nun auch nicht. Überleg mal: Wo leben die meisten Hunde in Deutschland?« Herausfordernd sah sie mich an.

»Weiß nicht, in Köln vielleicht?« Darüber hatte ich mir nun wirklich noch nie Gedanken gemacht. Ebenso gut hätte sie mich nach dem Namen des fünften Papstes fragen können.

»Na, in Berlin natürlich!« Markus kannte sich offensichtlich in der Hundeszene aus. Aber klar, er wohnte ja auch in Berlin.

»Genau. Berlin ist total angesagt. Ich will noch mal ganz von vorn anfangen. Mit Stefan und Köln habe ich endgültig abgeschlossen und mit Berlin hab ich ein super Bauchgefühl.«

»Aber du kennst doch niemanden in Berlin.« Machte ich mir Sorgen um meine Schwester oder wollte ich nicht, dass sie wieder von mir wegzog? Vermutlich lag die Wahrheit irgendwo in der Mitte.

»Aber natürlich. Sie kennt mich«, meldete sich Markus zu Wort. »Und Peter«, fügte er rasch hinzu. »Hier Sibylle, meine Karte. Ruf mich an, sobald du in der Stadt bist. Ich helf dir auch gern, eine Wohnung zu finden.«

Strahlend nahm sie die Karte entgegen. Irrte ich mich oder wurde hier heftig geflirtet?

»Und wovon willst du das alles bezahlen? In so ein Geschäft muss man erst mal investieren, bevor es Geld abwirft. Wovon willst du leben?« Ich wollte Sibylle nicht die Freude nehmen, aber ich konnte auch nicht aus meiner Haut als Betriebswirtin.

»Lass es mich so ausdrücken: Ich bin ganz überra-

schend zu etwas Geld gekommen. So eine Art Gehalts-nachzahlung aus Köln. Ich weiß ja immer noch nicht, was du da auf den Zettel geschrieben hast, Maxi, aber es hat prompte Wirkung gezeigt.« Sie zwinkerte mir zu.

In diesem Moment öffnete sich die Tür zum *Mario's*, und der Swami höchstpersönlich betrat das Lokal.

»Juhuu! Swami, hier drüben sitzen wir!« Sibylle winkte ihren Meister an unseren Tisch. »Ich habe ihn angerufen. Er soll mitfeiern. Er hat nämlich auch einen Anteil an deinem Glück, Schwesterherz. Er hat dir jeden Tag positive Energien geschickt.« Noch vor einer Woche hätte ich genervt die Augen verdreht. Heute aber war ich gerührt über so viel Anteilnahme.

»Sat Nam. Was für eine fröhliche Runde. Ich spüre Glück und Liebe.«

»Komm, Swami, setz dich zu mir.« Sibylle war ein Stück näher an Markus herangerutscht, um dem Swami Platz zu machen. Ich bemerkte, dass die Nähe sowohl ihr als auch Markus sehr gefiel. Die beiden würden ein wirklich schönes Paar abgeben.

»Kannst du Mau-Mau?« Till hatte aus seiner Hosentasche ein Kartenspiel gezogen und forderte den Swami zu einer Partie unter Männern heraus. Der Swami lächelte gütig und ließ sich von Till die Regeln erklären. In diesem Moment war ich unendlich glück-lich und dankbar. Am Tisch saßen lauter Menschen, die mir halfen, hinter mir standen und für mich da waren. Da fiel mir Andrea ein. Wie viel Uhr war es? Mist, sie schlief sicher schon, und in ihrem Zustand wollte ich sie lieber nicht aus dem Schlaf klingeln. Also schrieb ich eine SMS: »Danke, dass du meine Freundin bist!« Als ich das Handy zurück in meine Handtasche steckte, fiel mein Blick wieder auf Sibylle. Noch vor wenigen Wochen hatte meine Schwester praktisch keine Rolle in meinem Leben gespielt. In der kurzen Zeit, seit sie bei mir eingezogen war, hatten wir eine Menge zusammen durchgestanden. Heute standen wir uns beinahe so nah wie in unserer Kindheit, trotz gegenseitiger Kränkungen und Enttäuschungen. Oder gerade deswegen? Nein, den Platz in meinem Herzen hatte sie nicht wegen ihrer penetrant-übergriffigen Kommentare über unser Leben zurückerobert, sondern wegen des ehrlichen Versuchs, uns so anzunehmen, wie wir sind. Das Gleiche hatte ich mit ihr auch versucht. Ich hatte über ihre hochglanzpolierte Fassade hinweggesehen und meine Schwester neu kennengelernt.

»Woran denkst du, Schwester?« Sibylle musste meinen verklärten Blick bemerkt haben.

»Ich dachte gerade, dass ich bei nächster Gelegenheit eine Kerze für Stefan anzünden muss. Der Mann ist beinahe ein Heiliger. Erst bringt er mir meine Schwester zurück und dann unterstützt er großzügig und selbstlos deine Existenzgründung.« Ich war nicht sicher, ob Sibylle meine Ironie verstand.

»Du hast recht. Weißt du was? Wenn ich in Berlin

bin, schick ich ihm mal ein Foto von meiner Boutique.
Dann freut er sich.« Schmunzelnd sah sie mich an.

»Oh ja«, stimmte ich ihr zu. »Das hat er wirklich
verdient.«

KOLUMNE

Wadenbeißer

Wer kennt sie nicht, diese nervigen Biester, die sich penetrant festbeißen und einem den Tag vermiesen? Sie sind klein, häufig sogar kleiner als ein Hase, und doch verteidigen sie lautstark ihr Revier, stürzen sich furchtlos in jeden Zweikampf. Wie kommt es, dass diese Mini-Hunde so angriffslustig sind? Anscheinend haben sie überhaupt keine Angst davor, einen Kampf gegen einen viel größeren Hund oder sogar Menschen zu verlieren. Wissen sie vielleicht gar nicht, wie klein sie sind? Fehlt ihnen womöglich irgendein Gen? Halten sie sich für größer, als sie sind?

Natürlich gibt es auch menschliche Wadenbeißer. Warum ich diese Nervensägen, die einem mit diebischem Vergnügen das Leben zur Hölle machen, ausgerechnet mit diesen kleinen Pinschern vergleiche und nicht mit einem Dobermann oder Schäferhund? Weil sie einem in keiner Weise das Wasser reichen können. Eigentlich sind sie uns völlig unterlegen, schaffen es aber trotzdem, uns die Laune zu verhageln. Wie

die kleinen Köter auch. Manche können wir schnell abschütteln, ohne dass sie großen Schaden anrichten. Andere reißen ein Loch in unsere Hose, und wieder andere beißen so fest zu, dass sie eine blutende Wunde hinterlassen.

Warum sind Wadenbeißer überhaupt in der Lage, uns zu schaden, wenn wir ihnen doch haushoch überlegen sind? Sie nutzen das Überraschungsmoment. Ich gehe fröhlich lächelnd meines Weges, und plötzlich springt mich ein Kläffer von der Seite an. Der Wadenbeißer hat den Angriff geplant. Er konnte sich schon im Vorfeld Strategien zurechtlegen und meine möglichen Reaktionen antizipieren. Und das verschafft ihm den entscheidenden Vorteil. Als ich damals hochmotiviert im Büro meines Personalleiters saß, um nach der Elternzeit meinen Wiedereinstieg zu besprechen, hatte ich nicht im Entferntesten damit gerechnet, dass es diesbezüglich Schwierigkeiten geben könnte. Deshalb traf mich seine ablehnende Haltung mit voller Wucht. Als ich im Frühjahr voll Vorfreude auf einen schönen Tag meine Haustür öffnete, hatte ich keine Ahnung davon, dass meine Schwester schon auf der anderen Seite wartete. Wohlweislich hatte sie ihren Besuch nicht angekündigt. Ebenso wenig hatte der Personalleiter schon bei der Terminvereinbarung auf etwaige Probleme hingewiesen.

Gibt es trotzdem eine Möglichkeit, sich vor Wadenbeißern zu schützen? Ich versuche es ja in der Regel mit betonter Freundlichkeit. Ruhe bewahren und lächeln. Ich bin nämlich davon überzeugt, dass mein Gegen-

über gar nicht anders als freundlich sein kann, wenn ich ihm ein ehrliches Lächeln schenke. Nur manchmal ist das mit dem Lächeln sehr schwer. Wenn ich nach einer sehr kurzen Nacht in einem schlechten Hotelbett völlig gerädert einen Platz im Frühstücksraum einnehme und der Wirt mir, statt der gebotenen Frage nach meinem Wohlbefinden und meiner Nachtruhe, unhöflich entgegenschmettert, dass dieser Tisch »für ZWEI« gedeckt wäre, dann ist es mit meiner betonten Freundlichkeit vorbei. Dann bekommt er die gesamte Wucht meiner seit der Nacht aufgestauten Emotionen zu spüren, überschütte ich ihn mit Schimpf und Schande und rausche ohne Frühstück von dannen. Vielleicht wäre es in diesem Fall ratsam gewesen, dem Wirt freundlich lächelnd zu versichern, dass ich nichts dagegen einzuwenden hätte, wenn sich noch ein zweiter Gast zu mir gesellen würde. Dann hätte ich wenigstens ein Frühstück gehabt. Es gibt aber auch Situationen, in denen Höflichkeit nicht zum Ziel führt. Wenn im Job jemand an meinem Stuhl sägt, dann muss ich direkt und unmissverständlich die Grenzen aufzeigen. Wenn der Angriff meine Existenz bedroht, komme ich mit Lächeln nicht mehr weiter. In allen anderen Situationen werde ich weiterhin trainieren, freundlich lächelnd meinen Gegner zu entwaffnen. Obwohl – das mit dem Frühstück ist für mich sehr existenziell.

Sonja Liebsch /
Nives Mestrovic
Muttertier @n Rabenmutter
978-3-8392-1150-2

»Witzig, zickig, humorig, liebevoll, einfühlsam, mitunter verblüffend direkt und gar
nicht immer zartfühlend.« *Rheinische Post*

Zehn Jahre haben Maxi und Hanna nichts mehr voneinander
gehört. Dabei waren die beiden Rheinländerinnen bis zu Ma-
xis Hochzeit beste Freundinnen. Damals hatte ein Tsunami
in weiß für die anhaltende Funkstille gesorgt.

Ausgerechnet beim Surfen im Internet treffen sie sich wieder. Ein paar E-Mails später stellen Maxi und Hanna fest,
dass sie inzwischen wieder einiges gemeinsam haben: Einen
ganzen Stall voller Blagen, Dauerstress im Alltag und keine
Aussicht auf ein geregeltes Einkommen. Endlich sind sich
die zwei wieder einig: Für ihr Mutterglück brauchen sie ganz
schnell einen Job …

Wir machen's spannend

Elli Sand
Crème Brûlée
978-3-8392-1572-2

»Die junge Tagelöhnerin Joëlle wird von
ihrer großen Liebe verraten und
rächt sich grausam.«

Vor der Franco-Diktatur nach Südfrankreich geflohen,
kämpft die junge Joëlle um den Weinguterben Victor, der
sie umwirbt, verführt – und schließlich eine reiche Erbin
heiratet. Sie verliert ihr ungeborenes Kind und rächt sich
grausam an seiner Familie. In England erkämpft sie sich
nach entbehrungsreichen Jahren Wohlstand und Ansehen.
Bei einem Heimatbesuch in Südfrankreich trifft sie auf ihre
alte Hassliebe. Ein verheerendes Hochwasser verhindert
jedoch jegliches Entkommen …

Wir machen's spannend

Ulrike Kroneck
Ehe, Affären und andere Vergnügen
978-3-8392-1569-2

Eine geistreiche und doppelbödige Geschichte über Liebe und Sex der »Best-Ager«

Ganz normale Leute sind sie – ein Freundeskreis gutsituierter Paare zwischen Mitte vierzig und Mitte fünfzig. Für die scharfzüngige Magdalena Landmann, zweifach geschiedene und alleinstehende Journalistin, das ideale Beobachtungsfeld in Sachen Ehe, Liebe und Liebschaft.

Nach einem missglückten Versuch ihre freche Ehemoral in einem konventionellen Beratungsportal an Mann und Frau zu bringen, geht sie mit ihrer eigenen Website online: MeineLiebhaberei.de.

Wir machen's spannend

Katrin Rodeit
Gefährlicher Rausch
978-3-8392-1571-5

»Nichts ist, wie es scheint. Und der Kriminalkommissar Mark Heilig treibt Jule Flemming fast in den Wahnsinn ...«

Privatdetektivin Jule Flemming soll ermitteln, wer der Tochter des Bürgermeisteranwärters die Vergewaltigungsdroge GHB ins Getränk gemischt hat. Doch sie stößt auf eine Mauer des Schweigens. Wer verbirgt was? Nichts scheint zu sein, wie es ist, und Jule wird selbst Opfer eines feigen Anschlages. Was verbirgt der Kriminalkommissar Mark Heilig? Dann verschwindet der Hauptverdächtige. Und plötzlich nimmt alles an Fahrt auf, aber in eine ganz andere Richtung ...

Wir machen's spannend

Jana Winschek
Lieb oder stirb
978-3-8392-1574-6

»Ein badischer Prosecco fürs Gemüt –
prickelnd, packend, pur wie das Leben
selbst.«

Das Leben hat Hanna übel mitgespielt. Aus ihrer letzten
Beziehung bleibt nur eine Erinnerung: das Tattoo mit dem
Namen des Ex auf ihrem Allerwertesten. Nach dieser herben Enttäuschung schwört Hanna den Männern gänzlich
ab. Doch sie hat die Rechnung ohne den Tod gemacht, der
plötzlich vor ihrer Tür steht und ihr ein Ultimatum stellt:
Entweder sie verliebt sich – oder sie stirbt. Wie soll Hanna
es nur anstellen, den Richtigen zu finden? Und will sie das
überhaupt?

GMEINER

Wir machen's spannend

Sigrid Hunold-Reime
Liebesinsel am Deich
978-3-8392-1568-5

»Mit viel Flair und Einfühlungsvermögen
kommt sie der wahren Liebe auf die Spur
und fesselt ihre Leser.«
Deutsche-Krimiautoren.de

September und Schietwetter an der Nordseeküste. Tomke
Heinrich landet mit Karl, ihrer Sommerbekanntschaft, im
Bett. Ein Fiasko. Tomke flüchtet in ihre Pension, doch der
Tag hält eine weitere Überraschung für sie bereit: Tomkes
Jugendfreundin Dörte steht vor der Tür und braucht Hilfe. Und da gibt es noch Dagmar, Dörtes jugendliche, le-
benshungrige Mutter, die durch einen harmlosen Freund-
schaftsdienst ein Karussell aus Missverständnissen, Betrug,
viel Geld und Liebe in Bewegung bringt …

Wir machen's spannend

Unser Lesermagazin
2 x jährlich das Neueste aus der Gmeiner-Bibliothek

24 x 35 cm, 40 S., farbig; inkl. Büchermagazin »nicht nur« für Frauen und HistoJournal

Das KrimiJournal erhalten Sie in Ihrer Buchhandlung oder unter www.gmeiner-verlag.de

GmeinerNewsletter
Neues aus der Welt der Gmeiner-Romane

Haben Sie schon unsere GmeinerNewsletter abonniert?

Monatlich erhalten Sie per E-Mail aktuelle Informationen aus der Welt der Krimis, der historischen Romane und der Frauenromane: Buchtipps, Berichte über Autoren und ihre Arbeit, Veranstaltungshinweise, neue Literaturseiten im Internet und interessante Neuigkeiten.

Die Anmeldung zu den GmeinerNewslettern ist ganz einfach. Direkt auf der Homepage des Gmeiner-Verlags (www.gmeiner-verlag.de) finden Sie das entsprechende Anmeldeformular.

Ihre Meinung ist gefragt!
Mitmachen und gewinnen

Wir möchten Ihnen mit unseren Romanen immer beste Unterhaltung bieten. Sie können uns dabei unterstützen, indem Sie uns Ihre Meinung zu den Gmeiner-Romanen sagen! Senden Sie eine E-Mail an gewinnspiel@gmeiner-verlag.de und teilen Sie uns mit, welches Buch Sie gelesen haben und wie es Ihnen gefallen hat. Alle Einsendungen nehmen automatisch am großen Jahresgewinnspiel mit attraktiven Buchpreisen teil.

Wir machen's spannend